译文经典

# 向加泰罗尼亚致敬

## Homage to Catalonia

George Orwell

〔英〕乔治·奥威尔 著

陈超 译

上海译文出版社

# 第一章

在巴塞罗那的列宁兵营，加入民兵组织的前一天，我见到一个意大利民兵站在军官的桌前。

他是个相貌凶悍的年轻人，大概二十五六岁，长着褐红色的头发，肩膀强健有力，戴着一顶鸭舌帽，斜拉下来，遮住了一只眼睛。他侧对着我，下巴抵着胸膛，注视着桌上一张某位军官摊开的地图，迷惑地皱着眉头。他那张脸深深地打动了我。看到那张脸就知道他干得出杀人的事情，为朋友愿意两肋插刀——你会觉得他是无政府主义者，但他却是共产主义者。这张脸的主人既正直坦率，又凶残暴虐，而且看得出是个目不识丁的人，对上级领导非常尊敬。显然，他连那张地图的东西南北都分不清，觉得看地图就像看天书一样晦涩难懂。不知道为什么，我对他顿生好感——我很少对别人——我是说，别的男子——有这种感觉。那些人围着桌子在聊天，说起了我是个外国人。那个意大利人抬起头，语速很快地开口问道：

"意大利人？"

我操着蹩脚的西班牙语回答："不，英国人。你呢？"

"意大利人。"

我们走出去时，那个意大利人走过房间，用力地和我握手。对一个陌生人你会感受到那股情谊，真是太奇怪了！似乎在那一瞬间我和他的心灵跨越了语言和文化的沟壑，结为了亲密伙伴。我对他颇有好感，希望他也对我有好感。但我知道，如果我要保留对他的好感，我就不能再和他接触。不用说，我再也没有见过他。这种萍水之交在西班牙经常发生。

我提起这个意大利民兵，是因为他在我的记忆中留下了难以磨灭的印象。他那身蹩脚的制服和凶残而可怜巴巴的脸庞让我强烈感受到当时的特殊气氛。他和我对这场战争的所有回忆紧紧地联系在一起——巴塞罗那飘扬的红旗、一列列满载着士兵奔赴前线的破旧的火车、铁路线上那一座座灰蒙蒙的饱经战争破坏的城镇和山丘上泥泞冰冷的战壕。

那是 1936 年 12 月末，距离现在我动笔是不到七个月前的事情，但似乎已经过去了很久很久。后来发生的一连串事件使得这段时期的回忆变得模糊了，比 1935 年或 1905 年的回忆更加模糊。我来西班牙的目的是为了撰写新闻稿件，但我立刻加入了民兵组织，因为在当时那种气氛之下，那似乎是唯一的正确之举。无政府主义者仍然控制着加泰罗尼亚，革命形势如火如荼。对于从革命伊始就投身其中的人来说，到了12月或1月，革命似乎已经结束了。但对于一个从英国来的人而言，巴塞罗那的情景令我觉得十分震撼和惊诧。那是我生平第一次来到一个工人阶级翻身作主的城市。几乎每一座建筑都被工人占领，挂着革命的红旗和无政府主义者的红黑相间的旗帜。每一面墙上都画着锤头和镰刀的图案，写着革命党派的名字缩写字母。几乎每一座教堂都被捣毁，里面的神像被焚灭。工人群体正到处有组织地捣毁教堂，每一间商店和咖啡厅都写了标语，标榜自己是集体所有制经营，甚至连擦鞋匠也被集体化了，他们的鞋匣被涂成了红黑两色。服务员和售货员直视着你的脸，和你平等相待。奴颜婢膝的话，甚至那些礼节性的话都暂时消失了。没有人说"阁下"或"先生"，甚至"您"也不说了。大家互称"同志"和"你"，打招呼时说的是"祝你健康"，而不是"请安"。法律规定不许给小费。有一次我想给看电梯的小男孩一点小费，结果被酒店的经理训了一通。街上没有私人的汽车，它们全都被征用了，所有的电车、出租车和许多交通工具都涂成了红黑两色。宣扬革命的海报无处不在，贴在涂成干净的红蓝两色的墙壁上显得特别振奋人心，让剩下的几张广告海报看上去就像脏兮兮的涂鸦。兰布拉斯大道是贯穿市中心的主干道，行人熙熙攘攘，穿梭不停。

整条马路都安置了高音喇叭，从早到晚大声播放着革命歌曲。最奇怪的景象莫过于行人的面貌。从表面上看，富人已经基本上在这座城市绝迹，除了少数妇女和外国人之外，根本找不到"衣着华丽"的个体。大家要么穿着朴素的工作服或蓝色的吊带裤，要么穿着不同款式的民兵制服。这一幕幕景象非常奇怪而令人振奋，里头有许多事情是我无法理解的，在某种程度上甚至觉得不喜欢，但我觉得这是值得为之战斗的事业。我还觉得情况就像表面看起来的那样，这里真正成为了工人当家作主的国度，资产阶级已经被驱逐、处决或接受改造，与工人站在同一阵线。我没有意识到，许多富裕的资产阶级只是暂时化装为无产阶级的一员，低调地隐藏起来。

除了这些以外，战争的可怕影响随处可见。整座城市萧条破败，道路和建筑急待修葺。到了晚上道路非常昏暗，以防止敌人空袭。所有的商店几乎都空荡荡的。肉制品很少，牛奶几乎无从购买，煤炭、白糖、汽油非常紧缺，而面包的紧缺尤为严重。即使是现在，排队买面包的队伍经常一排就是几百码长。但看得出人们都很满足，充满了希望。这里没有失业，生活成本非常低廉。你很少看到完全赤贫的人，除了吉卜赛人之外没有乞丐。最重要的是，大家都对革命和未来怀着坚定的信念，感觉突然迈进了平等自由的时代。每个人都试着展现出人性化的行为，而不是资本主义机器里的零部件。理发店里张贴着无政府主义的告示(几乎所有的理发师都是无政府主义者),庄严地宣告理发师不再是奴隶了。街上挂着彩色海报,规劝妓女从良。对于任何来自冷漠而目空一切的英语文明的人来说,这些胸怀理想主义的西班牙人说的尽是革命的陈词滥调,实在是乏善可陈。那时候街上卖的是最天真的革命歌曲的歌谱,内容都是关于无产阶级兄弟情谊和墨索里尼的邪恶作为,一本只卖几分钱。我经常看到大字不识几个的民兵买了一本革命歌谱,艰难地拼读着上面的文字,然后,等他理解了上面的内容,就将其哼成一首歌谣。

那段时间我一直在列宁兵营,表面上在接受训练,准备上前线作战。当我加入民兵组织时,他们告诉我第二天就会派我上前线,但事实上我得等候新的百人队组建完毕。战争伊始工会匆忙组建了工人民兵部队,至今还没有以正规军事编制进行整顿。负责指挥的"指战部"大概有三十人,士兵以百人队为编制,而纵队的人数规模则更加庞大。列宁兵营是一座宏伟的石建筑群,有一间骑兵学校和几个宽阔的鹅卵石庭院。这里原本是驻扎骑兵的营地,在七月份攻占下来的。我的百人队在其中一间马厩睡觉,那里的石头马槽上还刻着那支骑兵队士兵的名字。所有的马匹都被缴获并运到前线,但整个兵营还是弥漫着马粪和烂燕麦的味道。我在兵营待了一个星期,记得最清楚的就是马的味道、尖锐的军号声（我们所有的军号手都很业余——我还是在法西斯阵线外面偷听才学会吹西班牙式军号的）、军营里平头军靴的踏步声、冬日下漫长的晨训以及在沙砾马术场上进行的热烈的足球比赛，一边各有五十名队员。兵营里大概有上千人，只有十来个单身女人，其他女人都是民兵的妻子，她们负责做饭。民兵组织里有女兵，但人数不是很多。当然，在最初的几场战斗中，这些女人与男人一起并肩战斗。在革命时期这似乎是天经地义的事情。但现在观念已经开始改变，在女兵们训练的时候，男兵们必须离开骑兵学校，因为他们会嘲笑女人，还想阻止她们训练。而在几个月前，看到一个女人手持长枪没有人会觉得是一件很滑稽的事情。

民兵们将整座兵营里的每一座建筑都搞得污秽不堪，这似乎是革命的副作用之一。每个角落里都堆放着被捣毁的家具、破碎的马鞍、黄铜的骑兵头盔、空的刀鞘和剑鞘，还有发霉的食物。食物浪费很严重，尤其是面包。光在我的营房每顿饭都得倒出满满一篮子面包——而平民们却缺少食物，实在是很不光彩的事情。我们在长长的高桌上吃饭喝酒，用的是永远油腻腻的锡盆和一种顶糟糕的西班牙式波隆酒瓶。波隆酒瓶是一种玻璃器皿，有一个突起的出水孔，只要你把它稍微倾斜一下就会射出一道细细的酒水，这样的话你就可以隔着一段距离喝到酒，不用将酒瓶凑到嘴边，大家可以传着喝酒。一看到大家在用波隆酒瓶喝酒，我就会提出抗议，要求用酒杯喝酒。在我眼里，这东西简直就像夜壶，特别是里面装着白酒的时候。

他们给征召的壮丁派发制服并不是一步到位，因为这里是西班牙，每样东西都是零星发放的。没有人知道谁领到了什么东西，许多我们最需要的物资，像腰带和子弹匣，直到最后一刻，火车已经在等着载我们上前线了，才发到我们手里。我提到了民兵"制服"，或许会让你形成错误的印象。其实那根本称不上是制服，应该说是"杂牌装"。每个人的军服都是照着大体上同一个款式设计的，但基本上没有两套军服看上去是一样的。基本上队伍里每个人都穿着齐膝的灯芯绒马裤，但服装的一致性就到此为止。有的人缠着布绑腿，有的穿着灯芯绒长筒袜子，有的穿着皮绑腿，有的穿着长筒靴。大家都穿着拉链式的大衣，但有的是皮衣，有的是羊毛衣，而且颜色各异。至于军帽，可以说有多少个人就有多少种帽子。我们的军帽前面通常会别着党派的徽章，而且几乎每个人都会在脖子上围一条红黑的手帕。那时候一支民兵队伍看上去就是一帮外貌稀奇古怪的乌合之众，但当时就只能分发这些从不同的军工厂里赶制的衣服，考虑到当时的情况，能有这样的衣服就不错了。不过，那些衬衣和袜子都是粗制滥造的棉布织品，根本抵御不了严寒。想到民兵们在漫无纪律的头几个月所经历过的事情，我就觉得很恐怖。我记得读过两个月前的一份报纸，一位马联工党①的领导人视察完前线后说他会努力实现"每个民兵分到一条毛毯"。如果你曾经在战壕里睡过觉，这句话会令你不寒而栗。

到了兵营的第二天，我们开始了被戏称为"军训"的活动。一开始的时候情况非常混乱。征召来的新丁大部分是来自巴塞罗那、十六七岁的街头少年，空有一腔革命热情，但对战争一无所知。甚至连让他们整齐地排好队伍都是不可能的事情。这里漫无纪律，要是一个人不喜欢某个命令，他会从队列里站出来，激烈地和长官争吵。我们的指战员是个健硕的年轻人，脸蛋很稚嫩，性格热情开朗。他以前是常备军军官，现在看起来仍很英挺，英姿飒爽，穿着一尘不染的军服。奇怪的是，他居然是个虔诚热情的社会主义者。他比其他人更坚持不同军阶之间彻底的平等。我记得当一个傻帽的新丁称呼他为"长官"时，他会感到惊讶而难过。"什么！长官？谁叫我长官？难道我们不都是同志吗？"我怀疑这其实会妨碍他的工作。新兵所接受的军事训练对他们来说一点儿用处都没有。他们告诉我外国人可以不参加军训。（我发现西班牙人很自卑，觉得所有的外国人都比他们更熟知军事），但我和他们一道接受军训。我很想学会使用机关枪，我

---

① 马克思主义联合工人党（西班牙语 Partido Obrero de Unificación Marxista，简称"马联工党" [the P.O.U.M.]），创立于 1935 年，是西班牙的左翼政党，西班牙内战时支持西班牙共和国政体，与发动政变的弗朗哥将军作战。

从未有过机会开机关枪。但令我失望的是，我发现根本没有人教我们如何使用武器。那所谓的军训不过是老掉牙的阅兵训练，傻得要命：向右转、向左转、向后转，三行队列齐步走和其他一些毫无意义的内容。这些我十五岁时就都学过了。训练游击队是非常不容易的事情。要是你只有几天时间操练士兵，显然你必须指导他们最迫切需要的技能：如何找掩护，如何在开阔地带行进，如何扼守阵地和构筑工事——最重要的是，如何操作武器。但这群热情的少年再过几天就要被派往前线，甚至没有学会如何用步枪射击，或如何拉开手榴弹的保险销。当时我不知道原来这是因为武器严重不足。在马联工党的民兵部队里，枪支短缺的情况非常严重，抵达前线的新兵只能从他们所接替的部队那里接过步枪。在整座列宁兵营，我相信只有负责岗哨的士兵才配备了枪支。

几天后，虽然按照常规标准我们仍是一群乌合之众，但领导们认为我们可以拉出去亮相了。好几个早上我们行军到西班牙广场后面山丘上的公园。这里是所有党派的民兵组织、武警部队和新组建的国民军一师共用的训练场。公园里好一派奇怪而振奋人心的景象。每条道路和小径和原来的花床里都有一队队一排排的士兵在来来回回地走正步，一个个昂首挺胸，拼命想让自己看上去像个真正的士兵。大家都没有武器，而且没有一个人穿着一整套军服，大部分人身上的民兵制服都破破烂烂的。训练流程总是大同小异。我们要走三个小时正步(西班牙式的行军步子短而急促),然后就停下来,队伍解散。大家口干舌燥地朝半山腰一间小杂货店蜂拥而去,店老板正在大声吆喝叫卖廉价红酒。大家对我都非常友善。由于我是英国人,大家都对我很好奇。那些武警部队的军官很看得起我,请我喝酒。与此同时,我总是把中尉逼到一个角落里,吵着要他安排我接受机关枪训练。我总是从口袋里摸出我那本《雨果字典》,操着蹩脚生硬的西班牙语对他说道:

"不用步枪,用机关枪。要学机关枪。会学机关枪吗?"

他总是抱以一个不胜其扰的微笑,答应我明天就会有使用机关枪的指导课。但不用说,永远是明日复明日。又几天过去了,新丁们学会了漂亮地走正步和立正,而关于开枪射击,他们顶多只知道子弹是从哪头射出来的。有一天,当我们军训休息的时候,一位有佩枪的武警部队军官走了过来,同意让我们看看他那支步枪。我所在的排里,原来只有我会给步枪上子弹,更不知道该如何瞄准。

这段时间我一直在和西班牙语进行着斗争。兵营里除了我之外就只有另外一个英国人,军官里没有人会说一个法语单词。而我的战友们彼此说话时用的是加泰罗尼亚语,但这对我来说像是在听天书一样。我只能去到哪儿都带着一本小字典,一遇到紧急情况就从口袋里摸出来应急。但西班牙是我最想待的国度。在西班牙交朋友是非常容易的事情，刚过一两天已经有几十个民兵战友称呼我的教名，向我讲解应注意的事项，他们的热情令我非常感动。我可不是在撰写宣传手册，我不会刻意美化马联工党的民兵组织。整个民兵组织体系有严重的缺陷，士兵们鱼龙混杂，因为到了这个时候志愿征募的兵源已经开始枯竭，许多最能干的男人已经上了前线或为国捐躯了。在我们当中，有相当一部分人到了战场根本派不上用场。有的孩子才十五岁就被父母派来参军，说白了就是为了一天十比塞塔的兵饷和吃顿饱饭。民兵们面包可以任吃，还能偷偷带一点回家孝敬父母。我和西班牙的工人阶级在一起时——或许我得说是加泰罗尼亚的工人阶级，因为除了少数几个阿拉贡人和安达卢西亚人之外，我身边就只有加泰罗尼亚人——如果有人不被他们的坦率和慷慨所打动，我会很鄙视这个人。西班牙人的慷慨有时几乎到了令你尴尬的地步。要是你向他要根烟抽，他会把整包烟硬塞给你。而且他们的慷慨并不只是停留于此，他们有一种真正的大度之风，而且在最不可能出现的情况下一次次地打动了我。有的记者和到过西班牙的外国人说西班牙人打心眼里对外国的援助抱以怨恨。我要说的是，我从来没有发现西班牙人有这样的心态。我记得在我离开兵营的前几天，一群士兵从前线回来休假。他们兴奋地谈论着自己的经历，对一支在韦斯卡和他们并肩作战的法国部队赞不绝口。他们说那些法国士兵非常英勇，还热情洋溢地补充道："比我们还要英勇呢！"我当然提出异议，他们解释说那些法国兵更熟悉军事——他们开起机关枪或扔起手榴弹什么的更加训练有素。但这番话很有意思。一个英国人宁可被砍断一只手也不会说出那样的话。

　　每个在民兵部队里服役的外国人在头几个星期都会爱上他的西班牙战友，却又会被他们的某些品行气得够呛。在前线时我的气愤有时候真到了盛怒万分的地步。西班牙人什么都好，就是打仗不行。所有外国人都惊诧于他们的低效无能，而最令人头疼的是他们令人抓狂的毫无时间观念的性格。每个外国人都必须学会的一个西班牙单词就是"明天"（字面上是"早晨"之意）。只要有可能，今天的事情就会推到明天，情况之严重连西班牙人自己都开起了玩笑。在西班牙，从吃一顿饭到打一场仗，没有一件事情会准时进行。通常来说，他们做事情总是太迟了——但有时又太早了——所以你又不能以迟一点的时间为准。原本应该是八点钟出发的火车通常得拖到九点多十点才启程，但一星期或许会有那么一次，某位司机会一时心血来潮，七点半的时候就出发了。这种事情实在是令人讨厌。理论上，我很羡慕这些西班牙人不用像我们北方佬一样被时间折磨得神经衰弱，但不幸的是，我也是时间神经衰弱症患者中的一员。

　　经过无数次谣传、"明天"和推迟后，突然间我们收到命令准备上前线，只有两个小时进行准备，许多装备还没有分发。军需处乱得不可收拾。最后，许多士兵在装备不齐的情况下被迫出发。兵营里突然间不知从哪里冒出了许多女人，她们帮自己的男人卷好铺盖，打点好行囊。另一个英国民兵威廉姆斯的妻子是个西班牙女孩，她指导我如何把皮制子弹匣穿上，真是丢人。她是个风情万种的女孩，长着一双黑漆漆的眼睛，看上去似乎是个只会摇婴儿床的小妇人，但在七月份的巷战时作战非常英勇。那个时候她身怀六甲，战争开始十个月后产下宝宝，或许就是在一座街垒后面把孩子生下来的。

火车原定于八点钟出发，八点十分气急败坏满身大汗的军官们才好不容易让我们在兵营的广场集结。我仍清楚地记得火把照耀下出发的那一幕——到处都非常喧闹兴奋，红旗在火把的照耀下迎风飘扬，队伍排得乱七八糟的民兵们背着行囊和打成一卷的毛毯，肩膀斜挎着皮制子弹匣，人人都在大吼大叫，还有沉重的军靴脚步声和锡盘叮叮当当的声音，还有人在声嘶力竭地让我们安静下来，最后总算成功了。一位政委站在巨幅的红旗下向我们致辞，说的是加泰罗尼亚语。最后，我们列队朝火车站进发，走的是最远的一段路程，有三四英里长，让整座城市的人都可以看到我们的英姿。在兰布拉斯大道我们停了下来，一支临时拼凑的乐队奏响了革命歌曲。我们领略到英雄出征一般的待遇——热烈欢呼声此起彼伏，红黑旗帜到处飘扬，友好的群众麇集在人行道上给我们送行，女人们在窗边向我们招手。那时候这一幕是那么自然，而如今却显得如此遥远而虚幻！火车上挤满了人，连地板都坐满了人，更别说有座位可以坐。最后一刻威廉姆斯的妻子从站台上冲了过来，递给我们一瓶酒和一串鲜红的香肠，那东西吃起来有肥皂味，会让你拉肚子。火车缓缓驶出加泰罗尼亚，以战时不到二十公里的时速驶上阿拉贡高原。

# 第二章

虽然巴巴斯特罗离前线还很远，但看起来很萧条破落。一群群穿着破烂制服的民兵在街头巷尾游荡，想让自己的身子保持暖和。在一面破墙上我看到一张去年的海报，上面写着"六头漂亮的公牛"将于某月某日在斗牛场里被杀。这张海报已经褪色了，看上去是那么凄凉！那些漂亮的公牛和英挺的斗牛士都到哪儿去了？如今似乎连在巴塞罗那也几乎看不到斗牛了——不知道为什么，那些一流的斗牛士都是法西斯分子。

他们把我的连队用卡车运到希塔莫，然后向西进发到阿尔库比尔，就在萨拉戈萨前线的后方。围绕着希塔莫反复发生了三次拉锯战，最后无政府主义者的军队在10月份将它夺了回来，一部分城镇已经被炮火夷为平地，大部分房屋坑坑洼洼地嵌满了步枪的子弹。现在我们位于海拔1500英尺的高度，气温非常低，而且雾气缭绕，不知是从哪儿冒出来的。在希塔莫和阿尔库比尔之间卡车司机迷路了（打仗的时候这种事情经常发生），我们在迷雾中兜了几个小时，直到深夜才抵达阿尔库比尔。有人领着我们走过几摊泥泞的沼泽地，来到一间骡厩，我们就着谷糠堆挖了个洞，躺在里面立刻睡着了。谷糠堆干净的时候睡起来感觉还不错，没有干草堆舒服，但比稻草堆要舒服一些。直到早上我才发现谷糠堆上满是面包屑、报纸碎片、骨头、死老鼠和破烂的牛奶罐。

现在我们到了前线附近，近得可以闻到战争特有的气味——照我的经验来说，就是粪便和腐烂的食物的味道。阿尔库比尔还没被轰炸过，比起大部分前线后方的村庄要好一些。但我觉得，即使是在和平年代，来到阿拉贡地区的村庄你也会震惊于这里的肮脏与落后。这些以泥巴和石头为材料的丑陋的房子建得就像堡垒一样，绕在教堂的周围。即使是在春天你也几乎看不到一朵鲜花。这里的房子没有花园，只有堆着骡粪的后院，上面栖息着颜色斑驳的野禽。天气特别不好，不是下雨就是起雾。几条狭窄的土路已经被泡成了一片泥沼，有的地方甚至深达两尺，卡车的车轮经常打滑陷在泥坑里。农民们让几匹骡子拉着自家的破车，有时候拉车的骡子会多达六匹，全部串成一排。来来往往的部队将整个村庄弄得肮脏不堪。这里从来没有过厕所或阴沟之类的设施，也没有一块稍微平整的地方让你走路时不用留心脚下。村里的教堂和方圆四分之一英里内的所有地方都被当成了公共厕所。当我回忆起战争头两个月的情形时，我就会想到冬天的留茬田，边缘堆满了粪肥。

两天过去了，我们还是没有分到步枪。当你去过行刑场后，看着墙壁上一排排的小坑——那些都是步枪子弹造成的弹坑，许多法西斯分子在这里被处决——你就知道阿尔库比尔的景色是什么样的。前线那边似乎很平静，因为送来的伤兵数目很少。最令我们兴奋的是那些法西斯部队的逃兵从前线被押送过来。在这个战区我们阵线对面的敌人很多并不是法西斯分子，他们只是被征召入伍的士兵，战争爆发的时候他们正在服役，又没有胆量逃避兵役。时不时，对面的士兵会三三两两冒险冲到我们这边的阵线投诚。毫无疑问，要是他们的亲人不在法西斯部队控制的领土的话，会有更多的士兵投诚。这些逃兵是我与"真正的"法西斯分子最早的接触。我吃惊地发现其实他们和我们几乎没什么区别，只是他们穿的是卡其布军装。他们来到我方阵营的时候总是饥肠辘辘——在无人区躲了一两天，这是很自然的事情，但我们总是得意地认为这是法西斯部队粮草不足的证明。我见过一个逃兵在一户农民家里吃饭，那是一幕挺让人心酸的情景。一个二十来岁的高个子青年，满脸风霜，衣服破破烂烂的，正蜷缩在火堆旁边狼吞虎咽地吃着满满一盆炖菜。与此同时，他的眼睛紧张地打量着站在他身边看着他的一圈民兵。我觉得他可能还半信半疑地以为我们是嗜血凶残的"赤匪"，等他吃完这顿饭就会将他枪决。那个看守士兵一直拍着他的肩膀，安慰着他。在一个值得纪念的日子，十五个逃兵一齐投奔我方。一个骑白马的士兵领着他们绕着村子走了一圈以示庆祝。我拍了一张模糊的照片，后来被偷走了。

到达阿尔库比尔的第三天早上，我们的步枪运到了。一个脸膛粗糙、脸色蜡黄的军士在那个骡厩里派发枪支。当我看到他们递给我的那个东西时，我觉得万分沮丧。那是一把1896年的德制毛瑟枪——已经有四十年的历史了！枪管锈迹斑斑，枪栓很紧涩，木托开叉了。只要看一眼就知道枪口已经腐蚀了，根本没指望能开枪。大部分枪支都和这把步枪一样残旧，有一些枪支的情况甚至更糟，而且没有人把最好的枪支分发给那些知道如何开枪的士兵。最好的一把枪只有十年的历史，分给了一个十五岁的半白痴，大家都知道他是个娘娘腔。那个军士给我们进行了五分钟的"培训"，讲解如何给步枪装子弹，如何拆下枪栓。许多民兵以前从来没有摸过枪，我猜想很少人知道瞄准器是干吗用的。每个人分到了五十发子弹，然后大家集结起队伍，背上行囊，出发前往三英里外的前线。

我们的百人队有八十个士兵和几条军犬，蜿蜒地沿着道路行军前进。每支民兵纵队至少有一只狗作为队伍的吉祥物。和我们一起行军的狗里面，有一只狗身上烙着 POUM 四个大大的字母，它走起路来样子鬼鬼祟祟的，似乎知道自己的样貌见不得人。一面红旗在队伍的最前方迎风飘扬，旁边是矮矮胖胖的比利时指战员乔治·克普，骑着一匹黑马。前面有一个从土匪一般的民兵骑兵队调过来的小青年，趾高气扬地策马来回，每到一处土丘就会让马直起两条后腿，自己摆出趾高气扬不可一世的姿态。革命发生时西班牙骑兵的优良战马被大批缴获，移交给了民兵组织。当然，这些马都被活活骑死了。

蜿蜒的道路两边是贫瘠的黄土田地，自从去年收割庄稼以后就荒弃至今。我们前面是低矮延绵的山脉，横亘在阿尔库比尔和萨拉戈萨之间。现在我们接近前线了，离炸弹、机关枪和泥泞越来越近。我心里很害怕。我知道眼下前线很平静，但和身边大部分战友相比，我的岁数大了一些，仍记得第一次世界大战的情形，但当时我的年纪又太小，没有参军作战。对我来说，战争意味着呼啸的炮弹和四处飞舞的弹片，而最可怕的是，战争意味着泥泞、虱子、饥饿和严寒。说起来好笑，但我害怕严寒甚于害怕敌人。自从来到巴塞罗那，这个想法一直在折磨我。我甚至曾经彻夜不眠，想象着战壕里的严寒，想象着在漆黑的黎明中准备战斗，想象着自己端着一把结霜的步枪在巡逻守夜，想象着靴子的鞋面那些结成冰的泥浆。我还得承认，当我看着一道行军的战友时，心里顿时感到恐惧不安。你想象不出我们看上去是怎样一群乌合之众。我们艰难地拖着步子，一群绵羊都比我们更有纪律。行军还不到两英里路，队伍的后方已经落到了视野之外。大概有一半所谓的士兵其实都还是孩子——我的意思是真的都还是些孩子，最大的才十六岁。但他们都很雀跃兴奋，因为他们终于可以上前线了。快到前线的时候，队伍前面走在红旗旁边的孩子们喊起了口号："前进，马联工党！""法西斯军队都是纸老虎！"等等——这些口号原本应该显得威风凛凛气壮山河的，但他们的声音是那么稚嫩，听起来就像小猫咪的叫声一样可怜。这帮孩子衣衫褴褛，扛着破旧的步枪，甚至连开枪都不会，而共和国就靠他们去保卫，实在是太可怕了。我记得当时我在心里纳闷，要是一架法西斯军队的飞机掠过我们头顶，驾驶员会不会觉得根本没有必要俯冲下来用机关枪对我们扫射。或许在空中他就可以看出我们根本算不上是正规部队吧？

道路突然拐进了山脉，我们走上右边的岔道，沿着一条狭窄而蜿蜒的骡道绕着山脊继续前进。西班牙这一区的山脉形状很奇怪，呈马蹄形，顶部是平坦的，两边非常陡峭，下面是广阔的谷地。高一点的山坡上只长着灌木丛和石楠，到处都暴露着石灰岩白色的岩架。这里的前线没有延绵的战壕，在这个多山的国度根本不可能挖战壕。这里只有一个接一个的工事岗哨，我们都叫做"阵地"，布满每座山头。站在远处你可以看到我们的"阵地"就在马蹄形的山顶处，用沙包垒起一个形状不规则的工事，上面飘扬着一面红旗，土坑里生了火，正在冒烟。再走近一点，你可以闻到一股恶心的、甜腻腻的味道，接下来的几个星期我的鼻子里一直缭绕着这股气味。阵地后边挖了一个坑，几个月的垃圾都埋在里面——挖得很深，里面尽是面包残渣、排泄物和生锈的罐子。

我们接替的连队正在打点行装。他们已经驻守前线三个月了，身上的制服糊了一层泥浆，靴子裂成了几块，大部分人脸上长了络腮胡须。这个阵地的指挥员是莱温斯基上尉，但大家都叫他本杰明，他是波兰籍犹太人，不过母语是法语。他从掩体中钻了出来，和我们打招呼。他个头不高，大约二十五岁，长着一头硬挺的黑发和一张苍白而热情的脸，打了这么久的仗，脸上脏兮兮的。我们头顶的天空响起了几声流弹的枪响。这个阵地呈半圆形，范围大约是五十码，用沙包和石灰石修筑了工事，挖了三四十个像老鼠洞一样的掩体。威廉姆斯、我和威廉姆斯那个西班牙妻舅立刻在附近找了一处没有人睡、看上去还挺舒服的掩体。前面不时传来步枪的枪声，在石山间怪异地回响着。我们刚把行囊放下，从掩体里爬出来时，又传来一声枪响，我们连队的一个男孩从工事那边冲了回来，血流满面。不知怎么他开了一枪，把枪管给炸了，炸膛的弹壳碎片在他的头皮上刮了几道伤痕。这是我们的第一个伤兵，而且是很有典型意义的自伤事件。

那天下午我们开始执行第一次守卫任务，本杰明带着我们绕阵地兜了一圈。在工事前面有几道狭窄的战壕，是将石灰岩挖空修出来的，上面凿了非常原始的射击孔。战壕里面和后面有十二处岗哨。战壕前面布设了铁丝网，然后山势一路而下，谷地似乎深不见底。对面是光秃秃的山丘，有几处地方只有陡峭的岩壁，看上去灰蒙蒙的一片，非常冷清，似乎没有生灵，连一只鸟也没有。我从射击孔里小心翼翼地朝外面张望，想辨认法西斯军队战壕的位置。

"敌人在哪里？"

本杰明夸张地挥了挥手，"就在辣边。"（本杰明会说英语——但非常蹩脚。）

"在哪儿？"

根据我对战壕作战的理解，法西斯军队离我们应该有五十码到一百码远。但我什么也没看见——似乎他们的战壕修得非常隐蔽。接着，我惊讶地看到了本杰明指示的那个地方，就在溪谷对面的小山上，距离至少得有七百米，有一座工事的轮廓和一面红黄色的旗帜——那就是法西斯军队的阵地。我觉得无以言状地失望。我们离他们远着呢！这个距离完全超出了步枪的射击距离。但这时周围兴奋地叫嚷着。远处冒出了两个法西斯士兵灰色的身影，趴在光秃秃的山脊上。本杰明从最近的士兵那里抓过一把步枪，瞄准目标扣下扳机。哒！是发哑弹。我觉得这可不是什么好兆头。

新哨兵一爬进壕沟里就开始胡乱开枪，但并没有确切的目标。我可以看到那些法西斯分子就像蚂蚁一样躲在工事后面来回走动着，有时候一个黑点会冒失地停住一会儿，那是一个敌人的脑袋。从这里开枪根本打不到他们，但我左边的那个哨兵离开了他的岗位，在西班牙这种情况特别普遍。他靠在我身边，开始怂恿我开火。我想对他解释说距离这么远，我们用的又是些旧枪，要想射中对方除非是走了狗屎运。但他只是一个小孩，不停地朝一个黑点挥舞着他的步枪，热切地咧嘴笑着，就像一只狗等候着你扔石子儿。最后我瞄准七百米外的一个目标开了一枪，那个黑点不见了。我希望这一枪能让他吓一跳。那是我生平以来第一次朝一个人开枪。

现在我目睹了前线的情况，觉得非常恶心讨厌。他们就管这个叫打仗！我们甚至和敌人没有任何接触！守在战壕后面时，我甚至不想俯下头颅。但没过一会儿，一颗子弹呼啸着掠过我的耳际，击中了我身后的背墙。天哪！我躲了起来。我一直在赌咒发誓子弹从我身边掠过时，我绝不会躲起来，但躲藏的动作似乎出自于本能，几乎每个人都会做出这种举动，至少一回。

# 第三章

在战壕里有五件事情很重要：柴火、食物、香烟、蜡烛和敌人。在冬天的萨拉戈萨前线，这五样事情的重要性基本上就是这么一个顺序，敌人是最不要紧的，没有人在乎敌人，除了晚上之外——敌人总是会发动突袭。敌人只是遥远的黑色虫子，时不时在视线中来回走动一下。敌我阵营最关心的事情是取暖。

顺便说一下，在西班牙的时候我所见到的都是些非常小规模的战斗。从一月到五月我驻守阿拉贡前线，而从一月到三月底，除了特鲁埃尔以外，前线几乎没有战情。三月份时围绕韦斯卡展开了激烈的战斗，但我只是扮演了一个微不足道的小角色。到了六月份，敌人朝韦斯卡发动了猛烈的进攻，数千士兵在一天内阵亡，但在此之前我已经中枪负伤了。别人心目中的战争恐怖基本上没有发生在我身上。没有飞机在我的附近投下炸弹，也没有炮弹在我周围五十码内的地方爆炸，我只参加过一次近身战（我想说一次就已经足够了）。当然，我经常置身于机关枪猛烈的火力之下，但基本上距离都很遥远。即使是在韦斯卡，如果你行动谨慎小心的话，基本上也是安全的。

在这里，萨拉戈萨的群山之间，我感受到的只是阵地战的无聊和艰苦。这里的生活就像都市职员的工作一样平淡无奇一成不变。站岗、巡逻、挖战壕；挖战壕、巡逻、站岗。在每座山上，无论是法西斯军队还是忠于共和国的军队，一小撮脏兮兮的、衣衫褴褛的士兵蜷缩在旗帜周围试图保持身子暖和。从早到晚，毫无意义的子弹就在空荡荡的山谷之间穿梭，只有在极其罕见的情况下才会打中人。

我经常环顾四周寒冬的景致，惊诧于这里的荒凉。这么一场战争根本毫无意义！早些时候，大概是在十月份，为了争夺这里的山头展开了激烈的战斗，然后，由于人员和武器的紧缺，特别是缺乏炮火支援，大规模作战根本无法展开。双方军队各自挖好战壕，守住争夺到手的山头。在我们的右方也是马联工党控制下的一座小前哨阵地，在我们左边的山坡上，差不多七点钟的方位上，是加泰罗尼亚社会主义联合党①的一处阵地。对面是一座高一些的山坡，山顶有几个小

---

① 加泰罗尼亚社会主义联合党（The Partit Socialista Unificat de Catalunya，简称"加联社党"［the P.S.U.C.］），创建于1936年，是加泰罗尼亚境内社会主义者和共产主义者结成的左翼政党，西班牙内战期间支持共和国体制，与发动政变的弗朗哥将军为敌。

型的法西斯岗哨。这里所谓的阵地崎岖蜿蜒，幸好每座阵地上都飘扬着旗帜，否则根本无从辨认。马联工党和加联社党的旗帜是红色的，而无政府主义军队的旗帜是红黑两色，基本上法西斯军队的阵地上飘扬着象征君主体制的旗帜（红—黄—红），但有的阵地上飘扬着共和国的旗帜（红—黄—紫）。这里的风景令人惊叹，前提是你能忘记每座山坡的顶部都驻守着军队，因此堆满了罐头和排泄物。在我们右方，山峦拐向东南方向，接着是宽阔而纹理分明的山谷，一直延绵到韦斯卡。在平原的中间像胡乱掷出骰子一样分布着几座房屋，那里是罗布雷斯小镇，由保皇党控制。每到早上，山谷总是被云海淹没，山丘看上去光秃秃的，呈现深蓝色，整幅风景就像一张相片的底片那么怪异。在韦斯卡后面还有更多和这里一模一样的山丘，上面堆着积雪，每一天的形态都各不相同。再往后就是比利牛斯山巍峨的群峰，山上终年积雪不化，似乎飘浮于虚空中。即使是下面的平原，一切看上去都是那么死寂荒凉。在我们对面，那些山丘看上去就像大象皮一样灰不溜秋又皱巴巴的。天空中很少有鸟儿飞过。我从未到过一个鸟儿如此稀少的国度。这里随时可以看到的鸟就只有喜鹊和一群群的松鸡，总是在半夜突然叫唤，把人吓一跳。偶尔可以看到老鹰在天上缓缓地翱翔，总是会引来步枪射击，但它们根本不屑一顾。

　　每到晚上和大雾天气，我方和法西斯军队就会派人到山谷巡逻。没有人喜欢这份差事，因为那里很冷，而且很容易迷路。很快我就发现我随时可以出去巡逻。广阔蜿蜒的山谷里没有任何道路，每次巡逻你只能靠多走几趟，熟记地标地貌认路。最近的法西斯阵地离我们的阵地开枪的距离是七百米，但要走到那儿至少得走上一英里半的路程。走在漆黑的山谷里，头顶上流弹穿梭往来，就像红脚鹬在尖叫，那种感觉实在很有趣。而大雾天气就更好玩了。这里的雾经常会持续一整天，而且总是缭绕着山顶，山谷里倒是视野很清楚。当你走近法西斯军队的阵地时你只能爬得像蜗牛一样缓慢。在半山坡要安静地走动是极其困难的事情，到处都是一踩上去就嘎吱作响的灌木丛和石灰岩地。我试了三四次，才溜到法西斯军队阵地那边。那天起了浓雾，我爬到铁丝网边侧耳倾听，可以听到那些法西斯分子在里面聊天唱歌。接着我警觉地听到有几个人正下山朝我这边走来。我躲在灌木丛后面，那丛灌木似乎突然间变小了。我尽量安静地扳下步枪的击铁，但那几个人折了开去，没有走过来，也没有看见我。在我藏身的树丛后面，我看到了以前战斗的众多痕迹——一堆空弹壳、一顶上面有弹孔的皮帽，还有一面红旗，应该是我军的旗帜。我把那面红旗带了回去，但那些人毫无怜惜之情，把它撕成碎片当抹布用。

我们一到达前线，我就被提拔为下士，用西班牙话讲，我当上了"卡博"①，有十二名部下。这可不是挂名的闲职，尤其是战斗刚刚开始的时候。我们的百人队尽是一帮未经训练的乌合之众，大部分都是些十几岁的小孩。在民兵阵营里你到处会遇到才十一二岁的小鬼，通常都是从法西斯占领的地区逃过来的难民。他们入伍当兵，为的只是讨口饭吃。他们通常被安排在后方干轻体力活儿，但有时会钻到前线来，大家都觉得他们就是一帮瘟神。我记得有个小王八蛋朝火堆里扔一个手雷"闹着好玩"。在波塞罗山，我想没有哪个士兵的年纪不到十五岁，但他们的平均年龄肯定在二十岁以下。这个年纪的男孩不应该被派上前线，因为他们无法忍受与战壕战密不可分的失眠。刚开始的时候，我们几乎没办法组织好夜间的防御工作，我只能将班里那帮可恶的小孩生拉硬拽地从掩体里拖出来，等你一转过身他们就离开岗位，溜回掩体里睡觉。更有甚者，虽然天寒地冻，他们就靠在战壕的墙上，沉沉地睡着了。幸运的是，敌人只是在消极应战。有好几个晚上，我觉得要是有二十个配备气枪的童子军或二十个配备长刀的女童军攻过来的话，我们的阵地就会宣告失守。

在此时以及过后很长一段时间，加泰罗尼亚民兵部队的组织结构和战争刚刚打响时没什么两样。弗朗哥发动兵变后

① 原文是西班牙语"cabo"。

的早期，民兵组织是由多个工会和政党匆忙组建的。每支队伍都有着浓厚的政治组织色彩，除了效命于中央政府外，还服从政党的命令。1937年初，"无政治立场"的人民军依照正规军的编制组建，各党派的民兵组织理论上要接受改编，但在很长一段时间内，军队改组只是一纸空文。直到六月份新组建的人民军才抵达阿拉贡前线，而在此之前旧的民兵组织体系没有任何改变。该组织体系的根本特征是强调军官与士兵地位的平等。每个人，从将军到普通士兵，领取一样的军饷，吃一样的食物，穿一样的军服，彼此之间完全平等相待。你可以和指挥某个师团的将军勾肩搭背，问他讨根烟抽，没有人会认为这是很出格的事情。理论上每支民兵队伍都奉行民主，没有地位高低之分。大家都知道必须服从军令，但你下达命令时是出于同志之情，而不是上级对下级发号施令。民兵组织有军官和军士，但没有普通意义上的军阶，也没有军衔和徽章，不需要并腿敬礼。他们试图在民兵队伍中树立起一套无阶级社会的临时制度规范。当然，绝对平等是不存在的，但已经相当平等了，我此前从未见到过，也无法想象在战争的时候能够以这种组织去打仗。

但我必须承认，乍一眼看上去前线的情况非常糟糕，令我忧心忡忡。靠这么一支军队怎么能够赢得战争？当时每个人都在这么说，但这番指责虽然有其道理，却不切实际。因为在当时的情况下民兵部队已经做到最好了。一支现代化的机械部队不是凭空从土里冒出来的。要是等政府培训出听命于自己的军队，弗朗哥将军①根本不可能受到抵抗。后来，贬低民兵成了一种时尚，原本应归因于训练与武器不足的弊端统统被斥之为是奉行平等的结果。事实上，新组建的民兵的确是一帮乌合之众，但这并不是因为军官们称呼普通士兵为"同志"，而是因为新丁总会是乌合之众。事实上，民主式的革命纪律要比想象中的更加可靠。在一支由工人组建的军队中，服从纪律在理论上是出于自愿，其基础是阶级的忠诚；而一支资产阶级军队的纪律究其本质是建立在恐惧之上。（取代民兵组织的人民军奉行的纪律介于二者之间。）民兵组织绝对不容许普通军队中司空见惯的欺凌和虐待发生。正常的军事处分依然存在，但只有严重违反军事纪律的士兵才会受罚。当一个士兵拒不服从军令时，你不会立刻处罚他。你先会对他晓之以理，动之以情。毫无管理经验的愤世嫉俗之辈会立刻说这种方式根本没有用，事实上，这种工作方式从长远来说是有效的。渐渐地，连那些最为刺头的民兵纪律性也逐渐提高。一月份的时候管好手下那十二名新丁让我的头发几乎都愁白了，但五月份的时候我当上了负责实际

---

① 弗朗西斯科·弗朗哥·巴哈蒙德（Francisco Franco Bahamonde, 1892—1975），西班牙独裁者，1936 年西班牙大选时左翼政党获得胜利，弗朗哥将军在保守势力支持下发动军事政变，并独掌大权。1939 年弗朗哥成功镇压革命，获得内战胜利。二战期间弗朗哥宣布西班牙为中立国，二战后恢复君主体制并继续掌权，直至 1975 年逝世，还政于西班牙国王胡安·卡洛斯一世。

指挥的中尉，手下有三十名士兵，有西班牙人，也有英国人。我们与敌人交战达数月之久，没有人违背我的命令，而他们都自愿承担危险的任务。"革命式"的纪律建立在政治觉悟之上——他们都能理解为什么必须服从军令。传播这一道理需要时间，但在兵营里把一个人训练成自发服从命令的军人也需要时间。那些嘲笑民兵体制的战地记者忘记了一件事：当人民军在后方受训时，是民兵组织守住了阵线，而居功至伟的正是"革命式"的纪律，因为直到1937年6月，让他们支撑下去的只有对阶级的忠诚。你可以枪毙个别逃兵——时不时地确有逃兵被枪毙——但假如一千名逃兵一齐决定临阵脱逃，根本没有什么能阻拦他们。换成是征召制的部队置身于同样的情况——要是没有监军的话——或许一早就土崩瓦解了。虽然民兵组织没打过几场胜仗，但他们守住了阵地，而且很少有逃兵。在马联工党民兵部队服役的四五个月里，我只听说有四个人当了逃兵，而其中有两个可以肯定是潜入我军窃取情报的间谍。刚开始的时候情况的确很混乱，而且兵员的训练明显不足，很多时候你得争论五分钟才能让士兵服从你的命令，这让我惊愕不已，而且义愤填膺。我接受的是英国军事理念，而西班牙的民兵组织与英国军队完全不是一回事。但考虑到实际情况，他们要比想象中更加英勇善战。

与此同时，柴火出了问题——总是柴火出问题。在那段时间我的日记时时刻刻都在提到柴火或缺少柴火的问题。我们位于海拔两三千英尺的高度，时至隆冬季节，天气冷得无法以言语形容。温度并不是很低，许多晚上甚至在冰点以上，中午的时候冬日的太阳会照耀大地约一个小时。但就算气温真的不是太冷，我也可以明确地告诉你感觉真的是非常冷。有时会刮起呼啸的寒风，把你的军帽吹掉，让你冷得汗毛直竖；有时浓雾会涌入战壕，让你感觉似乎冷入骨髓。天老是下雨，即使只下十五分钟都足以让严寒难以忍受。石灰岩上那层细细的泥土立刻变成了湿滑的泥浆。由于你总是在山坡上走路，你根本没办法站稳脚步。在漆黑的晚上走二十码路我得摔十几个跟头，而这非常危险，因为你的枪栓可能会被泥巴堵塞。连续好几天，你的军服、军靴、毯子和步枪总是沾满了泥巴。在力所能及的范围内我带了许多厚衣服，但许多士兵严重匮乏衣物。在一百人的队伍里，只有十二件厚实的军大衣，只能在换哨的时候轮流穿。大部分士兵只有一条毛毯。在一个冰天雪地的夜晚，我在日记里记下我身上穿了多少件衣服，内容很有趣，似乎在展示一个人到底能够穿上多少件衣服。我穿着一件厚厚的背心和长裤、一件法兰绒上衣、两件套头毛衣、一件羊毛夹克、一件猪皮夹克、一条灯芯绒马裤、一对绑腿、一双厚厚的袜子、一双靴子、一件厚实的战壕大衣、一条围巾、一副带条纹的皮手套和一顶羊毛帽子。但我还是冻得像水母一样浑身发抖。不过，我得承认，我是个特别怕冷的人。

柴火是唯一要紧的事情。关于柴火的问题是，基本上我们找不到任何柴火。我们这座可怜的山头几乎没有什么植被，而几个月来这里住着许多冻僵了的民兵，结果就是，任何比手指粗的柴火一早就被烧掉了。当我们不在吃饭、睡觉、守阵地或疲惫地站岗时，我们就跑到阵地后方的山谷里拾柴火。那段时间我的记忆几乎都是在几乎垂直的山坡上下跋涉，热切地寻找小树枝当柴火，粗糙尖利的石灰岩把我们的靴子割得七零八碎。三个人花几个小时捡到的柴火只够让掩体里生的火堆烧上一个小时。搜寻柴火的渴望让我们成了植物学家。我们把长在山上的每样植物根据其燃烧质量分门别类。许多石楠和草类植物可以用来生火，但只能烧上几分钟；野迷迭香和小金雀花树丛在火烧得旺的时候可以作为补充燃料；有的橡树发育不良，长得比醋栗丛还矮，基本上烧不了。这里有一种干芦苇，用来生火最好不过了，但这些只长在山顶阵地的左方，你得冒着被枪弹击中的危险才能捡到。要是法西斯军队的机关枪手见到你，他们会把整匣子弹都朝你射过来。通常他们都瞄高了，子弹会在你的头顶呼啸而过，但有时候子弹会离你的身子特别近，击中石灰岩，碎片飞溅，而你就嘴啃泥趴在地上，继续拾捡那些芦苇——没有什么能比柴火更重要。

比起严寒，其他的不适都似乎无足轻重。当然，我们所有人身上总是很脏。我们的水和食物都是从阿尔库比尔用骡子运过来的，每个人一天只分到一夸脱①水。水脏得要命，和牛奶一样浑浊。这些水是用来喝的，但每天早上我会留一小盆作洗漱之用。基本上我会隔一天洗一次脸，另外隔一天刮一次胡子。水总是不够用，不能同时洗脸刮胡子。阵地里臭气熏天，走出战壕不远到处都是便溺之物。有的民兵习惯在战壕里大便，晚上摸黑巡逻时实在令人恶心。但我可不怕脏。肮脏是人们平时太大惊小怪的事情。很快你就会习惯不用手帕，直接用你洗脸的盘子盛东西吃饭。过了一两天，和衣睡觉也不再让你觉得难受。晚上睡觉的时候你根本不可能把衣物脱掉，尤其是靴子。一旦敌人展开袭击，你必须一下子准备好迎战。驻守阵地的八十个晚上我只脱过三次衣服，不过白天的时候我倒是换过几次衣服。由于天气太冷，虱子倒是没有，但家鼠和野鼠却很猖獗。人们经常说家鼠和野鼠不会在同一处地方出现，但假如食物多的话，你会发现两者不请自来。

在其他方面我们过得还不错。伙食蛮好的，红酒可以喝个够，每天可以分到一包香烟，隔一天发一次火柴，甚至还分过蜡烛。这些蜡烛都很细，就像圣诞蛋糕上点的那些，大家都认为这些蜡烛一定是从教堂那里缴获的。每个掩体每天

---

① 英制单位中一夸脱约合 1.136 升。

分到三寸长的蜡烛，可以点上二十分钟。那时候还买得到蜡烛。我买了几磅蜡烛带在身上。到了后来，由于蜡烛和火柴紧缺，生活十分悲惨。如果你没有缺过这两样东西，你不会意识到原来它们这么重要。比方说晚上响起警报的时候，大家都在掩体里，抢着要拿自己的步枪，踩到别人的脸上。这时能有点亮光或许就能决定生死。每个民兵都有火绒和几码长的黄灯芯。除了步枪之外，这就是他最重要的物品了。火绒的好处很大，因为在风中也能点着，但它们只能阴燃，不能用来生火。当火柴严重短缺时，我们就只能把子弹的弹头拔掉，用火绒点着火药，以这种方式生火。

我们过着非常艰苦的日子——战时的日子都是这样，如果你能将这称之为战争的话。整支民兵部队对按兵不动的决策都非常不满，吵着要知道为什么我们不能发动进攻。但大家都知道在很长一段时间之内不会开启战事，除非敌人发起进攻。乔治·克普定期到我们阵地视察，他坦率地告诉我们："这不是战争。"他总是说："这是一出滑稽剧，时不时死上个把人。"事实上，阿拉贡前线陷入僵持有其政治原因，而当时我对其根本一无所知。但军事上的困难——不仅仅是兵员不足——每个人都看在眼里。

首先要说的是西班牙这个国家的特征。我们和法西斯军队对峙的前线最重要的特征就是地利因素非常关键，只能从一边向对方发起进攻。在这些地方，只要挖几道战壕，除非双方军力对比悬殊，否则光靠步兵根本无法攻占。在我们这边的阵地上，十几个士兵和两挺机关枪就足以抵御一营敌人的进攻。我们驻守在山顶，本来会是大炮的活靶子，但敌人没有大炮。有时候我会眺望周围和远处的风景——噢，我是多么慷慨激昂！——只要有几门大炮，你就可以接连摧毁敌军的阵地，就像拿着一把锤子砸开坚果一样轻松。但我军根本没有大炮。法西斯军队有时会从萨拉戈萨运来一两门大炮，轰来几枚炮弹，但数量非常稀少，所有的炮弹都炸到了空荡荡的峡谷里，没有造成任何伤亡或破坏。由于没有大炮，敌人又设置了机关枪，你只有三件事可以做：在安全的距离之外挖战壕——四百码足够了；冲过无人区被敌人屠杀；或展开小规模的夜袭，但这并不足以改变局势。事实上，我们的选择只有两个：僵持或自杀。

除此之外，基本上每样战争物资都严重匮乏。要意识到在这个时候民兵的武器装备是如此糟糕并不是一件容易的事情。英国任何一所公立学校的军官培训营都要比我们更像一支现代军队。我们的武器装备之差令人瞠目结舌，值得把细节记录下来。

这个战区的全部炮兵火力就只有四门迫击炮，每门迫击炮配了十五发炮弹。不用说，这四门迫击炮十分珍贵，不能轻易开火，于是都放在阿尔库比尔保存着。每五十人配备一挺机关枪，虽然都是老式型号，但三四百码内还是相当精准。除此之外我们只有步枪，大部分步枪都是废铜烂铁，一共有三种型号。第一种是长管毛瑟枪，基本上都有二十年以上的历史，瞄准器不比坏掉的车速计准多少。大部分枪支的来复线已经被腐蚀到不可收拾的地步，不过十把枪里有一把还是可以用的。接下来是短管毛瑟步枪，或穆斯克东式步枪，是骑兵配备的武器。这些枪比其他枪支更受欢迎，因为它们轻便易携，在战壕里不会太累赘，而且看上去相对新一些，似乎更有杀伤力。事实上，这些枪几乎派不上用场。它们都是用废弃的部件重新拼凑的，没有枪栓属于原来的步枪。有四分之三的枪支打了五发子弹后就肯定会卡壳。还有一小部分是温彻斯特步枪。这些枪倒是能开，但精准度非常糟糕，而且这种枪没有弹匣，开一枪就得上一次子弹。弹药非常紧缺，上前线的士兵每人只能分到五十颗子弹，大部分都是哑弹。这些西班牙造的子弹都是重新装填的，就算是最好的步枪也会卡壳。墨西哥造的子弹质量好一些，因此都留给机关枪使用。最好的子弹是德国制造的，但只能通过战俘和敌军逃兵缴获，数量非常少。我自己总是会在口袋里留一匣德国造或墨西哥造的子弹，用来应急。但事实上当紧急情况到来时我很少开枪：我非常害怕会卡膛，不敢往里面填子弹，担心它会炸开来。

我们没有钢盔，没有刺刀，几乎没有左轮或手枪，每五到十个人才有一枚手榴弹。这个时候所使用的手榴弹是所谓的"无政府主义手榴弹",极其可怕,是由无政府主义者在战争伊始时制造的。它的设计原理取自米尔斯式手榴弹,但压杆不是由扣针固定,而是由一片胶带固定。你撕开胶带,然后以最快的速度将其扔出去。据说这些手榴弹是"中立"的,既会炸死目标,也会炸死投弹的人。还有几种手榴弹,虽然更加原始,但似乎没那么危险——对于投掷者而言。直到三月底我才看到安全一些的手榴弹。

除了武器之外,其他相对次要的战争必需品也很紧缺。比方说,我们没有地图或测绘图。西班牙从未被完整勘测过,这一地区唯一的详细地图是旧的军用地图,几乎全落在法西斯军队手里。我们没有测距仪,没有瞭望镜,没有潜望镜,只有少数几个人有战地望远镜,没有照明弹或维利式信号弹,没有剪铁丝网的钳子,没有军械士的工具,甚至几乎没有清洁工具。西班牙人似乎从来没有听说过枪刷,当我自己捣鼓出一个的时候他们就在旁边惊奇地看热闹。当你的步枪需要清膛时,你把它交给军士,他有一根细长的铜推弹杆,却是弯曲的,因此总是会刮花来复线。我们甚至没有机油。你得用橄榄油润滑枪支,还得等分到橄榄油的时候再说。我试过用凡士林、雪花膏甚至火腿的脂肪给步枪上油。而且我们没有灯笼或手电筒——我相信在我们整个战区前线这个时候根本找不到一个手电筒。你只能到巴塞罗那附近才能买到手电筒,甚至在那里也很难买到。

随着时间流逝，附近的山丘一直在断断续续地交火，我越来越怀疑究竟会不会有事情发生，让这场荒诞的战争多一点生机或多一份死亡的气息。我们的敌人是肺炎，而不是活生生的敌人。当双方战壕相距超过五百码时，只有撞大运才能开枪击中目标。当然伤亡在所难免，但大部分伤亡都是自己导致的。如果我没记错，在西班牙我所目睹的头五个伤者都是被自己的武器弄伤的——我不是说他们是故意弄伤自己，而是出于事故或他们自己不小心。我们那些老旧的步枪本身就是一大危险。有的步枪如果枪托敲到地面的话就会走火。我见过一个士兵的枪支走火，子弹把他的手击穿。在漆黑一片中，新兵总是朝彼此开枪。有一天还是黄昏的时候，一个哨兵在二十码外朝我开了一枪，子弹距离我的身体只有一码——天知道这些西班牙士兵蹩脚的枪法有多少回救了我的命。还有一次在雾天我去巡逻，临走前仔细叮嘱了指挥员。但回来的时候我跌倒在一处灌木丛上，哨兵吓坏了，叫嚷着法西斯军队杀来了，我听到指挥员命令大家朝我的方向开枪，觉得又好气又好笑。当然，我卧倒在地，子弹从我的头顶飞过，没有打中我。没什么能让西班牙人，至少是那些西班牙小青年意识到开枪是危险的事情。后来有一次我给机关枪手和他们那挺机关枪拍照，那挺机关枪就直对着我。

"别开枪。"我一边对焦一边半开玩笑。

"噢，不会，我们不会开枪。"

话没说完就传来一阵惊心动魄的巨响，一串子弹掠过我的脸庞，火药灼伤了我的面颊。这只是无心之举，但那几个机枪手觉得很好玩。而就在几天前他们才目睹了一个骡夫被一位政委开枪误杀，那个政委拿着一把自动手枪胡乱开枪，结果五颗子弹击中了那个骡夫的胸膛。

这一时期我军所使用的晦涩的暗语也非常危险。那都是一些无聊的对子，听到一个词得用另一个词回答，总是带着道德说教和革命气概的色彩，比方说：文化对进步、我们对无敌，要那些目不识丁的哨兵记住这些自以为是的词语几乎是不可能的事情。我记得有一天晚上，暗语是加泰罗尼亚对英勇。一个名叫贾米·多米尼克的圆脸农民过来问我到底暗语是什么意思。

"英勇——英勇是什么意思？"

我告诉英勇的意思就是勇敢。过了一会儿，他在漆黑中爬出战壕，哨兵问他：

"站住！加泰罗尼亚！"

贾米嚷道："勇敢！"还很肯定自己的回答是正确的。

砰！

幸好哨兵那一枪没有击中他。这场战争中，但凡有一丝可能，人人都会打偏目标。

# 第四章

在前线待了三个星期后，英国独立工党派来了别动队，有二三十人，抵达阿尔库比尔；为了让前线的英国人凑在一块儿，我和威廉姆斯奉命去和他们会合。我们的新阵地位于西边几英里外的奥斯库罗山，萨拉戈萨就在视野之内。

阵地位于锯齿状的石灰岩上，掩体水平地挖进了崖壁里，就像崖砂燕的窝。掩体挖得很深，里面一片漆黑，而且挖得很矮，就算是跪着也无法钻进去，更别说站着。站在制高点，在我们的左边是另外两处马联工党的阵地，其中一处是前线每个男人向往的地方，因为那里有三个负责伙食的女民兵。她们谈不上漂亮，但这个阵地仍得禁止其他部队入内。在我们右方五百码处是加联社党的阵地，就座落在阿尔库比尔大道的拐弯处。就在这里这条路在不同的势力间易手。晚上你可以看到我们的后勤卡车亮着车灯从阿尔库比尔一路蜿蜒地开过来，与此同时，你也可以看到法西斯军队的后勤卡车从萨拉戈萨开出来。你可以看到西南边十二英里处的萨拉戈萨——一条细长的光带，就像一艘轮船亮了灯的舷窗。从 1936 年 8 月至今，政府军一直觊觎这个地方，但迟迟无法将其攻下。

我们队伍有三十名士兵，包括一个西班牙人（就是威廉姆斯的妻舅拉蒙），还有十二名西班牙机关枪手。不可避免的会有一两个士兵惹人讨厌——众所周知，战争总会引来一些渣滓——但除此之外，英国人无论是从身体素质还是心理素质上说，都是非常优秀的士兵。或许最优秀的士兵是鲍勃·斯迈尔利——他的祖父是一位著名的矿工领袖——后来他在瓦伦西亚蒙冤遇害。尽管语言上有障碍，英国人和西班牙人总是相处得很愉快，这就足以证明西班牙人的性格。我们发现所有西班牙人都会两句英语。一句是"OK，宝贝"，另一句是巴塞罗那的妓女们勾搭英国水手时说的一个词，恐怕排字师傅不会把这个词印出来。

这里的前线阵地也没有什么动静：只有零星的枪声，偶尔法西斯军队会以迫击炮轰击我们阵地，大家都跑到最上面的战壕看迫击炮弹炸到了哪座山头。在这里敌人离我们要近一些，距离大约在三四百码左右。敌军最近的阵地正好在我们阵地对面，布设了机关枪射击孔，老是引诱我们浪费子弹瞎打一气。法西斯军队不屑于用步枪射击，只要他们看到这边有人暴露身影，就会以机关枪精准地进行扫射。但是大概过了十天我们才有一人负伤。对面的敌军是西班牙人，但根据逃兵提供的情报，里面有几个德国军士。以前还有摩尔人——可怜的家伙，他们一定感受到了严寒的滋味！①——因为在无人区有一具摩尔人的尸体，混在西班牙人的尸首里特别显眼。在我们左方一两英里处阵地就到头了，那里是一片低平的开阔地，树木长得很密，属于两不管地带。我军和法西斯军队经常白天到那里巡逻。我们巡逻时就像童子军巡逻一样，好玩得很。那些法西斯巡逻队总是在我的视野几百码之外。趴在地上匍匐前进一大段距离，你可以深入法西斯军队的阵线，甚至可以看到那座飘扬着君主制旗帜的农舍，那里就是这个战区法西斯军队的指挥部。时不时我们会朝房子开上几枪，然后赶在敌人的机关枪找到我们的位置之前就躲起来。我原本指望能打破几扇窗户，但房子大约距离我们有八百米之远，靠我们那几把破枪，你连房子都不一定能打到。

天气总是晴朗冷冽，有时中午会阳光普照，但总是冷得要命。在山坡上你会发现番红花或莺尾花的嫩芽破土而出。显然，春天来了，但来得非常慢。晚上比以前更冷。凌晨交班后我们总是把做饭后留下的火堆扒开，然后站在火红的余烬上。虽然这样很糟蹋靴子，但双脚很舒服。不过，黎明时分群山之巅的风景为彻夜未眠的人带来了些许补偿。我讨厌

---

① 摩尔人（the Moors）：指生活在北非的阿拉伯人，当地气候炎热。

山，就算是看风景也不喜欢，但有时候黎明在我们身后的山峰上突然降临，第一缕金光如利剑般刺穿黑暗，然后金光和深红色的云海渐渐延展开去，直到不可思议的距离。虽然你一晚上没有睡觉，虽然你的双腿膝盖以下已经毫无知觉，虽然你闷闷不乐地想到还要再等上三个小时才有饭吃，但你仍觉得那一幕风景不容错过。在打仗的这段时间我见过的黎明比我除此之外的人生中见过的加起来都多——或许比我今后的余生中将要见到的也要多吧，希望是如此。

我们这里人手紧缺，这意味着站岗的时间更久，身体更加疲惫。虽然战事平静，但我开始苦于睡眠不足。除了守住岗位和巡逻之外，晚上总是会响起警报，需要等候命令。而且在地洞里你的双脚被冻得疼死了，根本无法安睡。在前线的头三四个月里，我想大概得有十几天我在二十四小时内没睡过觉，而能睡一整晚的机会不超过十次，一星期只睡二三十个小时是很平常的事情。缺睡的后果没有我所想象的那么严重。我变得非常迟钝，上山下山没有变简单，反而变难了，但我感觉还蛮好的，就是老是肚子饿——天哪，真的好饿！什么食物我都觉得好吃，连每个人在西班牙吃到一见就烦的扁豆我也觉得好吃极了。我们喝的水是用骡子或饱受折磨的毛驴从几英里外驮来的。不知道为什么，阿拉贡的农民对骡子很好，却对驴子极其恶劣。如果一头驴子不肯走了，他们会经常踢它的睾丸。蜡烛没得发了，火柴越来越紧缺。

那些西班牙人教我们怎么用炼乳罐子、弹壳和破布做橄榄油灯。虽然橄榄油不多，但如果你有的话，这些东西可以用来帮助点火。橄榄油灯总是半明半灭，而且老是冒烟，光亮只有蜡烛的四分之一，勉强可以借光找到你的步枪。

真正打起仗的希望似乎很渺茫。我们离开波塞罗山时我清了一下子弹，发现将近三个星期以来我只朝敌人开过三枪。他们说一千发子弹才能打死一个敌人，照这样算起来得等上二十年我才能杀死第一个法西斯分子。在奥斯库罗山敌我的阵地更加接近，我们开枪的频率更加频繁，但我确信没有打中任何一人。事实上，此时此地真正的武器不是步枪，而是高音喇叭。你杀不了敌人，你就只能朝他们喊话。这种作战方式匪夷所思，需要解释一下。

当敌我阵地的距离只有一嗓之隔时，双方的士兵总是躲在战壕里朝对方喊话。我们这边会喊："法西斯势力都是纸老虎！"而法西斯军队那边会喊："西班牙万岁！弗朗哥万岁！"——而当他们知道对面有英国人时，他们就会喊："英国佬滚回去！我们这里不欢迎老外！"政府军这边，民兵们的宣传攻势是为了瓦解敌人的士气，这已经发展出一套固定的技巧。守在合适位置的士兵，通常都是那些机关枪手，会奉命执行喊话的任务，还配备了高音喇叭。基本上喊话的内容就是同样的话，都是在宣传革命理想，向法西斯士兵解释他们是在助纣为虐，为国际资本主义卖命，提醒他们自己正在与阶级同志为敌，等等等等，还规劝他们弃暗投明。这些话总是重复了一遍又一遍，不停地换人，有时整整一个晚上喊话从不间断。毫无疑问，这么做是有效果的。有的法西斯逃兵就是听了我们的宣传而跑过来的。你可以想象一下，某个可怜的家伙正在站岗——很有可能是个社会主义者或无政府主义工会成员，被强行征召入伍——他正守在岗位上，快被冻僵了，而"不要与你的同志为敌"的口号在黑暗中一遍又一遍地响起，他一定会心有感触，或许让他在逃与不逃的两个选择间徘徊。当然，这种情况不符合英国式的战争理念。当我第一次见到这种宣传攻势时，我承认我是觉得非常诧异愤慨的。他们居然不去想怎么开枪打死敌人，而是怎么策反敌人！现在我觉得无论从什么方面考虑这都是合情合理的策略。普通的战壕作战如果没有炮火支援，对敌人发动进攻只会是杀敌一千自伤八百。而如果你能让一部分敌人军心动摇，让他们当逃兵，那不是更好吗？逃兵可比尸体更有用，因为他们能提供情报。但一开始的时候我们都不赞成这一作战策略。这让我们觉得西班牙人视战争有如儿戏。在我们右边加联社党的阵地上喊口令的那个士兵喊话很有艺术。有时候他不会空喊革命口号，而是告诉那些法西斯士兵我们的伙食要比他们的好得多。他在讲述政府军的伙食时，总是会平添几分虚构。"面包加黄油哦！"——你会听到他的叫喊声在空荡荡的山谷间回荡——"我们正坐下来吃面包加黄油哦！多么美味可口的面包加黄油哦！"我相信和我们一样，他已经有好几个星期或好几个月没有见过黄油了，但在严寒彻骨的夜晚听到有面包加黄油或许会让许多法西斯士兵垂涎三尺。连我都忍不住流口水了，虽然我知道他其实是在骗人。

二月份的一天，我们见到一架法西斯战机正朝我们飞来。和往常一样，我们的机关枪手在开阔地架设了一挺机关枪，枪口朝天，每个人都躺在那儿瞄准目标。我们这几座互不相连的阵地不值得轰炸，通常那几架法西斯的战机在飞越我们阵地时会绕开躲避机关枪的扫射。这一次那架战机径直飞了过来，但飞得很高，不值得开枪射击。它没有投下炸弹，而是洒下一些白色亮晶晶的东西，在空中不停地翻转着。有几份飘到我们的阵地上，那些是法西斯报纸《阿拉贡先驱报》，宣告马拉加失陷的消息。

当晚法西斯部队发动了进攻，但以失败告终。当时我正要回掩体里，已经半睡半醒了，这时头顶上掠过一梭梭子弹。有人朝掩体高喊着："敌人进攻了！"我抓起步枪，匍匐着爬到阵地顶部自己的岗位那里，旁边就是机关枪。天色一片漆黑，枪声非常可怕。我想有五挺机关枪在对我们疯狂扫射，而且法西斯部队从自己的阵地上朝这边疯狂地投掷手榴弹，引发了沉重的爆炸。周围一片漆黑。在我们左方的山谷里，我看到几支步枪闪烁着绿光，有一小撮法西斯军队，或许是侦察队，正想从旁边包抄。在漆黑一片中，子弹嗖嗖嗖地从我们身边掠过。几颗炮弹呼啸而来，但并没有落在我们周围（这场仗老是这样），大部分炮弹都是哑弹。当我们后面山头又一门机关枪开火的时候，我真的吓得魂飞魄散——事实上，那挺机关枪是来支援我们的，但当时似乎我们被前后夹攻了。突然我们那挺机关枪卡壳了，原因是那些劣质的子弹堵住了枪管，漆黑中我们找不到推弹杆。显然，我们只能坐以待毙。那几个机枪手不屑于找掩护躲藏，事实上他们还故意暴露自己的位置，于是我只能学他们那样。虽然这只是一次小突袭，但整段经历非常有趣。那可以说是我第一次与敌人交火。而让我觉得羞耻的是，我发现自己吓得快没命了。我发现人在密集火力之下感觉总是一样的——与其说你是在害怕会被打中，不如说你是因为不知道哪个部位会被打中而害怕。那一瞬间你心里充满了疑惑，不知道子弹会打中哪里，整个身体变得特别敏感和别扭。

过了一两个小时，火力减弱了下来，然后渐渐平息。我们只有一名战友中枪。法西斯军队在无人区架设了几挺机枪，但他们仍保持在安全距离之外，并没有试图强攻我们的工事。事实上，他们没有发动进攻，只是在浪费子弹，发出点声响庆祝攻占马拉加。这件事给我的教训是，我学会了不去相信报纸上宣传的战情报道。过了一两天，报纸和电台报道说敌人以骑兵和坦克（开上垂直的山坡！）发动了猛烈进攻，被勇敢的英国士兵击退了。

我们都认为法西斯军队所说的马拉加沦陷纯属谎言，但第二天传来了更加令人信服的传闻。一两天后，我军正式承认此事。整件事不光彩的真相渐渐揭晓——马拉加的守军在没有开一枪一弹的情况下就撤退了，意大利军队的怒火没能发泄到临阵脱逃的守军上，于是拿可怜的平民开刀，有的平民被追击上百英里，最后死在机关枪扫射下。消息令整个前线的将士感到心寒，无论真相到底是什么，民兵组织上上下下都认定马拉加的沦陷是因为有人叛变革命。那是我第一次听说叛变革命或目标分歧。我开始对这场战争产生了怀疑，而在此之前，是非对错似乎黑白分明，非常美妙。

二月中旬我们离开了奥斯库罗山，连同这一区全部马联工党的部队参加韦斯卡围城战。我们乘坐卡车在冬日的平原行驶了五十公里，葡萄藤还没有发芽，冬麦刚从地里破土而出。从我们的新战壕望去，四公里外的韦斯卡看上去就像一座闪烁着光亮的玩具城堡。几个月前攻下希塔莫的时候，指挥政府军的司令员夸下海口："明天我们就在韦斯卡喝咖啡。"结果他错了。经过几波伤亡惨重的进攻，韦斯卡仍然无法拿下。"明天我们就在韦斯卡喝咖啡"成了全军上下盛传的一则笑话。如果我能再回西班牙，我一定会去韦斯卡喝一杯咖啡。

# 第五章

　　直到三月底韦斯卡的东线风平浪静——几乎风平浪静。我们距离敌人有一千两百米远。当法西斯军队退守韦斯卡时，驻守这一带的共和军没有过于冒进，因此形成了一段口袋状的阵线。后来我们被迫推进阵线——顶着炮火可不是一件容易的事情——但现在敌人可能根本不曾存在过。我们整天就忙着取暖和找东西吃。这段时间发生了几件让我觉得很有趣的事情，其中有几件稍后我再作描述。我得按照事情的来龙去脉，对政府内部的政治情况进行一番介绍。

　　一开始的时候我忽略了这场战争的政治层面，直到现在我才开始被迫关心政治。如果你对党派政治斗争不感兴趣，大可以跳过这一部分。正是因为这个原因，我想把这篇纪实的政治问题单独写成章节，但我不可能纯粹只从军事角度描写这场西班牙内战。究其本质，这是一场政治上的斗争。要弄明白这场战争里的任何事件，你都必须先对政府内部的党派争斗有所了解，至少在第一年是这样。

我来到西班牙的时候，包括后来一段时间，我对西班牙的政治局势一无所知，也完全不感兴趣。我知道战争打响了，但我不知道这是一场什么性质的战争。如果你问我为什么要加入民兵，我会回答说："抗击法西斯主义。"如果你问我为了什么而战，我会回答说："为了共同的尊严。"我相信《新闻纪实报》和《新政治家报》等报刊的说法：这场战争是在保卫文明，抗击希特勒资助的毕灵普上校①式的人物领导的军队发动的一场疯狂的兵变。巴塞罗那的革命气氛令我深深地着迷，但我没有尝试去理解它的真谛。至于走马灯一样变幻的政党和工会，他们的名字令人感到非常厌烦——加联社党、马联工党、伊无联②、国工联③、总工联④、伊共青团⑤、社青联⑥、国工协⑦——这些名字让我觉得很窝火。乍看上去似乎名字缩写的瘟疫在西班牙横行。我知道我隶属于

① 毕灵普上校(Colonel Blimp)，二十世纪三十年代英国漫画家戴维·楼尔(David Low)为《伦敦标准晚报》创作的漫画形象，是个性格傲慢自大的沙文主义者，信奉军事强权，妄图一直保持大英帝国统治世界的荣耀。

② 指比利亚无政府主义者联盟(The Federación AnarquistaIbérica)，简称"伊无联"(F.A.I.)。

③ 指国家工人联合会(The Confederación Nacional del Trabajo)，简称"国工联"(C.N.T.)。

④ 指工人联盟总会(Unión General de Trabajadores)，简称"总工联"(U.G.T.)。

⑤ 指伊比利亚共产主义青年团(Juventud ComunistaIbérica)，简称"伊共青团"(J.C.I.)。

⑥ 指社会主义青年团联盟(Juventudes Socialistas Unificadas)，简称"社青联"(J.S.U.)。

⑦ 指国际工人协会(Asociación Internacional de los Trabajadores)，简称"国工协"(A.I.T.)。

马联工党的部队（我加入马联工党的民兵组织纯粹是因为我拿着独立工党的介绍信来到巴塞罗那），但我不知道各个政党之间存在着严重分歧。在波塞罗山，他们指着阵地的左方说道：

"那边是社会主义者（指的是加联社党）的阵地。"我迷惑地问道："我们不都是社会主义者吗？"我觉得在一起出生入死的人之间区分党派是很愚蠢的事情。我一直认为："为什么我们不能抛却所有这些政治上的胡说八道，团结一致赢得这场战争呢？"这当然是正确的"反法西斯"态度，英国报纸一直在谨慎地散播这一观点，不让人们了解西班牙国内斗争的真相。但在西班牙，尤其是在加泰罗尼亚，没有人能保持暧昧的态度。每个人，无论他有多么不情愿，迟早都得选择自己的立场。即使他不关心政党和他们那些水火不容的"纲领"，为了保命也得这么做。人们加入民兵部队为的是反抗弗朗哥，但他们也成了两大政治理论斗争中的棋子。当我在山坡上拾柴火并思索着这究竟是一场战争还是《新闻纪实报》夸大其词时，当我在巴塞罗那暴乱中躲避共产党的机关枪时，当我最后逃离西班牙，警察紧随身后时——这些事情发生在我身上，完全是因为我在马联工党的民兵组织服役，而不是加入加联社党。这两个名字简称之间竟然有如此之大的差别！

要了解政府军的构成，你必须了解战争是如何开始的。七月十八日战争打响时，或许欧洲的每个反法西斯人士都看到了希望。因为从表面上看，民主终于挺身与法西斯主义进行斗争。过去几年来，那些所谓的民主国家步步向法西斯主义退让。日本人可以在满洲为所欲为；希特勒攫取了权力，对各方面的政治反对势力大肆屠杀；墨索里尼对阿比西尼亚人民展开轰炸，而五十三个国家(我想是五十三个)对此缄口不言。但当弗朗哥试图政变推翻由温和左派执政的政府时，出乎所有人的意料，西班牙人民发动起义反对弗朗哥的暴行。或许这将是局势的转折点。

但有几件事情被公众忽略了。首先，弗朗哥与希特勒和墨索里尼根本不能同日而语。他所领导的军事政变有贵族阶层和教会势力在背后为其撑腰，在大体上，尤其是在开始阶段，这场政变的目的不是为了施行法西斯主义，而是复辟封建体制。这意味着弗朗哥不仅与工人阶级为敌，而且各阶层的自由资产阶级也视他如寇仇——当法西斯主义以更摩登的方式出现时，这些人是它的拥趸。更重要的是，西班牙的工人阶级并不是像我们在英国所设想的以保卫"民主"和"现状"的名义反抗弗朗哥。他们的反抗是带有明确的革命色彩的暴动——你或许几乎可以说它本身就是革命。农民们瓜分了土地；工会控制了工厂和交通设施；教堂被捣毁，牧师们被驱逐处死。《每日邮报》在天主教会的鼓噪下，得以将弗朗哥打扮成一位爱国志士，要从残暴的"赤匪"手中挽救祖国。

战争的头几个月，弗朗哥真正的敌人不是共和政府，而是各大工会。叛乱一爆发，有组织的城市工人就立刻作出回应，发动了总罢工，并要求从公共武器库得到武装——经过一番斗争，他们的要求得到了满足。要不是他们自发采取行动，而且坚决进行抵抗，或许弗朗哥的政变根本无人能加以制约。当然，这种事情没办法得到确认，但至少有理由去这么想。共和政府根本没有采取行动阻止叛乱，而叛乱从很久以前就已经是意料中的事情。而政变发动之后，政府的态度非常软弱犹豫，事实上，在一天之内西班牙有三位总理上台下台①。而且，虽然武装工人是挽救局势的有效手段，但政府的态度迟疑不定，只是在激烈的民意要求下才勉强进行。但是，武器还是派发下去了，在西班牙东部的大城镇，法西斯军队一溃千里，斗争的主力是武装工人，并得到仍对政府效忠的武装部队（突击卫队等）的援助。只有怀着革命理想的人才能如此艰苦卓绝地进行斗争——他们相信自己在为了比现实更美好的未来而奋斗。在众多的反抗城市据说一天之内有三千人死于街头巷战。男女平民身上就绑着炸药雷管冲过开阔地带，炸毁由训练有素的士兵以机关枪把守的砖石建筑。法西斯军队还在交通要道设置了机关枪阵地，出租车司机以六十英里的时速进行自杀式冲锋。即使你没有听说过农

---

① 原注：这三人分别是奎罗加（Quiroga）、巴里奥斯（Barrios）和杰拉尔（Giral）。前两位拒绝向工会组织派发武装。

民们夺取土地，成立地方苏维埃政权等事情，你也很难相信曾经是抵抗行动中坚骨干的无政府主义者和社会主义者这么做是为了保卫资本主义民主，尤其在无政府主义者的眼中，资本主义民主无非就是中央集权化的欺诈机器。

与此同时，工人们掌握了武装，到了这时他们拒绝交出武装。（即使到了一年后，据估计加泰罗尼亚的无政府主义者联盟依然掌握着三万支步枪。）那些亲法西斯的大地主的田庄被农民们占据了。伴随着工业和交通的集体化，通过成立地区委员会、以工人巡逻队代替亲资本主义的旧警察部队、建立以工会为基础的工人民兵部队等措施，工人们尝试着建立起工人政府的雏形。当然，这一过程没有统一行动，而加泰罗尼亚比其他地方更加激进。有的地方政府机构几乎没有受到冲击，而有的地方政府机构与革命委员会并存。有几个地方成立了独立的无政府主义者社区，其中几个直到一年后仍然存在，被政府以武力镇压了。在加泰罗尼亚，头几个月大部分实权由无政府主义者联盟所掌握，他们控制了绝大多数的核心行业。事实上，西班牙不仅在进行一场内战，而且是在开始一场革命。西班牙境外的反法西斯媒体刻意隐瞒的正是这一点，整件事被片面报道为"法西斯与民主的斗争"，而其革命的一面则被尽量掩盖。比起其他国家，英国媒体受政府管束的情况更加严重，公众也更容易受到蒙骗，关于西班牙内战的情况只有两个版本的报道能见诸报端：

一个版本是，这是一场基督教会爱国群体的右翼团体与双手沾满鲜血的布尔什维克党人的斗争，另一个版本是这是一场拥护共和的温和左派势力对抗军事政变的斗争。核心的问题被成功掩盖了。

这么做有几个原因。首先，亲法西斯的媒体在散布骇人听闻的谣言，怀着善意的宣传工作者无疑会以为否认西班牙已经"走向赤化"是在帮助西班牙政府。但主要的原因是这样的：除了各国的少数派革命团体外，全世界都决心遏止西班牙的革命。而有苏俄在背后撑腰的共产党更是在全力反对革命。按照共产主义纲领，这个时候进行革命将会带来致命的后果，他们不希望西班牙由工人掌权，而是希望成立资产阶级民主体制。几乎无须指出为什么"自由派"的资产阶级思想会奉行同样的纲领。海外的资本家在西班牙投资非常丰厚。以巴塞罗那拖拉机公司为例，英国在其身上投资了好几千万英镑，而工会势力控制了加泰罗尼亚的所有交通，如果革命成功的话，外国资本家将血本无归。但如果资产阶级共和体制继续执政的话，外国投资则能得到保障。革命必须被镇压，为了简化、控制局面，就必须假装革命根本没有发生。这样一来，每个事件背后真正的含义都被掩盖起来，每一次权力从工会那里转移到中央政府手中都被声称是军事整顿的必要措施。由此产生的局势非常奇怪。在海外几乎没有人知道西班牙正在进行革命，而在西班牙国内革命已是家喻户晓。加联社党的报纸受共产党控制，奉行反对革命的政策，但就算是这份报纸也在谈论"我们光荣的革命"。而国外的共产党舆论却在说西班牙没有革命爆发的迹象，他们说占领工厂、成立工人委员会等事情没有发生——或者说，就算发生了，也是"无足轻重的政治事件"。根据《工人日报》的报道（1936 年 8 月 6 日），那些宣扬西班牙人民为了社会革命或为了其他目的，而不是为了资产阶级民主而战的人，都是"彻头彻尾的谎话连篇的恶棍"。但是胡安·洛佩兹①身为瓦伦西亚政府的成员，曾在 1937 年 2 月说过"西班牙人民抛头颅洒热血，为的不是民主共和与一纸空文的宪法，而是为了……革命"。因此，"彻头彻尾的谎话连篇的恶棍"似乎也包括政府成员，而我们都在为了这个政府而进行战斗。有的外国反法西斯报纸甚至捏造谎言，说群众只是冲击那些被法西斯军队用作防守要塞的教堂。事实上，所有的教堂都遭到劫掠，因为大家都知道西班牙教会势力是资产阶级的一部分。在西班牙的六个月我只见过两间未遭到破坏的教堂，直到 1937 年 7 月之前，所有的教堂都不得开放或举行仪式，只在马德里有一两间教堂能举行仪式。

但是，说到底，这只是革命的开始，而不是一场完整的

---

① 胡安·内格林·洛佩兹（Juan Negrín y López, 1892—1956），西班牙政治家，西班牙社会主义工人党的领袖，1937 年至 1939 年内战期间担任西班牙共和国总理。

革命。即使在工人阶级有实力推翻或完全取代政府的时候（加泰罗尼亚的工人确实有这个实力，其他地方的工人或许也能做到），他们也没有这么做。显然，当弗朗哥的军队兵临城下，而中产阶级和工人们站在同一阵营时他们不能这么做。西班牙正处于过渡状态，既可能朝社会主义方向发展，也可能重新回到资本主义共和政体。大部分土地都被农民们分掉了，除非弗朗哥获胜，否则他们将能守住土地。所有的大型工业都收归集体化，但至于是会继续保持集体所有制，还是会重新回到资本主义体制，就得视乎哪个政党掌权。最开始的时候中央政府和加泰罗尼亚人民大会（半自治性质的加泰罗尼亚地方政府）确实代表了工人阶级。执政党的领袖卡巴勒罗①是一位左翼社会主义者，而内阁成员都来自总工联（代表了社会主义工会）和国工联（由无政府主义者控制的工团主义者联盟）。加泰罗尼亚人民大会一度被反法西斯防务委员会②所取代，大部分成员来自各个工会。后来防务委员会被解散了，人民大会重新组建，代表工会和各个左翼政党。但伴随每一次重组，政府变得越来越右倾。首先马联工党被逐出人民大会，六个月后卡巴勒罗被右翼社会主义者内格林所取

---

① 弗朗西斯科·拉尔格·卡巴勒罗（Francisco Largo Caballero，1869—1946），西班牙政治家，西班牙社会主义工人党早期领袖之一，全国总工会创建人之一，曾于1936—1937年担任西班牙共和国总理。
② 原注：代表们根据各党派组织的党员规模按照比例推选而出。各个工会有九个代表，三个来自加泰罗尼亚自由主义党派，各个马克思主义政党有两个代表（马联工党、共产党和其他政党）。

代，不久之后国工联被逐出政府，接着是总工联，接着国工联被逐出人民大会，最后，战争和革命爆发一年后，西班牙政府被右翼社会主义者、自由党和共和党所控制。

右倾的大趋势大概是从 1936 年 10 月至 11 月开始的，那时候苏联开始向政府提供武器，权力开始从无政府主义者手中转移到共产党手中。整个世界就只有俄国和墨西哥能挺身相助西班牙共和政府。众所周知，墨西哥无法大规模提供武器，因此俄国人掌握了话语权。大家都知道，俄国人的条款总结起来就一句话："阻止革命发生，否则别想得到武器。"而阻挠革命的第一步是将马联工党逐出加泰罗尼亚人民大会，幕后的主谋就是苏联。俄国政府直接施压这件事被否认了，但这一点并不重要，因为所有国家的共产党都唯俄国马首是瞻。无可否认，共产党一开始与马联工党斗，然后与无政府主义者斗，再与卡巴勒罗的社会主义党斗，基本上，它是反革命政策的主要推手。苏联插手后，共产党的胜利可谓是板上钉钉的事情。首先，大家都感谢俄国提供武器，尤其当国际纵队抵达西班牙之后，这场战争共产党似乎已经胜券在握，风头一时无两。其次，俄国的武器是通过共产党及其盟友分配的，他们尽量把武器少分配给自己的政敌。[①]第

---

① 原注：这就是为什么阿拉贡前线俄式武器装备如此稀少，因为这一战区的部队主要是无政府主义者。直到 1937 年 4 月，我所见过的俄式武器——除了几架不知是不是出自俄国的飞机之外——就只有一挺轻机枪。

三，通过宣告非革命的政策，共产党得以吸引了所有被极端主义者们吓跑的人。比方说，组织富农反对无政府主义者的集体化政策就是一件轻而易举的事情。共产党员的数量剧增，大部分都是中产阶级人士——商店老板、政府官员、军官、富农等等。在这场战争中有三方势力在角逐博弈。共和政府必须继续对抗弗朗哥，而与此同时，他们希望夺回被工会掌握的权力。而这是通过一系列的小动作得以实现的——正如某些人所说的，针刺政策——大体上，这是非常狡猾的行动，没有笼统而明显的反革命行动，直到1937年5月几乎没有必要使用武力。工人们总是被这么一番不言自明的话所说服："你们必须这么做或那么做，否则我们就会输掉这张战争。"不消说，每一次军事上的需要都是要求工人们放弃他们在1936年为自己所赢得的权利。但是，这一理由屡试不爽，因为输掉战争是各革命政党最不愿意看到的结果。如果这张战争输掉的话，什么民主与革命、社会主义与无政府主义都将成为空谈。无政府主义者是唯一有实力的政党，而他们只能一步步地退让。集体化的过程中止了，地区委员会被废除，工人巡逻队被取缔，而且恢复了战前原有的警察编制，并加以大规模扩充武装。许多原本由工会控制的枢纽行业被政府接管（导致五月冲突的接管巴塞罗那电话公司事件，就是这一过程的事件之一）。而最重要的是，以工会为基础的工人民兵组织逐渐土崩瓦解，被改编为新的人民军，一支建立在半资产阶级纲领之上的"非政治"军队，军饷高下有别，而且军官们拥有特权，等等等等。在当时的特殊情况下，这的确是决定性的一步。加泰罗尼亚比其他地方更迟一些迈出这一步是因为革命政党的势力在那里最为强大。显然，如果工人阶级不想沦为失败者的话，他们必须掌握自身的武装力量。和以往一样，瓦解民兵组织是打着提高军队效率的旗号进行的，没有人能否认军队需要彻底重组。但是，重新改组军队以提高作战效率与将军队置于工会组织的直接控制之下并不相悖。军队变革的主要目的是确保无政府主义者不再拥有自己的军队。而且，民兵部队的民主精神使得它们成为革命理念的摇篮。共产党很清楚这一点，对马联工党和无政府主义者要求各阶层同等报酬的纲领无休止地进行恶毒的抨击。一场大规模的"资产阶级化"正在发生，蓄意要摧毁革命头几个月来所建立起来的平等主义的气氛。西班牙的变化日新月异，隔了几个月再去那里的人几乎认不出那是同一个国家。原本那里似乎是工人当家作主的国度，而就在一个人的眼前，这个国家变成了一个普通的资产阶级共和国，贫富悬殊依然存在。到了1937年的秋天，"社会主义者"内格林公开进行演讲，声称"我们要尊重私有产权"，西班牙议会的议员们在战争一开始时逃离这个国家，因为他们被怀疑对法西斯主义抱以同情，现在他们纷纷回来了。如果你记得这一切都源自资产阶级和工人出于法西斯主义所迫而以某种形式达成的临时联盟，整个过程就很容易理解了。这一联盟被称为"民主统一战线"，其实是彼此勾心斗角的敌人临时拼凑的组合，只有双方斗个你死我活才能告终。西班牙的局势出人意表的情况在于，在政府的各个党派中，共产党没有奉行极左路线，而是奉行极右路线——而这让外界产生了极大的误解。事实上，这没有什么好奇怪的，因为共产党在其他地方的所作所为——尤其是在法国的行动——清楚无遗地揭示，官方共产主义在眼下是反革命的一股势力。第三共产国际的全盘政策如今必须服从保卫苏联这一目标（考虑到国际形势，这是可以理解的），而这取决于一个军事联盟体系。苏联与奉行资本主义和帝国主义的国家结为盟友。对于俄国来说，只有与强大的资本主义法国结盟才有意义，因此法国的共产主义政策必须反对革命。这不仅意味着法国共产党人如今都拥戴法国的蓝白红三色旗，高唱《马赛曲》，更重要的是，他们已经放弃了鼓动法国殖民地发动革命的努力。不到三年前，法国共产党的总书记多列士①还在宣称法国工人绝不会受到蛊惑与他们的德国同志为敌②，现在他是法国调子喊得最高的爱国者之一。理解任何国家的共产党一举一动的线索是该国与苏联实际的或潜在的军事关

---

① 莫里斯·多列士（Maurice Thorez, 1900—1964），法国共产党领袖，曾于1946年至1947年出任法国副总理。
② 原注：1935年3月于下议院。

系。举例来说，英国与苏联的关系仍不明朗，因此英国共产党仍对英国政府持仇视态度，表面上对重整军备持反对意见。但是，假如大英帝国与苏联结为盟友或签订军事备忘录，英国共产党员将和法国共产党员一样，被迫成为爱国主义者和帝国主义者。这样的先兆已经出现了。在西班牙，由于俄国的盟友法国坚决反对这个邻国变成革命的国度，并竭力阻止西属摩洛哥获得解放，西班牙的共产主义"统一战线"也相应受到了影响。《每日邮报》编出种种关于莫斯科资助赤化革命的传闻，比以往错得更加离谱。事实上，西班牙革命的最大阻挠是共产党人。后来，当右翼力量完全掌权后，共产党人比自由党人更热衷于捕杀革命领袖。①

我已经尝试勾勒出西班牙革命在第一年的大体过程，因为这会让任何时期的情况都更容易理解。但我不是想说在二月份的时候我就已经有了上面我所说的全部想法。首先，那些后来让我豁然开朗的事情还没有发生，而且我所同情的对象在当时与现在是不同的。这一部分是因为这场战争的政治一面让我觉得厌倦，而且我本能地反对我听到最多的观点——即马联工党和独立工党的观点。和我在一起的那些英国人大部分是独立工党的成员，有几个是共产党员，他们几乎都比我受过更良好的政治教育。一连好几个星期，在韦斯

---

① 原注：了解政府军这边各党派的互相制约影响，请参阅弗朗兹·伯克瑙的《西班牙驾驶舱》。这是迄今为止关于西班牙战争写得最好的一部作品。

卡无所事事的那段无聊时光里，我发现自己置身于几乎永无休止的政治讨论中。在我们驻扎的那间农舍恶臭熏天的谷仓里，在漆黑一片的掩体里，在午夜冰寒彻骨的时候猫在护墙后面，我们对那些互相抵触的党派"纲领"进行了一遍又一遍的辩论。在西班牙人中情况也是一样，我们看到的大部分报纸将党派之间的争执作为它们的专栏。你得是一个聋子或白痴才能对各个党派所代表的理念没有一定的了解。

从政治理论的角度看，只有三个党派地位比较重要，分别是加联社党、马联工党以及被称为无政府主义者的国工联—伊无联同盟。我把加联社党列在最前面，因为它是第一大党，也是最后获得胜利的政党，即使在当时它的势力也正在蓬勃发展。

有必要解释一下的是，加联社党的纲领其实就是共产党的纲领。加联社党是加泰罗尼亚的社会主义党，于战争之初由几个马克思主义政党合并而成，包括加泰罗尼亚共产党，但现在完全由共产党人掌权，听命于第三共产国际。在西班牙的其他地方，社会主义党和共产党没有正式统一，但共产党的政见和右翼社会主义者的政见在方方面面没什么两样。大体上说，加联社党是社会主义工会同盟总工联的政治喉舌。在整个西班牙，这些联盟的成员人数大约是150万。原本党员的主体是来自各行各业的工人，但自从战争打响之后，许多中产阶级人士也纷纷加入，规模剧增，因为在革命早期，各行各业的人发现加入总工联或国工联有好处。这两大联盟互有重叠，但二者当中，国工联更像是一个工人阶级的组织，因为加联社党内部既有工人阶级，也有小资产阶级——后者包括商店老板、政府官员和富农。

加联社党的纲领通过共产党和亲共产党的媒体被公诸于众，大体上它的内容是：

"目前最重要的事情是赢下战争，除此之外，其他一切都是空谈。因此，推行革命在眼下并非适时之举。为避免农民阶级离心离德，农村集体化不得进行，对站在同一阵线的中产阶级应采取怀柔手段。最重要的是，为了战争效率，革命式的混乱必须中止。我们必须成立强力的中央政府取代地方委员会，我们必须拥有训练正规与完全军事化的军队，并加以统一指挥。坚持工人阶级专政与鹦鹉学舌般地高喊革命口号已是不合时宜之举，它不仅造成了妨碍，甚至是反革命的行为，因为这会被法西斯分子作为进攻我们的理由。现阶段我们的奋斗目标不是成立无产阶级专政，而是争取实现议会民主。任何人如果试图将内战演变为社会主义革命，就是在为法西斯分子助纣为虐，即使并非出于主观意愿，在客观上，一律视为叛徒。"

当然，马联工党的"纲领"除了在赢得战争的重要性这一点上与前者相同之外，几乎每一点都与上面的"纲领"背道而驰。马联工党是在许多国家纷纷出现的持有不同政见的共产主义政党之一，这是近年来反对"斯大林主义"的结果，即反对共产主义政策那些真实的或表面的变化。它的成员一部分是前共产党员，一部分是工农联盟。从人数上看，它是个小政党①，出了加泰罗尼亚就没有多少影响力了，它的重要性在于有政治意识的成员比例超乎寻常。在加泰罗尼亚，它的大本营是莱里达。它并不代表任何工会。马联工党的民兵大部分是国工联的成员，但真正的党员大体上是总工联的成员。但是，马联工党只在国工联中拥有影响力。马联工党的纲领大致如下：

"以资产阶级'民主'的名义反对法西斯主义根本毫无意义。资产阶级'民主'实质上就是资本主义，也就是法西斯主义。以'民主'为名反对法西斯主义就是以一种形式的资本主义反对另一种形式的资本主义，而前者随时会变成后者。只有工人掌握政权才能彻底消灭法西斯主义。如果不以这一目标为纲领，你将把胜利拱手让给弗朗哥，或让法西斯主义有机可趁，卷土重来。工人阶级必须捍卫一切胜利的果实，如果他们屈服听命于资产阶级政府，胜利的果实将被窃取。以工人为主体的民兵组织和警察部队必须维持其组织形式，坚决抵制'资产阶级化'的改组。如果工人阶级不能控

---

① 原注：马联工党的党员人数是：1936年7月10 000人，1936年12月70 000人，1937年6月40 000人。但这些数字是出自马联工党，敌对方面会把这些数字缩小为四分之一。对于西班牙政党只有一件事情是肯定的。那就是，每个政党对党员的数目都夸大其词。

制武装部队，武装部队就会反过来控制工人阶级。战争与革命二者密不可分。"

无政府主义者的观点很难明确定义。"无政府主义者"这个词基本上只是用来指代许多持不同政见的人。构成国工联的几大工会大约有两百万名成员，有自己的政治喉舌。伊无联是一个地道的无政府主义者组织，但即使是伊无联的成员虽然总是带有无政府主义思想的色彩（或许大部分西班牙人都是这样），也并不一定是纯粹意义上的无政府主义者。特别是在战争的开始阶段，他们的纲领与一般的社会主义纲领非常接近，因为战争的局势迫使他们奉行中央集权，并违背了他们的根本原则，加入了共和国政府。但他们与共产主义者有着本质上的不同。与马联工党一样，他们的目标是工人阶级专政，而不是实现议会民主。他们接受了马联工党的口号："战争与革命二者密不可分，"但他们对这一理念没有那么教条主义。大体来说，国工联—伊无联的纲领如下：一、由每个行业的工人直接控制该行业，如交通、纺织工厂等；二、成立地方委员会执政，抵制一切形式的中央集权主义；三、对资产阶级与教会势力非常仇视，没有妥协的余地。最后一点虽然最不明确，却是最重要的。无政府主义者在大部分所谓的革命人士中是异类，虽然他们并没有非常清晰的革命原则，但他们对特权和不公的仇恨是完全真挚的。理论上共产主义和无政府主义是两种尖锐对立的政治理论。

实际上——即在社会形式这一目标上——其差异主要是强调重点的不同，但这一差异无法调和。共产主义者强调中央集权和效率，而无政府主义者强调自由和平等。无政府主义在西班牙扎根甚深，一旦俄国势力撤出西班牙，它就可能压倒共产主义。在战争的前两个月，挽救局势的主力军是无政府主义者，到了后来，虽然无政府主义的民兵组织纪律涣散，他们却是西班牙各个军事力量中作战最英勇的一支部队。大约从1937年2月开始，无政府主义者和马联工党从某种程度上说可以被归在一起。要是无政府主义者、马联工党和左翼社会主义者们在一开始的时候就能团结一致，制订务实的政策，战争或许会是另外一番结局。但在早期革命形势似乎就掌握在各个革命政党的手中时，这种事情是不可能发生的。无政府主义者和社会主义者素有积怨，马联工党作为马克思主义的信徒对无政府主义者心存疑虑，而在无政府主义者的眼中，马联工党的"托洛茨基主义"比起共产党的"斯大林主义"好不到哪里去。但是，共产党的策略却将这两个党派团结在了一起。当马联工党参与了巴塞罗那五月份的巷战时，主要是出于与国工联并肩作战的道义。后来，当马联工党被镇压时，只有无政府主义者敢仗义发出声音捍卫它。

因此，大体上说，各方势力的结盟情况是这样的：一方阵营是国工联、伊无联、马联工党和一部分支持工人阶级掌权的社会主义者，另一方阵营是右翼社会主义者、自由党和共产党，他们代表了中央集权政府和正规军事化的军队。

不难理解为什么这个时候我更加赞同共产党的观点而不是马联工党的观点。共产党有明确而务实的政策，根据只有几个月前瞻性的常识去判断，明显是更好的纲领，而马联工党过一天是一天的纲领和他们的宣传工作实在是糟糕得难以启齿。情况肯定会是这样，否则吸引到更多追随者的党派就是它了。而最终的决定因素是共产党在战争中高歌猛进——我感觉似乎就是这样——而我们和无政府主义者则一筹莫展。这就是当时普遍的感觉。共产党掌握了权力，党员的数目大增，一部分原因是它争取到了反对革命的中产阶层，另一部分原因是，他们似乎有望取得这场战争的胜利。俄国的武器援助和共产党指挥下保卫马德里的大捷让共产党成了西班牙的英雄。正如某个人所说的，每一架俄国飞机从我们头顶飞过就是在为共产党进行宣传。虽然我明白马联工党所坚持的革命纯洁性有其道理，但我觉得这是一番空谈，因为说到底最重要的事情是赢得这场战争。

与此同时，你死我活的内部党派斗争在报纸、传单、海报和书籍里如火如荼地进行——斗争无处不在。这段时间我看得最多的是马联工党的报纸《战斗报》和《前进报》，上面总是长篇累牍地攻讦加联社党的"反革命罪行"，让我觉得它们是在无聊地装腔作势。后来，当我更仔细地研究加联社党和共产党的报刊时，我意识到比起它们的敌对情绪，马联工党根本就是小巫见大巫。别的且不说，他们发起攻讦的机会要少得多。不像共产党，马联工党在西班牙国外根本没有报刊的基础，而在西班牙内部他们也面临不利的局面，因为报刊审查的权力大部分掌握在共产党的手里，这意味着马联工党的报刊要是刊登有威胁性的话就会遭到压制或罚款。平心而论，马联工党虽然在革命问题上不停地进行说教和不厌其烦地引用列宁，他们基本上不会进行个人诽谤。而且，它们的争论主要局限于报纸上的文章。他们那些针对普罗大众的大幅彩色海报（海报在西班牙很重要，因为有很多人是文盲），并没有对敌对党派进行攻讦，纯粹只是反法西斯或抽象的革命宣传，而民兵们唱的军歌也是一样。共产党的宣传攻势则是另外一回事。在本书的后面我将会谈到这一点。在此我只对共产党的攻讦内容作简要的介绍。

表面上共产党与马联工党之间的争执在于斗争的策略。马联工党要求立刻进行革命，而共产党则不是，双方都有着充足的理由。而且，共产党指责马联工党的宣传分化削弱了政府的力量，从而让战争陷入危险。虽然我不同意这种论调，但它自有其道理。不过，到了这里，共产党的那一套奇怪的策略开始用上了。刚开始的时候是试探性的，然后渐渐大声起来：他们开始认定马联工党分裂政府不是出于判断失误，而是故意要这么做。马联工党被断定为一群乔装打扮的法西斯分子，被弗朗哥和希特勒收买了，他们推行伪革命的政策，目的是协助法西斯。马联工党是"托派组织"和"弗朗哥的第五纵队"。这表示，数万名工人阶级兄弟——其中包括八千到一万名在前线战壕挨冻的士兵和数百名牺牲了个人的生活和国籍、奔赴西班牙抗击法西斯主义的外国人——都是被敌人收买的叛徒。这一说法被画成海报什么的传遍了西班牙，在共产党和全世界亲共产党的报刊里一再重复。要是我刻意收集那些文章的话，可以填满六七本书的内容。

这就是他们对我们的诋毁：我们是托派分子、法西斯分子、叛徒、杀人凶手、懦夫、间谍，等等等等。我承认那不是什么让人开心的事情，尤其是当你想到某些必须对此负责的人。看到一个十五岁的西班牙小男孩被抬在担架上离开前线，茫然而苍白的脸在毛毯中露出来望着外头，再想到在伦敦和巴黎那些正在撰写传单资料斥责这个小男孩是伪装的法西斯分子的投机分子，实在是让人愤愤不平。这场战争最可怕的地方在于，所有的战争宣传，所有的叫嚣、谎言和仇恨，都是来自那些没有在战斗的看客。我在前线认识的加联社党的民兵和时不时遇到的国际纵队里的共产党员从来不会指责我是托派分子或叛徒。这种事情是躲在后方的记者们干的，那些在报纸里写文章斥责和诽谤我们的人全都安全地躲在家里，顶多躲在瓦伦西亚的报社办公室里，离子弹和泥泞有好几百里远。除了党派之间的纷争带来的诽谤抹黑之外，所有惯用的战争手段、慷慨激昂的讲话、装腔作势的豪情壮语和对敌人的诽谤中伤——所有这些和以往一样，都是那些没有参加战斗和那些战斗还没打响就跑到百里之外的人做出来的。这场战争最让人觉得厌烦的一件事情就是让我了解到左翼报刊和右翼报刊一样虚伪欺诈。①我确实诚挚地觉得在我们这一方——政府军这一方——这场战争并不是寻常的帝国主义战争。但仅凭战争宣传的性质来看，你根本无法猜到这一点。战斗刚一打响，左派和右派的报纸立刻开始泼脏水的那一套。我们都记得《每日邮报》的海报："赤匪钉死修女"，而《工人日报》则说弗朗哥的外籍军团是由"杀人犯、逼良为娼者、瘾君子和每一个欧洲国家的人渣所组成"。到了1937年10月，《新政治家报》对我们说法西斯军队的工事是拿活生生的孩子构筑的（这可能是最不趁手的修筑工事的材料了），亚瑟·布莱恩特先生②则声称"在忠于共和国分子势力范围内的西班牙，锯掉一个保守派商人的腿是'司空见惯'的事情"。写这类东西的人从未参加过战斗，他们可能觉得写这些东西就是在替代战斗。所有的战争都是一样的：士兵负责打仗，记者负责呐喊，没有哪个真正的爱

---

① 原注：我想将《曼彻斯特卫报》排除在外。为了写这本书我翻阅了大量的英文报刊。在我们各大报刊中，《曼彻斯特卫报》是唯一让我愈发敬重的报纸，因为它做到了诚实。

② 亚瑟·魏恩·摩根·布莱恩特（Arthur Wynne Morgan Bryant, 1899—1985），英国历史学家，对十八世纪和十九世纪的英国历史有精深的研究，代表作有《保守主义的精神》、《时势与个体》等。

国者除了进行最短暂的宣传行程之外会走近一条前线的战壕。有时候我想到飞机改变了战争，觉得很是舒心。或许在下一场世界大战来临时，我们将看到史无前例的一幕：一个身上遍布弹孔的沙文主义者。

就新闻工作这一方面而言，这场战争和其他所有战争一样充满了喧嚣，但有一点不一样：通常情况下记者会将他们最具杀伤力的恶言谩骂留给敌人，但这一次，随着时间推移，渐渐地，共产党和马联工党对彼此的攻击比对法西斯分子的攻击更加恶毒。但是当时我没有觉得这是什么大不了的事情。内部党派的矛盾很烦而且很讨厌，但我觉得这只是关起门来的争吵。我不相信这会改变什么，或真有什么不可调和的政策上的差异。我知道共产党和自由党已经决心不会让革命继续进行下去，但我不知道他们能作出反革命的行径。

这么想是有理由的。我在前线的那段时间，那里的社会和政治环境没有发生改变。我在一月初离开巴塞罗那，直到四月底才回去。这段时间——事实上，直到后来——在无政府主义者和马联工党的部队控制的阿拉贡地区，情况依然没有变，至少表面上是这样，革命气氛仍像我刚开始所感受的那样。将军和士兵，农民和民兵，大家依然平等相待。所有人都在领取同样的工资，穿着同样的衣服，吃着同样的食物，大家以"你"和"同志"相称，没有老板也没有奴仆，没有乞丐，没有妓女，没有律师，没有牧师，没有阿谀奉承，没有行触帽礼。我呼吸着平等的空气，我头脑简单地以为这种情况在西班牙到处都一样。我没有意识到，我碰巧孤立地置身于西班牙最具革命气概的工人阶级团体中。

因此，当我那些政治水平更高的同志告诫我不能只抱着军事态度看待这场战争，选择只能在革命和法西斯主义之间作出时，我老是嘲笑他们。大体上我接受了共产党的观点，总结为一句话就是："只有战争取得胜利，我们才能把革命进行下去。"我不赞同马联工党的观点，总结为一句话就是"革命形势不进则退"。后来，我觉得马联工党是对的，至少要比共产党的那一套更正确，这不完全取决于合不合乎理论。共产党说的那一套很有道理，问题是，他们的所作所为让人很难相信他们是出于真正的信仰而在推行这一套。他们一再强调的口号是："先赢得战争，再进行革命。"虽然那些加联社党的普通民兵都相信这一套说辞——他们真心以为赢下这场战争之后革命就会继续进行，但这句口号其实只是一句空话。共产党的真正目的不是暂时搁置西班牙革命以等待合适的时机，而是确保西班牙革命绝不会发生。随着时间的推移，这一点变得越来越明显，权力渐渐从工人阶级的手中被夺走，越来越多的不同政治色彩的革命人士被关进监狱，每一次行动都是以军事必要性为名，因为这一借口可以说是明摆着的道理。但结果就是，工人们逐渐从优势地位被逼到绝境，战争结束后，他们根本不可能抵挡资本主义的复辟。

请记住，我没有在说那些普通共产党员的坏话，更不是针对那些在马德里壮烈牺牲的数千名共产党员。但他们不是制订党纲的人。至于那些高层人物，很难想象他们不是故意做出这些行径的。

但说到底，这场战争必须赢下，即使革命已经无望。到最后我开始怀疑从长远的角度看，共产党的政策会不会赢得胜利。似乎很少人意识到在战争的不同时期应该有不同的政策。在最开始的两个月里，是无政府主义者挽救了形势，但他们没有能力进一步组织抵抗。十月到十二月期间是共产党挽救了局势，但一鼓作气赢得这场战争则是另外一码事。在英国，共产党的战争政策没有遭到质问就被接受了，因为只有极少数对其进行批评的意见可以刊印，而且因为它的整体纲领——消除革命的混乱，加快生产，改组军队——听起来很务实而有效率。有必要指出其内在的缺陷。

为了阻止每一个革命的趋势，将这场战争尽量变成一场普通的战争一定会导致在战略机会出现时将其白白浪费。我曾经描述过我们在阿拉贡前线的武装情况和武器严重紧缺的情形。基本上可以肯定的是，武器是刻意被扣押的，以免太多的武器落入无政府主义者的手中，将来用于进行革命，而结果就是，原本可以迫使弗朗哥从毕尔巴鄂或从马德里退兵的大规模的阿拉贡攻势未能进行。但这相对来说只是一件小事。更为重要的是，一旦这场战争被限制为"争取民主的战争"，要争取到海外工人阶级的大规模援助就变成了不可能的事情。要是我们面对现实，我们就必须承认全世界的工人阶级都抱着冷漠的态度看待这场西班牙战争。有数万人来到这里参加战斗，但他们身后数以千万计的人一直抱以冷漠的态度。在战争的第一年，据信英国全体公众通过各个"援助西班牙"的基金会捐赠了二十五万英镑——大概只有他们每周花在电影院上的钱的一半。民主国家的工人阶级原本可以通过行业行动——罢工和杯葛——援助他们的西班牙同志。这种事情根本没有发生。工党和共产党的领导人到处宣传说这是不可想象的事情，无疑，他们是对的，只要他们声嘶力竭地叫嚷着"红色的西班牙"并不是红色的。自 1914 年至 1918 年那场"为了民主的战争"以来，在过去的许多年里，共产党自己一再教育各个国家的武装工人，"民主"是资本主义的委婉称谓。先说"民主是一场骗局"，然后再号召"为民主而抗争"可不是什么好策略。如果以苏联的巨大威望为后盾，他们不是以"民主的西班牙"，而是以"革命的西班牙"为口号向全世界的工人阶级求援，很难相信他们会得到这么一番冷遇。

但是，最重要的是，由于推行的是非革命的政策，要在弗朗哥的大后方发动罢工就算并非不可能，也会是一件很困难的事情。到了 1937 年的夏天，弗朗哥所统治的人口已经大于政府统治的人口——如果算上殖民地的话要多得多——

而军队的规模大致旗鼓相当。每个人都知道，要是后方民情不稳的话，那么除了前线的部队之外，还得有同等规模的军队保证后勤供应，镇压怠工破坏等等。因此，弗朗哥的后方显然没有人民运动在进行。很难想象在他的地盘里，至少那些城镇工人和更穷苦的农民会希望弗朗哥执政，但政府的全面右倾让自己失去了威信。能证明这一切的就是摩洛哥的情况。为什么在摩洛哥没有爆发起义？弗朗哥妄图建立独裁政体，而摩尔人更希望他而不是人民政府当政！可想而知，真相就是根本没有人尝试在摩洛哥号召起义。因为这么做意味着必须让这场战争增加革命的色彩。要让摩尔人相信政府的诚意，首先要做的就是宣布摩洛哥获得解放。我们可以想象，法国人会有多么高兴！这场战争最好的战略机会就被白白浪费了，为的就是让法国和英国的资本主义政权觉得安心。共产党的整体政策就是将这场战争局限为一场寻常的、非革命性质的战争，政府受到了沉重的束缚。技术手段是赢得这么一场战争的关键，说到底就是源源不断地供应武器，而西班牙政府的主要捐赠人苏联相比起意大利和德国，地理位置非常不利。或许马联工党和无政府主义者的口号——"战争与革命密不可分"并没有听上去那么虚幻。

我已经阐述了我认为共产党的反革命政策之所以错误的理由，但就其对战争的影响而言，我并不希望我的判断是正确的。我一千次盼望它是错误的。我希望看到这场战争获得胜利，无论采取什么样的手段。当然，我们还不知道接下来会发生什么事情。西班牙政府可能会转向左倾，摩尔人可能会自发起义，英国或许会决定拉拢意大利，或许通过直接的战争手段就能够赢得这场战争——这些都无从得知。我已经表明了我的想法，时间会证明到底我是对是错。

但1937年2月那时我没能这么清楚地去看待局势。我在阿拉贡前线无所事事，觉得心里很烦，认为自己没有尽到战斗的义务。我总是想起巴塞罗那那张征兵海报，上面写着质问过往行人的话："你为民主做了什么？"我觉得我只能回答："我已经领到了自己的军饷。"当我加入民兵时，我答应过自己要杀死一个法西斯分子——毕竟，要是我们每个人都杀死一个的话，他们就会都死光了——我还没有杀过人呢，甚至没什么机会这么做。当然，我想去马德里。部队里每个人，无论他怀着怎样的政治理念，都希望去马德里。这或许意味着我得转去国际纵队，因为马联工党在马德里的部队人数很少，而无政府主义者的部队人数也没有以前多了。

当然，目前来说我只能待在前线，但我告诉大家，等我们放假的时候，要是可以的话，我会转去国际纵队，这意味着我将受共产党的控制。许多人想说服我放弃这个念头，但没有人试图干涉我。说句公道话，在马联工党内部并没有大肆搜查异见人士，或许这一工作没有做到位，考虑到他们的特殊处境。除了法西斯分子之外，没有人因为政治思想错误而遭到惩罚。在队伍里我老是批评马联工党的"方针"，但从来没有惹来麻烦。这里甚至没有被逼入党的政治压力，虽然我想大部分民兵都入党了。我自己没有加入马联工党——后来马联工党遭到镇压，我觉得很是内疚。

# 第六章

与此同时，每天——更确切地说是每晚——我们都在执行相同的任务：站岗、巡逻、挖战壕，忍受着泥泞、雨水、寒风和时落时停的雪花。直到四月中旬晚上才变得暖和一些。这里是西班牙的高原，三月份的天气和英国三月份的天气非常相似，有着蔚蓝的天空和凛冽的寒风。冬麦长了一英尺来高，樱花树上长了深红色的花蕾（这一带的阵地贯穿荒弃的果园和菜园），在战壕里还能找到紫罗兰和一种长得可怜巴巴的、像风信子的野花。在阵地后方有一条青色的潺潺小溪，这是自从我来到前线之后第一次见到清澈的水流。有一天我咬紧牙关，爬进河里洗了六周来的第一个澡。这个澡洗得很仓促，因为河水是雪融化而成的，温度比零度高不了多少。

与此同时，没有事情发生，没有任何事情发生。英国人会说这根本不是一场战争，只是一场该死的闹剧。我们几乎没有与法西斯军队正面交火。唯一的危险来自流弹，由于双方的阵地都是呈向前弯曲的弧形，所以流弹会从几个方向飞来。这一时期所有的伤亡都是流弹造成的。亚瑟·克林顿被一颗不知从何而来的子弹击碎了左肩，我觉得他整条膀子恐怕终生都废了。阵地上时而会有炮弹袭击，但基本上没有什么杀伤效果。我们都把炮弹的呼啸声和轰炸当成是一种消遣，因为法西斯军队的炮弹从未落在我方的掩体上。在我们后方几百码的地方有一座乡村房屋，名叫拉格兰贾，修了几座农舍，我们征用过来，当作这一战区的武器库、指战部和炊事部。法西斯军队的炮手以拉格兰贾为目标，但在相距五六公里的情况下，根本无法击中目标，顶多只能震碎玻璃，震得墙壁剥落。只有当你走在路上，炮轰刚好开始时，你才会置身于危险中，炮弹就落在道路两旁的田地里。你立刻就能无师自通地学会听炮弹的声音判断它在哪儿掉落。这段时间法西斯军队轰过来的炮弹质量非常低劣。虽然那些都是直径150毫米的炮弹，却只能炸出六英尺宽四英尺深的土坑，至少有四分之一是哑弹。和往常一样，有浪漫的传闻说在法西斯兵工厂里爆发了怠工破坏活动，炮弹里没有装填炸药，而是塞了碎纸片，上面写着"红色阵线"。但我从来没有看见过一个。事情的真相是，这些炮弹都老掉牙了，有人曾捡到过一个黄铜雷管，上面铭刻的年份是1917年。法西斯军队所使用的大炮无论是牌子或口径和我军的大炮一样，因此我们总是会把那些哑弹拿过来重新装填火药，然后再射过去。据说有一颗年份久远的炮弹每天就在双方阵地间穿梭，从来不会炸开，这颗炮弹甚至还被起了个绰号。

到了晚上，我们会派遣小规模的巡逻队到无人区那边靠近法西斯军队阵地的壕沟，偷听那边的声音（军号声、汽车喇叭声什么的），推断韦斯卡那边有什么动静。法西斯军队总是来来去去，偷听到的情报可以帮助判断他们的人数。我们总是收到特别报告说听到教堂的钟声。法西斯军队在采取行动前似乎总是会先举行弥撒。在田野和果园之间有一些泥垒的小屋，都荒废了。你把窗户一关，就可以点一根火柴到里面探究一番。有时候你会捡到价值不菲的战利品，比方说一把短柄小斧或敌军用的水壶（比我们的水壶要好一些，很受大家看重）。你可以在白天到小屋里去，但大部分时候你得四肢着地趴在地上。这是一片空旷肥沃的田地，此刻正是丰收时节，但一切却都被冻结了，在这样的田野里爬着走，感觉很奇怪。去年的粮食根本没被动过。没有被修剪的藤蔓遍布满地，玉米棒子硬得像石头一样，甜菜和菜头都熟透了——被挂在大木头墩上当装饰。这里的农民一定对敌我双方痛恨有加！有时候会有几群人跑到无人区挖土豆。离我们阵地右边一英里处，双方阵地的距离比较接近，那里有一片土豆田，法西斯军队和我军总是跑到那儿挖土豆。白天的时候我们过去，而他们只会在夜晚行动，因为那里在我军的机关枪火力范围之内。一天晚上，他们采取大规模行动，把整个土豆田挖个精光，把我们气坏了。我们在更远的地方发现了一块土豆田，那里基本上没有掩护，你只能趴在地上挖土豆——这活儿真是累人。要是他们的机关枪发现你了，你只能平趴在地上，就像一只钻出门缝的老鼠，子弹就在你身后几码远的地方激起土块。在当时那种情形下冒险似乎是值得的。土豆越来越稀少，如果你能挖到一袋土豆，你可以拿到炊事班那里，换到满满一水瓶咖啡。

但是，什么事情也没有发生，也似乎不会有事发生。"我们什么时候进攻？为什么我们不发动进攻？"这两个问题西班牙士兵和英国士兵不分白天黑夜问了一遍又一遍。当你想到进攻意味着什么时，你会诧异于士兵们居然希望发动进攻，但他们确实就是这么想的。在阵地战僵持中，所有的士兵都盼望三样事情：打一场仗、有更多的烟抽、放一星期假。比起以前，我们的装备改善了一些。每个士兵分到了一百五十发子弹，而不是只有五十发。我们渐渐配备了刺刀、钢盔和几个手榴弹。战斗就快打响的谣传此起彼伏，我一直觉得那是有人故意传播的，为的是保持部队的士气。其实不需要很高深的军事知识也能看出在韦斯卡这一边不会发生大规模的军事行动，至少在目前是这样。兵家必争之地是另一边通往加卡的公路。后来，当无政府主义军队发动夺取加卡公路的进攻时，我们的任务是发动"牵制性进攻"，迫使法西斯军队从那一边分兵增援。

这段时间维持了六个星期，我们前线这边只进行了一次行动，那就是组织突击队进攻废弃的曼尼克里奥精神病院，法西斯军队将其改建为军事要塞。马联工党雇佣了几百名德国难民，他们被编为名为"切克营"的特别小分队，从军事角度判断，他们与其他民兵队伍的层次截然不同——事实上他们是我在西班牙见过的除了突击卫队和国际纵队外，最像正规部队的士兵。和往常一样，进攻行动十分糟糕。我不知道在这场战争中政府军的行动有多少回不是搞得一团糟的。突击队以疾风暴雨之势夺取了曼尼克里奥精神病院，但支援他们的部队，我忘记是哪支民兵部队了，却未能攻下附近俯视曼尼克里奥精神病院的山头。率领支援部队的上尉是常规军的军官，虽然这些人对政府的忠心很可疑，但政府还是执意重用他们。不知是出于害怕还是叛变，距离二百码之外他就扔出手榴弹，让法西斯部队有所戒备。他的部下当场将他击毙，这让我很高兴。但突然袭击已经失去了出奇制胜的效果，在重火力压制下，支援部队损失惨重，被赶下山去。傍晚时分突击队不得不放弃曼尼克里奥精神病院。当晚救护车鱼贯行驶于前往希塔莫的公路上，许多重伤的士兵死于一路颠簸。

到了这个时候我们身上都长满了虱子。虽然天气仍然很冷，但已经暖和得能长虱子了。我身上就长了各种各样的寄生虫，在我遇到过的各种害虫里最让人受不了的就是虱子。

其他虫子，比方说蚊子，给你造成了更大的痛苦，但至少它们不是寄生虫。人身上的虱子有点像小龙虾，主要寄居在你的裤子里。除了把你的衣服统统烧掉之外，没有别的办法将它们消灭干净。在你的裤子的缝合线下面它们产下闪闪发亮的白色的卵，就像一粒粒微小的米粒，以骇人的速度孵化和养育自己的后代。我觉得和平主义人士可以分发印有虱子图片的传单，宣传效果会更好。事实上，这就是战争的荣誉！在战争中所有的士兵都长了虱子，至少在天气暖和的时候是这样。在凡尔登、滑铁卢、弗洛登、森莱克和塞莫皮莱浴血奋战的士兵——每个人的睾丸上都爬着虱子。我们把虱子的卵烧掉，一有机会就洗澡，以此减轻受虱子侵袭之苦。要不是为了洗掉身上的虱子，我才不会跳进那条冰寒彻骨的小河。

任何物资都面临短缺——靴子、军服、烟草、肥皂、蜡烛、火柴、橄榄油。我们的军服越穿越破，许多士兵没有靴子，只有拿麻绳作底的拖鞋。到处都是一堆堆的破靴子。有一次我们拿旧靴子当柴火，烧了一堆火，足足烧了两天，这些拿来当柴火还不赖。那段时间我妻子在巴塞罗那，能买到东西的时候总是会给我寄点茶叶、巧克力，甚至还有雪茄。但就算在巴塞罗那，物资也面临紧缺，特别是烟草。茶叶非常珍贵，牛奶和白糖也没有。英国总是寄包裹给参战的人员，但这些包裹从来没有送达。食物、衣服、香烟——每样东西不是被邮局拒绝就是在法国被没收了。奇怪的是，唯一成功地给我妻子寄来茶包的单位——有一次甚至还寄来了一罐饼干，真是值得纪念——是海陆军后勤部。可怜的海陆军后勤部！他们履行了自己的任务，但要是这些东西被送到弗朗哥那边的话，他们会更开心一些。没烟抽是最痛苦的事情。刚开始的时候我们每天可以分配到一包香烟，后来削减到一天八根烟，然后削减到五根。最后，有十天连一根烟也没有发。我第一次在西班牙见到你在伦敦每天都可以见到的事情——人们捡烟屁股抽。

到了三月底，我一只手生了坏疽，必须用手术刀割掉并吊上绷带。我只能进医院，但这种小伤不值得被送到希塔莫去，于是我被送到了弗罗利山一家所谓的医院，其实只是一间伤兵救助站。我休养了十天，时常躺在病床上。医院的那几个助理把我所有的财物都偷走了，包括我的相机和所有相片。在前线每个人都会偷东西，物资短缺的情况下就是这样，但医院里的人特别坏。后来，在巴塞罗那的医院里，我遇到一个美国人，他乘船到西班牙参加国际纵队，结果那艘船被意大利潜水艇的鱼雷击中。他告诉我，他被救上岸，但身上负了伤，就在医护队把他抬上救护车的时候，几个担架员把他的手表扒走了。

我的胳膊吊在绷带上，在郊野转悠了几天。和别的医院一样，弗罗利山到处泥泞，房子都是石砌的，狭窄蜿蜒的巷子被卡车碾压得好像月亮上面的环形山。教堂被炸得东倒西歪，但仍被用作军事仓库。这附近只有两间规模大一点的农庄：洛伦佐堡和法比安堡，算是真正的大宅，显然是以前主宰这片乡村的地主的宅第。从那些农民破败的茅屋你可以侧面了解到他们是多么富有。在河流后面，接近前线的地方，有一座很大的面粉磨坊，连着一间农舍。看到那部巨大昂贵的机器被荒弃生锈，木制的面粉槽被拆下来当柴火烧，我觉得心里很遗憾。后来，为了给后方的队伍张罗柴火，一卡车一卡车的士兵被送过来把这个地方全面拆除。他们总是往房间里扔一颗手雷，把木板炸碎。我们的仓库和炊事点拉格兰贾以前可能曾经是女修道院。这里有巨大的庭院和房子，占地一英亩多，马厩可以饲养三四十匹马。西班牙这里的郊区住宅毫无建筑学上的美感，但它们的农舍是用刷过石灰的石头建造的，有圆形的拱顶和巨大的屋梁，感觉很高贵典雅，或许是依照几个世纪来从未变更过的蓝图建造的。有时候看到民兵们如何对待他们攻占的建筑，你在心里会偷偷地同情那些支持法西斯的前业主。在拉格兰贾，每一间没有用到的房间都变成了厕所——堆满了触目惊心的破烂家具和排泄物。毗邻的小教堂墙壁上满布弹坑，地板上的粪便足有几英寸高。就在那间厨师给我们盛饭的大院子里堆积着生锈的铁罐碎片、泥土、骡粪和腐烂的食物，令人作呕。它让人想起了那首古老的军歌：

这里的硕鼠大如猫，

就在军需官的仓库里！

拉格兰贾的老鼠的确几乎像猫那么大，身子硕大臃肿，在垃圾堆中游走，除非你朝它们开枪，否则根本不肯离去。

终于，春天到了。蔚蓝的天空变得更加柔和，空气中突然充满了芬芳。沟渠里青蛙聒噪地觅偶交配。在供村子里的骡子喝水的池子里，我见到许多个头只有一便士硬币大小的绿蛙，看上去非常精致漂亮，连旁边的嫩草相比之下也黯然失色。农民们拿着水桶搜寻蜗牛，活生生地放在铁片上烤了吃。天气一好转农民们就开始春耕。西班牙的农业革命的进行情况非常模糊，我甚至无法肯定这里的土地是集体所有，还是说这里的农民就这么把它们给分掉了。我想理论上这些都是集体所有的田地，因为这一带是马联工党和无政府主义者控制的区域。地主被消灭了，人们耕种土地，似乎很满意。这里的农民对我们非常友善，总是让我觉得很惊讶。对于一些上了年纪的人来说，这场战争一定毫无意义，它造成了物资短缺，让每个人过着无聊的日子，在最糟糕的时候，农民们还痛恨军队在这里驻扎。但他们都很友好——我猜想无论我们在其他方面是多么让人无法忍受，我们还是帮助他们赶跑了以前的地主。内战是一件很奇怪的事情。韦斯卡距这儿不到五英里远。这里的农民经常到那里赶集，那边有他们的亲戚。以前每星期他们都会到那里贩卖家禽和蔬菜。而如今，两个地方隔绝了往来，铁丝网和机关枪足足封锁了八个月。有时候，他们忘记了有韦斯卡这么一个地方。有一回我和一个老妇聊天，她正拿着一盏烧西班牙橄榄油的小铁油灯。"我去哪儿可以买到这样的油灯？"我问她。她想也不想就回答说："去韦斯卡。"然后我们俩都笑了。这里的村姑很标致，长着一头乌黑的秀发，走起路来摇曳生姿，而且言行很直接，有巾帼不让须眉的气概，或许是革命造成的。

男人们穿着褴褛的蓝色衬衣和黑色的灯芯绒马裤，戴着宽边草帽，正赶着成队的骡子在耕地，那些骡子的耳朵有节奏地扑腾扇动着。他们的犁很糟糕，只能翻松土壤，根本犁不出我们称之为犁沟的道道来。所有的农具都是老掉牙的东西，每一样东西都得受制于昂贵金属的。比方说，一把破损的锄头被反复修补，直到最后补丁占据了大部分面积。耙子和干草叉是木头做的。这里没有几个人穿得起靴子，根本不知道铲子为何物，像印度人一样用笨拙的锄头耕地。有一种耙子让人感觉似乎回到了新石器时代。那是用木板拼在一起做成的，大约有厨房桌子的面积那么大。木板上开了几百个榫眼，每个榫眼里塞了一块燧石，形状就像一万年前的人所使用的工具一样。我记得在无人区的一间荒弃的小屋里见到这么一把耙子时，几乎吓了一跳。我猜了很久才想到这是一把耙子。想到做这么一把东西得有多麻烦的时候，我就觉得难过：他们穷得用不起钢铁，只能用燧石代替。从那时开始，我对工业化的观感改善了一些。不过村子里有两架最新型的拖拉机，应该是从某个地主的庄园里没收的。

有一两回我漫步到村子外一英里处的修了矮墙的墓地。前线的死难者通常会被运到希塔莫，葬在这里的人都是村民。这里的墓园与英国的墓园很不一样，没有体现半分对死者的尊重！里面长满了杂乱的灌木丛和野草，尸骨散落在各处。但真正令人吃惊的是，墓碑上几乎没有宗教式的碑文，虽然这些墓碑的年代都追溯到革命之前。我记得只有一次见过"为某某某的灵魂祈祷"这句天主教信徒的墓碑上经常出现的话。大部分碑文很有世俗气息，写着打油诗，讲述死者的品德。大概每四五块墓碑上就有一块上面有小小的十字架或潦草写就的对天堂的期盼，这些字总是被某个勤勉的无神论者用凿子凿掉了。

我很惊讶于这一带的西班牙人缺乏真挚的宗教情感——我是说，正统意义上的宗教情感。真是奇怪，我在西班牙的这段时间里从来没有见过一个人朝自己身上画十字，而你觉得这个动作应该是出于本能，无论有没有革命发生。显然，西班牙教会将卷土重来。（就像俗话所说，夜晚和耶稣会教士总是会回来。）但是，在革命爆发的时候它无疑已经垮掉了，即使对于奄奄一息的英国国教来说，这样的崩溃程度也是很难想象的。对于西班牙人来说，至少对于加泰罗尼亚人和阿拉贡人来说，教会就是一场骗局。在某种程度上，无政府主义替代了基督教的信仰，其影响广泛传播，带着宗教的色彩。

我从医院回来的那天，我们的部队把阵线前移到真正合适的位置，大约推进了一千码，沿着法西斯阵线前几百码的小溪布下防线。这一行动原本几个月前就应该展开。现在这么做的意义在于，无政府主义者正在进攻加卡公路，在这一边推进阵线能吸引敌人分配更多的兵力与我们对峙。

我们有六七十个小时没有睡过觉，我的记忆总是一幕幕忧伤的情景。我们在无人区执行偷听的任务，离弗朗西萨堡只有一百码的距离，那是法西斯阵地上的一座加强了火力的农舍。我们七个小时躺在肮脏的沼泽地上，身体渐渐沉进带着芦苇味道的水里：芦苇的味道、让人冻得发麻的寒冷、漆黑的夜空中动也不动的星星、青蛙聒噪的叫声。虽然现在是四月，那却是我在西班牙记忆中最寒冷的夜晚。就在我们身后一百码远，工兵队在奋力工作，但到处一片寂静，只听到青蛙的合唱声。当晚我只听到一回声响——那熟悉的沙袋被一把铲子刮平的声音。有时候真的很奇怪，西班牙人能组织得非常有效率。整个行动规划得天衣无缝。600 个人在 7 个小时内修筑了 1 200 米的战壕和掩体，离法西斯阵地的距离只有 150 码到 300 码，整个过程悄无声息，法西斯部队什么也没有听到。当晚只有一人伤亡。当然，第二天伤亡的数字增加了。每个人都分配到了任务，就连炊事班的勤务兵也在工作完成的时候突然带着掺了白兰地的红酒酒桶来到阵地。

然后，黎明慢慢接近，法西斯部队突然发现了我们的行踪。方方正正的、白色的弗朗西萨堡虽然离我们有两百码远，却像铁塔一样压制着我们，还有那些从垒着沙包的顶楼窗户中伸出的机关枪似乎就直指着壕沟里面。我们都站在壕沟里目瞪口呆地看着碉堡，纳闷为什么那些法西斯士兵没有看见我们。接着是一波恐怖的枪林弹雨，每个人都跪倒在地，拼命地挖掘着，把壕沟挖深，躲在一边的小掩体里。我的胳膊仍然包着绷带，没办法挖地，那一天的大部分时间我都在阅读一则侦探小说——名字叫《失踪的放高利贷人》。我不记得故事的情节了，但我非常清楚地记得坐在那儿读书的感觉：脚下是壕沟底部湿润的泥土，我的腿老是得挪动，给匆匆忙忙在壕沟里赶路的士兵让道，头顶一两英尺总是传来哒哒哒的枪声。托马斯·帕克的大腿根部被一颗子弹打穿了，据他所说，他差点就可以得到他很在乎的杰出服务勋章①了。伤亡事故一直在前线发生，但要是他们在晚上就发现我们的话，情况将会非常糟糕。一个逃兵后来告诉我们，有五个法西斯部队的站岗士兵因为玩忽职守而被枪毙了。即使到了现在，要是他们能够调来几门迫击炮，他们就能将我

---

① 杰出服务勋章（D.S.O. Distinguished Service Order），英国军队为在战斗中立下军功的士兵颁发的荣誉奖章。

们屠戮殆尽。将伤病员从狭窄拥挤的战壕里送出去是一件很困难的事情。我看到一个可怜的家伙，裤子被血浸成了深黑色，从担架上翻了下来，痛苦地喘息着。你必须将伤兵抬一段很远的距离，大概有一英里，甚至更远，因为即使道路畅通救护车也不会开到接近前线的地方。如果它们太靠近的话，法西斯的士兵会朝它们开炮——他们这么做是有理由的，因为在现代战争中，没有人会顾忌不能用救护车运送弹药。

接着，第二天晚上，我们在法比安堡等候进攻的命令，但到了最后一刻，无线电传来了进攻取消的决定。在我们等候的那个谷仓里，地板上有一层薄薄的谷糠，下面是厚厚的骨头，人骨和牛骨混杂在一起，老鼠很猖獗。这些脏兮兮的畜生到处都是，而如果说有什么事情是我最最讨厌的，那就是在漆黑中从我身上跑过的老鼠。不过，我逮住了其中一只，狠狠地将它打飞，出了一口恶气。

然后，我们在距离法西斯阵地的工事五六十码开外的地方等候进攻的命令。长长一列士兵蹲在灌溉用的沟渠里，刺刀从边缘探了出来，眼白在黑暗中闪烁着光亮。克普和本杰明蹲在我们身后，旁边还有一个人，肩膀上挂着一个无线电接收匣子。在西边的地平线上，每隔几秒钟就传来玫瑰色的炮火和巨大的爆炸声。然后那个无线电匣子传来哔哔哔的声响和压低了声音的命令，要求我们趁着局势有利的时候冲出沟渠。我们奉命行事，但行动不够迅速。十二个可怜的共青团的孩子（马联工党的青年团，相当于加联社党的青年团）离法西斯部队阵地的工事只有 40 码，在曙光中被逮个正着，没办法逃掉。他们一整天就卧倒在那里，只有一点草色作为掩护，每次他们一动就会引起法西斯分子开枪射击。夜幕降临时，已经有七个人死掉了，另外五个在夜色的掩护下匍匐爬行逃掉了。

然后，接下来的许多天早上，从韦斯卡的另一边传来了无政府主义者军队的进攻声。那总是一样的声音。突然间，在凌晨时分，同时有数十发炮弹的爆炸声作为开幕——即使远在几英里之外声势也极为吓人——然后是没有间断的、密集的步枪和机关枪的开火声，还有低沉隆隆的声音，像是在打鼓。渐渐地，开火声传遍了包围着韦斯卡的整条战线，然后我们踉踉跄跄走进战壕，睡意朦胧地靠在护墙上，头顶上是毫无意义的时断时续的枪火。

白天的时候大炮断断续续地轰鸣。我们现在的炊事点法比安堡遭受了轰炸，一部分被炸毁了。当你在安全的距离看着炮火纷飞时，你总是希望炮手能够打准，即使他的靶子就是你的伙食和你的同志，感觉真是奇怪。当天早上法西斯部队打得很准，或许有德国炮手在操作。他们精确地轰炸着法比安堡。一颗炮弹打远了，另一颗炮弹打近了，然后，嗡一砰！被炸毁的梁椽飞上了天，一块石棉水泥板从空中落下，就像一张有划痕的扑克牌。下一颗炮弹炸掉了房子的一角，精准得就像有个巨人拿着刀子切下来一样。但炊事员准时做好了饭——真是让人难忘。

随着日子一天天过去，那些看不见但听得着的大炮开始体现出各自独特的性情。有两门俄国 75 毫米大炮就在我们后方很近的地方开火，不知怎地，让我的脑海里浮现出一个胖子打高尔夫球时的模样。它们是我最早见到的俄国大炮——准确地说，是听到的。它们的弹道很低，速度很快，因此你几乎同时听到弹药筒的爆炸声、炮弹的呼啸声和炸裂声。弗罗利山后面有两门重炮，一天会开火几次，发出低沉而模糊的呼啸声，就像远处有一群被锁链锁住的怪物在咆哮。在阿拉贡山上，政府军去年攻占的中世纪要塞（据说是历史上的第一次）扼守着通往韦斯卡的一条道路。那里有一门重炮，其历史可以追溯到十九世纪很早的时候。它那巨大的炮弹在头顶缓缓地呼啸而过，你感觉可以跟着炮弹跑，还能跟得上它们。这门大炮击出的炮弹听起来像是一个人骑着单车在吹口哨。战壕迫击炮虽然小，却发出最可怕的声音。它们的炮弹像是加了定风翼的鱼雷，形状就像公共酒吧里的那些飞镖，尺寸大概有一个一夸脱的酒瓶大小。它们爆炸时发出尖利的金属声，就像是一个巨大的铁球在撞击一面铁砧。有时候，我们的飞机飞过来，扔下空投鱼雷，它们轰隆隆的回响即使在两英里外都能让人感觉大地在震动。法西斯的制空炮射出的炮弹在空中就像一幅蹩脚的水彩画的云朵，但我从未看到一颗炮弹接近飞机的一千码范围内。当一架飞机俯冲用机关枪扫射时，声音在下面听起来就像是翅膀在扑腾。

在我们把守的阵线上没有什么战事发生。在我们右边两百码处，对面的法西斯部队占据着高地，他们的狙击手做掉了我们好几个同志。在我们左边两百码处，在小河的桥边，法西斯的迫击炮和桥对面修筑工事的士兵展开了一场激战。那些小而可怕的炸弹呼啸着飞过来，咣！咣！落在柏油路上发出可怕的响声。隔上一百码你可以保持绝对安全的距离，看着土柱和黑烟在空中蹿起，就像魔法之树。那些可怜的士兵白天的时候总是躲进他们在战壕一侧修筑的掩体里，但伤亡的数字并没有想象的那么多，工事渐渐竖起，是一道两英尺宽的混凝土护墙，修了两个放置机关枪的枪眼和一个放置小型野战炮的炮台。这堵混凝土墙用旧床架加固，显然，它们是唯一能用来加固墙壁的铁器。

# 第七章


一天下午本杰明告诉我们他需要十五个志愿者。之前取消的进攻法西斯碉堡的行动定于今晚执行。我给十发墨西哥子弹上了油，把刺刀弄脏（如果刺刀太闪会暴露你的位置），装了一块面包、三英寸香肠和一根雪茄——这是我太太从巴塞罗那寄来的，我私藏了很久。我们每个人分到三个手榴弹。西班牙政府终于能造出像样的手榴弹了，按米尔斯手榴弹的设计仿制，但有两根别针，而不是一根。你把别针拉出来之后，隔七秒钟就会爆炸。这种手榴弹的一个不好之处在于，一根别针很紧，而另一根别针则很松，因此，你要么把两根别针都保留着，然后承受在危急时刻可能没办法把紧的那根给拉开的风险；要么提前把紧的那根别针给拉出来，然后整天紧张兮兮地担心那个东西会在你的口袋里炸开。但这种手榴弹倒是很轻便，适合投掷。

快到午夜时，本杰明带着我们十五个志愿兵下山来法比安堡。从傍晚开始雨就一直下个不停。灌溉沟渠里积满了水，每次你跨进水渠里水都有齐腰深。我们来到农场里，四周一片漆黑，那里隐约有一群人正在冒雨等候着。克普向我们解释冲锋计划，第一遍用西班牙语，第二遍用英语。这里的法西斯阵地呈 L 字形，我们要冲击的掩体就在 L 字的角落上，是一座隆起的高地。我们冲锋队有三十个人，一半是英国人，另一半是西班牙人，指挥官是佐格·罗卡，他也是我们的连长（民兵组织的一个连人数大约是四百人），还有本杰明。我们的任务是隐蔽前进，扫除法西斯部队的铁丝网。佐格会扔第一颗手榴弹作为信号，然后我们大家一起扔出手榴弹，把法西斯部队逼出掩体，然后趁他们阵脚大乱的时候夺取阵地。与此同时，另外七十名突击士兵将对旁边的法西斯部队的阵地发起进攻，那个阵地与右边相隔二百码的阵地靠通讯壕连在一起。为了防止我们在黑暗中互相开枪，我们会戴上白色头盔。这时一个传令兵过来了，说部队里没有白色头盔。在漆黑中一个哀怨的声音提了一个建议，"难道我们就不能让法西斯部队戴上白色头盔吗？"

我们还得等一两个小时。骡栏旁边的谷仓被炮火炸得七零八落，没有灯光根本寸步难移。一半的地板被一枚垂直落下的炮弹给炸开了，下面的石头里有一个二十英尺深的弹坑。有人找来一个鹤嘴锄，从地里挖出一块破木板，几分钟后我们生了一堆火，身上湿透的衣服被烤出了阵阵水蒸气。有人掏出一副扑克牌。有传闻说——战争总是会有种种离奇的传闻——很快我们就可以喝到加了白兰地的热咖啡。我们高高兴兴地顺着几乎快塌了的楼梯跑到下面，在漆黑的院子里转悠，询问哪里有咖啡喝。呜呼哀哉，根本没有咖啡喝！我们被集中在一起，排成一列，然后佐格和本杰明匆匆出发，消失在夜色中，我们其他人紧跟在后面。

天仍下着雨，周围一片漆黑，但风停了。路面泥泞得难以形容，穿过荸荠田的小路坑坑洼洼，滑得就像滑竿一样，到处都是大水坑。还没离开己方的掩体，每个人都已经摔了好几跤，每支步枪都沾上了厚厚一层泥。在掩体那里有一小群士兵在等候着，他们是我们的后备队，还有军医和几个担架员。我们从掩体的一个缺口鱼贯而出，跋涉蹚过另一道灌溉沟渠。水花飞溅，水声汩汩！那里的水也有齐腰深，又脏又黏的泥浆从你靴子的上面流了进去。佐格在水坑外的草地上等候着，直到大家全体通过。然后他猫着腰，开始慢慢地匍匐前进。法西斯部队的掩体大约在一百五十码开外，我们必须悄无声息才能到达那里。

我走在最前面，和佐格与本杰明在一起。我们都猫着腰仰着脸摸黑前进，速度似乎渐渐慢了下来。雨水轻轻地落在我们脸上，回头望去，身边最近的战友看上去只有弯腰驼背的轮廓，像一丛巨大的黑蘑菇，正在慢慢地向前滑行。但每一次我抬头的时候，走在我身边的本杰明就会凑到我耳边狠狠地告诫我，"低头走！低头走！"我本想告诉他不用担心。

我已经有经验了，这么漆黑的夜色二十步外根本看不到人影。最重要的是不能出声。要是敌军听到我们的动静，那我们就完了。他们只需要拿机关枪朝黑暗中扫射一通，我们就只能逃命或被乱枪打死。

但在湿透了的地面上走动，要想不出声几乎是不可能的。无论你怎么小心，你的脚总是会陷进泥浆里，每走一步都会发出噗通—噗通—噗通的声音。更要命的是，现在风停了，虽然还下着雨，但夜里一片寂静。声音会传得很远。我不小心踢到一个铁罐，吓得魂飞魄散，以为几英里内每个法西斯士兵都听到了。但是没有声音传来，没有人开枪，法西斯军队的阵地没有动静。我们猫着腰继续缓慢推进。我无法向你形容我是多么迫切想到达目的地。早点抵达投掷手榴弹的距离，趁他们还没发现我们！在这种时候你不会感觉到任何恐惧，只有强烈的、毫无希望的渴望想穿越中间这段距离。在围捕一只野生动物时我也有这种感觉，那种迫切想闯进射程的渴望，还有那种像是做梦一样却很肯定这不可能的预感。那段路程似乎无休无止！我很熟悉阵地之间的地形，顶多就一百五十码远，却似乎足足有一英里。当你以龟速推进时，你和蚂蚁一样能察觉到地表巨大的差别：这里长了一丛茂密湿滑的野草，那里有一摊该死的淤泥，那丛会簌簌作响的高大芦苇必须绕路经过，而那里有一堆石头，几乎让你放弃了希望，因为根本不可能不出半点声音就从上面经过。

我们走了好久好久，我开始怀疑我们是不是走错方向了。接着，在漆黑中隐约露出什么东西的轮廓，那东西比夜色还要漆黑。那是外层铁丝网防线（法西斯部队布置了两道铁丝网防线）。佐格跪了下来，在口袋里摸索着。部队里仅有的剪铁丝网的钳子在他那里。咔嚓、咔嚓。那团讨厌的东西被小心翼翼地抬到一边。我们等候着后面的战友。他们似乎发出惊心动魄的响声。现在我们距离法西斯部队的掩体大约只有五十码远。我们继续猫着腰，蹑手蹑脚地推进，就像一只猫走近老鼠洞一样，每走一步都会先停下来侧耳倾听，然后再走一步。有一次我抬起了头，本杰明悄无声息地把手搭在我的后脖子上，用力往下按。我知道里层的铁丝网防线在距离掩体二十码的地方。我觉得三十个士兵要不被敌人发觉就抵达那里根本是不可思议的事情。我们的呼吸声肯定会把我们暴露的。但我们真的抵达了目的地。现在法西斯部队的掩体尽在视野之内，那是一个模糊的黑色土丘，高高地逼近我们。佐格又跪了下来，掏出钳子。咔嚓、咔嚓。剪断铁丝网不可能不发出声音。

把里层的铁丝网防线剪了个缺口后，我们快速匍匐前进，要是我们有时间进行部署的话，一切就好办了。佐格和本杰明爬到右边去，但匍匐在后面的人只能排成一列纵队，鱼贯钻过铁丝网的窄洞，就在这个时候，法西斯部队的掩体里亮起了火舌，传来了巨响。敌军的哨兵终于发现我们了。

佐格单膝跪地，像一个保龄球手一样抡圆了胳膊。轰！他的手榴弹在敌军掩体那头炸开了。说时迟那时快，法西斯部队掩体那头十几二十把步枪同时开火。他们一直对我们展开突袭有所防备。在火红的光亮中你可以短暂地看到每一只沙包。有的士兵离掩体还很远，他们也扔出了手榴弹，但根本炸不中目标。每个射击孔似乎都在吐出火舌。在黑暗中成为敌人的靶子总是令人觉得非常讨厌——似乎每把步枪都直接瞄准了你——但最糟糕的是手榴弹。只有在黑暗中目睹一颗手榴弹在你身旁爆炸，你才能真正了解那种恐怖。大白天的时候你只听到爆炸的响声，而在夜里你还看到耀眼的红光。我翻身躲在最近的洼地里，整个人趴在滑溜溜的泥泞中，拼命想拔出一颗手榴弹的别针，但那该死的东西就是拔不出来，最后我才意识到自己拔错了方向。拔出别针后我跪在地上，扔出手榴弹，然后又趴倒在地。手榴弹在右方掩体外面炸开了。我刚才惊慌失措，没有扔准。这时另一颗手榴弹就在我前面爆炸，距离那么近，我可以感受到爆炸的热力。我躺平身子，把脸扎进泥浆里，用力太重把脖子扭到了，以为自己受伤了。在乱糟糟的声音中我听到身后有人用英语说道："我被打中了。"事实上，那颗手榴弹炸伤了我身边好几个人，而我却毫发无伤。我跪在地上，扔出第二颗手榴弹，但至于扔到了哪儿，我记不得了。

法西斯军队在开火，我身后的队友也在开火，我很清楚自己就被夹在中间。我感到一颗子弹的冲击波，发现那个人就在我身后不远处开火。我站起身，朝他吼道：

"别朝我开火，你这个该死的笨蛋！"这时我看到本杰明就在我右边，离我有十到十五码远，正朝我挥舞着手臂。我朝他跑去。这意味着我得冲过一排正在开火的射击孔，我一边跑一边用左手挡住我的脸。真是愚不可及的举动——似乎那只手可以挡住子弹！——但我真的很害怕会被打中脸庞。本杰明单膝跪地，带着快乐而狰狞的表情，用他的自动手枪仔细地瞄准步枪吐出火舌的地方。第一波攻击的时候佐格就负伤了，不知到哪儿去了。我跪在本杰明身边，拉出第三颗手榴弹的别针，扔了出去。啊！这一次我可扔准了，手榴弹在掩体的一个角落里炸开了，距离机关枪的架子非常近。

法西斯部队的火力似乎突然间减弱了。本杰明跳了起来，大吼一声："前进！冲啊！"我们冲上掩体所坐落的那个短而陡峭的山坡。我用的是"冲"这个字，其实用"挪"字更加恰当。事实上，当你浑身上下被泥浆浸透，还扛着沉重的步枪、刺刀和一百五十发子弹时，你根本没办法跑得快。我觉得在山坡上肯定有一个法西斯士兵在等候着我，我们的距离这么近，他肯定会打中我的。但不知为什么，我觉得他不会开枪，而是拿着刺刀等我上去厮杀。我似乎预料到我们拼刺刀时的那种感觉，我想象着他的胳膊会不会比我的胳膊更加孔武有力。但是，根本没有法西斯士兵在等着我。我暗自松了口气，发现那是一个低矮的掩体，可以踩着沙包上去。和别的掩体一样，要翻过去不是一件容易的事情。里面每样东西都被炸成了碎片，横梁和大片的石棉水泥板掉得到处都是。我们的手榴弹摧毁了所有的小棚屋和掩体。但是到处都看不到尸体，我怀疑敌人就躲在地下，于是用英语（当时我一句西班牙语也想不起来）大吼道："出来！举手投降！"没有人回答。接着，在一处半明半暗的地方，一个黑乎乎的人影翻过一座被炸毁的小屋的屋顶，朝左方逃去。我紧追其后，在黑暗中胡乱挥舞着刺刀。我绕过小屋的角落，见到一个士兵——我不知道是不是刚才见到的那个人——正沿着通往另一处法西斯阵地的通讯壕拼命地跑。我和他的距离一定很近，因为我可以清楚地看见他的样子。他的脑袋光秃秃的，而且似乎没有穿衣服，只有一张毛毯披在肩膀上。要是我开枪的话，我可以把他打得稀巴烂。但为了防止开枪误伤队友，上级命令我们一进战壕就只能用刺刀拼杀，而我当时也没想到要开枪。事实上，我突然想到了二十年前的一幕：学校里的拳击教练生动地以动作向我示范在达达尼尔海峡他是如何与一个土耳其士兵拼刺刀的。我抓着枪托较窄的部位，朝那个士兵的背部刺去。但他刚好躲开了。我又向前刺去，但还是没刺中。我们就像这样跑了一段距离，他沿着战壕往前跑，我在他上方的地上追，朝着他的肩胛骨扎去，但总是扎不着——现在回想起来我觉得那一幕真的很滑稽，不过我觉得他可能不会觉得滑稽。

当然，他比我更熟悉地形，很快就摆脱了我。我只能折回去，阵地上挤满了人，都在大吼大叫。炮火的响声似乎小了一些，法西斯部队仍从三个方向朝我们猛烈开火。但距离比之前远。

现在我们把他们暂时逼退了。我记得自己说过这么一句颇有预见性的话："我们顶多只能守住这里半个小时，不能再久了。"我不知道为什么自己会说半个小时。往右边的掩体望去，你可以看到许多支步枪在黑暗中吐着绿色的火苗，但他们离我们还很远，大概有一两百码。我们现在要做的就是搜寻这处阵地，把所有能劫掠走的东西带走。本杰明和其他人已经在阵地中间一座大屋或掩体的废墟里翻寻，然后本杰明兴奋地拖着一个弹药箱的绳索把手，蹒跚着走过被炸毁的屋顶。

"同志们！是弹药！这里有大量的弹药！"

"我们不要弹药，"一个人说道。"我们要步枪。"

这倒是真的。我们有一半的步枪被泥浆塞住了，开不了火。这些枪可以清理干净，但黑灯瞎火地把枪栓卸下来是很危险的事情。你把枪栓放下来，接着你就不知道放哪儿了。我有一个小手电筒，是我妻子好不容易在巴塞罗那买到的，要是没有它的话，我们这群人就没有照亮的东西了。几个步枪还能用的战友开始断断续续地朝远处枪支开火的地方射击。没有人敢快速连续射击,即使是最好的步枪如果枪管过热的话也会卡壳。掩体里有十六个人,包括一两名伤兵。几个负伤的战友,有英国人也有西班牙人,躺在掩体外面。帕特里克·欧哈拉来自爱尔兰贝尔法斯特,曾经接受过急救培训,拿着几包绷带来回奔走,给伤兵包扎伤口,但每次他跑回掩体的时候总会有人朝他开枪,虽然他总是愤慨地大叫:"马联工党!"

我们开始搜寻阵地,地上有几个死人,但我没有停下来查看他们。我在找机关枪。我们躺在外面的时候我就一直在纳闷为什么机关枪没有开火。我打着手电筒朝机关枪的掩体里面照去,真是失望透顶!里面根本没有机关枪。那个三脚架还在,还有几箱弹药和几个零件,但那挺机关枪不见了。警报传来的时候他们把机关枪卸下来搬走了。他们应该是依令行事,但这真是愚蠢而怯懦的行为。要是他们的机关枪在的话,或许我们早就被屠杀殆尽了。我们气坏了。我们原本还以为可以缴获一挺机关枪的。

我们到处翻寻,但没有找到什么有价值的战利品。地上有许多法西斯部队的手榴弹——都是些质量低劣的次品,你得拉开引绳才能引爆——我往口袋里揣了几个当作是纪念品。敌军的掩体里面什么都没有,让我们非常吃惊。在我们自己的掩体里你可以看到遍地是多余的衣服、书籍、个人的小玩意什么的，而这边的掩体什么都没有。这些被征募来的法西斯士兵没有军饷，除了毛毯和几块湿透了的面包外，似乎一无所有。远方有一个小小的掩体，一部分突出在地面上，开了一扇小窗户。我们拿手电筒从窗口往里面照，立刻欢呼起来。那是一个圆柱形的物体，装在一个皮箱里，有四英尺高，直径六英寸，就靠在墙边。显然那是机关枪的枪管。我们赶忙绕到门口进到里面，却发现皮箱里装的不是机关枪，而是对于物资匮乏的我军来说更珍贵的东西。那是一个巨大的望远镜，放大率可能有六七十倍，配有折叠式三脚架。这种好东西可从来没有在我们阵地上出现过，正是我们所急需的。我们高兴地把望远镜抬到外面，靠在掩体上，准备一会儿就搬走。

这时有人高声报告说敌军正在逼近。当然，炮火声比刚才更响了。不过，敌军显然不会从右边发起进攻，因为那意味着横穿无人区，朝自己的掩体发起进攻。如果他们稍有点头脑的话，他们会从阵地内部向我们进攻。我绕到掩体的对面。这个阵地呈马蹄铁形，掩体位于中部，左边有另一处掩体掩护我们。密集的火力就从那个方向射来，但那还不算什么。最危险的方位是正前方，那里毫无保护。一梭子弹从我们头顶掠过，应该是从远处另一座敌军阵地射来的，显然，突击队终究没能夺取那座阵地。但这一次枪声震耳欲聋。我习惯了从远处听到枪响，密集的步枪像打鼓一样没有间歇，但这次是我第一次置身于枪战中。现在敌军的火力沿着阵地铺开了数英里。道格拉斯·汤普森一只胳膊负伤了，无力地垂在身边。他正靠在掩体上，单臂朝枪支开火的方向射击。另一个士兵的步枪卡壳了，正在帮他装子弹上膛。

我们这边有四五个人，我们必须做的就是把沙包从正面的掩体搬过来，给毫无掩护的这一边构筑一道壁垒。而且我们必须赶紧行动。现在敌人的火力都打高了，但他们随时会压低火力。在周围闪耀的火光中，我看到有一两百名敌军包围着我们。我们赶紧将沙包撬松，扛着沙包走二十码，将其胡乱堆在一块儿。这活儿非常累人，那些都是大沙包，一个足有一英担重，你得使出吃奶的力气才能将它们撬松，然后，破烂的麻袋裂开了，泥土浇遍你的全身，从你的颈口和袖口溜进去。我记得当时每样东西都令我感到非常恐惧：现场的混乱、黑暗、惊心动魄的枪炮声、滑不留脚的泥泞、鼓鼓胀胀的沙包——我的步枪一直碍手碍脚的，但我不敢放下步枪，担心一丢下就找不到了。我和另一个战友一起扛着一袋沙包跟跟跄跄地走着，我朝他吼了一句："这就是战争！真是该死，不是吗？"突然间几个高大的身影越过正面的掩体，他们走近时我们认出了他们穿着突击队的制服。我们欢呼起来，以为他们是来支援我们的。但是他们只有四个人，三个德国人，一个西班牙人。

后来我们听说了突击队的不幸。他们不熟悉地形，在漆黑中走错了方向，被敌军的铁丝网防线困住，许多人被开枪打死了。这四个人与队伍失散了，真是走运。那几个德国人不会说英语、法语或西班牙语。我们艰难地比划着，向他们解释我们在干什么，让他们也帮忙构筑工事。

现在敌军带来了一挺机关枪。你可以看到它就在一两百码的距离之外像爆竹一样吐着火舌，子弹持续不断地朝我们哒哒哒地射来。很快我们就搬了足够的沙包构筑了一道低矮的工事，防守这一方向的几个战友可以躺倒进行射击。我跪在他们身后。一枚迫击炮的炮弹呼啸而来，在无人区里炸开了。这又是一大危险，但他们得花上几分钟才能摸清我们的方位。现在我们把该死的沙包搬完了，觉得战斗似乎有点好玩起来：枪声、黑暗、步步逼近的火舌、我们的战友朝火舌发起的反击。我甚至有时间想一想事情。我记得自己扪心自问到底害不害怕，我的回答是不害怕。刚才在外面的时候我的情况还不算太危险，我却吓得半死。突然间又有人发出警报说敌军逼近了。确实，步枪的火舌接近了许多。我看到有一支步枪就在二十码远的地方开火。显然，他们正沿着交通壕缓缓推进。在二十码距离内他们可以投掷手榴弹，我们八九个人簇拥在一块儿，一颗手榴弹扔得准的话就可以把我们炸成碎片。鲍勃·斯迈尔利头上被划了一道伤口，血流满面。他一跃而起，扔出一颗手榴弹。我们猫着腰，等候着爆炸。红色的引信嘶嘶作响，从空中划过，但手榴弹没有炸开。(这些手榴弹至少有四分之一是哑弹。)我的手榴弹用光了，身上只有几个敌军的手榴弹，而我不清楚该怎么使用。我朝其他人大吼了几句，想知道有没有人能给我一颗手榴弹。道格拉斯·莫伊尔在口袋里摸索着，递给了我一个。我扔了出去，然后趴在地上。真不知道走了什么一年才有那么一回的狗屎运，我竟然把手榴弹几乎准确无误地扔到敌军步枪开火的地方。那里响起了猛烈的爆炸声，紧接着传来撕心裂肺的惨叫和呻吟。我们总算解决了一个敌人。我不知道他死了没有，但他肯定伤得很严重。可怜的家伙，真是可怜的家伙！听到他惨叫连连我不禁觉得有点难过。但与此同时，在步枪火舌微弱的光亮中，我看到，或以为自己看到一个人影站在步枪吐出火舌的地方。我抓起步枪朝那边射去。我又听到一声惨叫，但我觉得可能仍是那颗手榴弹造成的效果。我们又扔出几颗手榴弹，等到敌人再一次开火，我们看到距离拉远了许多，得有一百码开外。我们把他们逼退了，至少暂时是这样。

大家开始骂骂咧咧地，责备部队为什么不给我们提供支援。要是有一挺轻机枪或二十把能开火的步枪，我们就可以守住这个阵地，对抗整整一个连队的敌人。这时本杰明的副手帕迪·多诺爬上了正面的掩体。刚才他奉命回后方接受作战指令。

"嗨！快出来！全体人员立刻撤退！"

"什么？"

"撤退！快出来！"

"为什么？"

"这是命令。赶快回到我们自己的阵地。"

大家开始爬过正面的掩体。有几个人背着沉重的弹药箱，行动很不方便。我想到了那架望远镜，我就放在另一边掩体那里。但这时我看到四个突击队员，我猜想是在执行他们收到的神秘命令，开始沿着交通壕撒丫子往前跑，那是通往另一个敌军阵地的方向——要是他们到了那儿，一定会没命的。他们消失在黑暗中。我跑在他们身后，拼命地想着西班牙语"撤退"怎么说。最后我嚷道："退后！退后！"或许我用对了词，那个西班牙人听懂了我在说什么，把另外三个人也叫了回来。帕迪正在掩体等候着。

"动作快点。"

"但那个望远镜！"

"别理什么望远镜了！本杰明在外面等着呢。"

我们爬了出去。帕迪帮我把铁丝网拉开。没有了敌军阵地掩体的掩护，我们暴露在猛烈的火力之下，子弹似乎从四面八方朝我们射来。我猜想有一部分火力是来自己方的阵地，因为整个阵地都有人在开火。无论我们转到那个方向，迎面都有子弹射来。我们在黑暗中被赶过来赶过去，像一群可怜的绵羊。我们还拖着一箱缴获来的弹药，让逃亡变得更加困难——那种箱子可以装1750发子弹，重达一英担——还有一箱手榴弹和几把敌军的步枪。过了几分钟，虽然双方阵地距离不过两百码，而且我们都熟悉地形，但我们还是彻底迷路了。我们发现自己正在一摊泥泞的地里匍匐滑行，什么也不知道，只知道子弹正从两边射来。天上没有月亮可以引路，但天色亮了一些。我们的阵地在韦斯卡的东边，我提议我们驻守原地，等到破晓的时候分得清东西南北再行动。但其他人反对我的意见。我们继续匍匐前进，换了好几次方向，轮流换人拖那口弹药箱。最后我们看到一座掩体低平的轮廓在前方显现。那可能是己方的掩体，也可能是敌军的掩体。没有人知道我们到底是不是走对了路。本杰明匍匐前进，穿过一堆高大灰白的杂草，直到走到距掩体大约二十码远处，试着喊了一声。那边有人回答道："马联工党！"我们跳了起来，顺着掩体一路过去，再一次蹚过那条灌溉沟渠——水花飞溅，水声汩汩！——我们安全了。

克普和几个西班牙人在掩体里等候着。军医和担架员已经走了。所有的伤兵似乎都被抬了回来，只有佐格和另外一个名叫希德斯通的士兵失踪。克普来回踱着步，脸色苍白。连他后脖子上那几层肥肉都显得很苍白。他对在低矮的掩体上空和离他的头颅不远处四下乱飞的子弹根本不以为意。我们都蹲在掩体后面躲避子弹。克普在嘟囔着："佐格！同志！佐格！"接着又用英语说道："佐格你不能死！太可怕了！太可怕了！"佐格是他的密友，也是他最得力的手下。突然他转过身，征求五个志愿者，两个英国人，三个西班牙人，回去寻找失踪的战友。莫伊尔、我和三个西班牙人志愿前往。

我们走到阵地外面，那几个西班牙嘟囔着说天亮了很危险。确实，天空变成了黯淡的蓝色。那座法西斯碉堡处传来了喧闹的声音，显然，他们已经夺回了阵地，而且布置了比以前更多的兵力。距离掩体还有六七十码，他们就已经听到或看到我们了，因为他们猛烈地开火，我们不得不匍匐在地。有一个敌军还扔出一个手榴弹——这是恐慌确凿无疑的迹象。我们躺在草地上，等候着前进的机会。这时我们听到，或者说我们以为自己听到——我觉得那纯粹只是出于想象，但在当时听起来是那么真切——敌军的声音接近了许多。他们离开了掩体，正朝我们而来。"快跑！"我朝莫伊尔嚷了一句，然后蹦跶起来。我的天哪，我拼命地跑拼命地跑！那天晚上早些时候我还觉得自己全身上下浸透了泥浆，背着步枪和子弹，肯定跑不动呢。现在我知道要是你以为有五十或上百个荷枪实弹的敌人追着你，你肯定跑得动。但如果我能跑得快，其他人就能跑得更快。我跑着跑着，有什么像是流星雨的东西从我身边飞也似的划过。那是三个西班牙人，他们刚才还在我的前面。还没等他们停下脚步让我赶上他们，他们就回到了己方的掩体。事实上，我们都被吓破了胆。但我知道在黑灯瞎火里独自一个人不会有人看见，但五个人在一起肯定会被看见，于是我一个人又回去了。我总算来到了外围的铁丝网，竭尽全力寻找着通过的地带，这不是一件容易的事情，因为我得趴在地上。我找不到佐格或希德斯通，于是我爬了回去。后来我们才知道佐格和希德斯通早前已经被送到救助站了。佐格的肩膀受了轻伤，希德斯通的伤势很重——子弹从他的左臂穿过，造成了几处骨折。他无助地躺在地上时，一颗手榴弹在他旁边炸开，几个弹片划伤了他的身体。但我很高兴他恢复了过来。后来他告诉我，他就仰面朝天用背部挪了一段距离，然后碰到另一个负伤的西班牙士兵，两人互相搀扶着离开战场。

天色渐亮，沿着敌军阵地延绵好几英里时断时续地响起毫无意义的枪声，就像暴风雨过后残留的阵雨。我记得那满目疮痍的一幕：泥泞的沼泽、滴着水的白杨树、沟渠底部黄澄澄的积水、疲惫不堪的脸庞，都没有刮胡子，沾满了泥浆，被硝烟熏得发黑。我回到自己的掩体里，和我睡一块儿的另外三个士兵已经沉沉地睡着了。他们翻身就躺倒在地，全身的装备还没解下来，沾满泥浆的步枪就倚在他们身边。掩体的里里外外都湿透了。我找了很久，总算找来一些干燥的木片，生了一堆小火。然后我抽起了那根珍藏了许久的雪茄。经过一晚上的折腾它居然没有断开，令我十分惊奇。

后来我们了解到，这次作战很成功，达到了作战意图。

我们只是发动佯攻，迫使敌军从韦斯卡另一边的阵地分兵增援，然后那边的无政府主义军队再度发动进攻。我原本以为敌军调来了一两百人展开反击，但一个逃兵后来告诉我们增援的部队有六百人。我敢说他是在撒谎——逃兵总是希望博得好感。没能缴获那支望远镜实在是非常遗憾。想到与那精美的战利品失之交臂，至今仍令我黯然神伤。

# 第八章

日子越来越暖和，连晚上也不那么冷了。在我们掩体前面有一棵弹痕斑驳的樱桃树，正结出密密麻麻的果实。到河里洗澡不再是一种折磨，几乎成了一种享受。茶碟般大小的粉红色的野玫瑰花开遍了法比安堡周围的弹坑。在阵地后方你会遇到耳朵上别着野玫瑰花的农民。到了晚上，他们总是拿着绿色的网出去捕鹌鹑。你把网铺在草地上，然后躺下来，装出雌鹌鹑的声音。四周听得见声音的雄鹌鹑就会朝你这边奔来，如果有的雄鹌鹑在网下面，你就朝它扔石头，受到惊吓的雄鹌鹑就会跳起来，然后困在网中。显然，只有雄鹌鹑才会被抓，我觉得这很不公平。

我们旁边的阵地上驻守着一群安达卢西亚人。我不知道为什么他们会来到这个阵地。有人解释说他们撤离了马拉加，仓促之下经过了瓦伦西亚都不知道。当然，这只是加泰罗尼亚人的片面之词，他们看不起安达卢西亚人，觉得他们都是蛮夷。确实，安达卢西亚人很愚昧无知。他们当中只有少数几个人识字，而且他们似乎对西班牙每个人都知道的事情都犯迷糊——他们竟然不知道自己属于哪个政党。他们以为自己是无政府主义者，却又不是很肯定。或许他们是共产主义者。他们皮肤粗糙，看上去像是乡下人，或许是橄榄种植地区的牧羊人或帮工，南方猛烈的日照在他们的脸颊上留下了晒斑。他们很帮得上忙，因为他们动作敏捷，特别擅长把晒干的西班牙烟草卷成烟卷。烟草的发放已经停止了，但在弗罗利山我们时不时可以买到最便宜的烟草，无论是外观或质地都很像切碎的谷糠。这种烟草的味道还可以，但就是太干了，就算你将它做成烟卷，烟草很快就会掉下来，只留下空空的一卷烟纸。但是这帮安达卢西亚人能做出整洁的烟卷，而且还能把两端给卷进去封好。

两个英国人中暑病倒了。关于那段时间，我清楚记得的是：中午的时候日头特别猛，我们光着上身扛沙包，肩膀已经被太阳晒伤了，被沙包一磨实在是痛苦万分；而且我们的军服和军靴都是破破烂烂的；那些给我们运送补给的骡子不怕枪声，但一听到榴霰炮在空中爆炸就会吓得到处乱跑，我们得费好大的劲才能管住它们；而且我们饱受蚊子（刚刚开始活跃起来）和老鼠之苦，那些老鼠甚至连皮带和皮制的弹药袋都不放过。前线没有战情，只是不时有敌军狙击手、大炮轰炸和对韦斯卡发动空袭造成伤亡。现在围着前线的白杨树长齐了叶子，我们在上面搭建了像是狩猎台的狙击手平台。在韦斯卡的另一边，攻势渐渐平息。无政府主义者付出了伤亡惨重的代价，却未能完全切断加卡公路。他们从两端包夹，架设了机关枪火力网，基本上封锁了交通，但封锁的缺口有一公里长，法西斯军队修筑了一条凹陷的道路，好像是一条巨大的壕沟，可以供卡车来回穿梭。逃兵报告说韦斯卡弹药充足，不过食物严重紧缺，但这座孤城怎么都攻不下来。或许，光靠一万五千名装备落后的士兵根本不足以成事。后来，六月份的时候，共和政府从马德里前线调来增援，在韦斯卡集结了三万兵力，而且还动用了数量不菲的战斗机，但韦斯卡仍攻不下来。

等到我们轮休时，我已经在前线驻守了一百一十五天，当时我觉得那是我生命中最无聊的时光。我参加民兵组织，为的是抗击法西斯主义，但是我几乎没有进行过战斗，只是无聊地守在阵地上，光吃口粮却没有履行职责，饱经风霜与失眠之苦。或许这就是在大部分战争中大部分士兵的命运。但现在我能清醒地看待这一段时期，我并不完全只是觉得后悔。我确实希望当时我能更积极地为西班牙政府服役，但站在个人的角度——站在我个人进步的角度——我在前线服役的头三四个月并非我当时所想的那么没有意义。那是我生命中的一段过渡期，与之前的经历和或许今后将会有的经历很不一样。我在那段时间所学到的东西是我从其他途径根本无法获得的。

最重要的一点是，那段时间我一直与外界隔绝——因为到了前线一个人基本上就与外界断了联系，连巴塞罗那正在发生什么事情也只有模糊的概念——而我身边的人基本上都只是勉强够格的革命者。这就是民兵体制的结果，阿拉贡前线这边的民兵组织要到1937年6月才得以彻底改组。工人阶级的民兵组织以工会组织为基础，基本上都是由持同一政见的工人所组成，那种感觉就像这个国家所有最革命的热情都汇聚在一个地方。我神差鬼使地来到了西欧唯一一个政治觉醒和否定资本主义的思潮压倒了其对立面的国家。在阿拉贡这里，我置身于成千上万基本上都是出身于工人阶级的民兵中，大家都是过着同样的生活，彼此之间平等相待。理论上这些人是完全平等的，而在实践上他们也几乎实现了绝对平等。那种感觉真的可以说是就像在提前体验社会主义，普遍的精神氛围就是社会主义的精神氛围。文明生活中许多天经地义的动机——势利、贪财、对老板的畏惧等等——统统不存在了。那种司空见惯的社会阶级分化已经消失，那是沾满了铜臭味的英国所几乎无法想象的。那里只有农民和工人，没有人凌驾于他人之上。当然，这种社会状态不可能长久持续下去。这只是席卷全球的巨大斗争中局部某个地方暂时的社会状态。但它维持了很长一段时间，对参与其中的个体留下了难以磨灭的印象。无论一个人当时如何对其痛加斥责，过后他都会意识到，他所接触的是一种奇特而极其珍贵的社会现象。你来到了一个社区，在那里希望压倒了冷漠和犬儒主义，成为常态，在那里，"同志"一词代表了同志间的情谊，而不像在大部分国家那样，只是一句废话。一个人体验到了平等的气息。我知道现在盛行一种观点，认为社会主义与平等之间根本没有联系。每一个国家都有着一大帮党内人士和圆滑的小个子教授在忙于"证明"社会主义只是有计划的资本主义，而攫取利益的本能依然存在。但幸运的是，对社会主义还有一种观念与其背道而驰。社会主义吸引普通人投身其中，促使他们愿意为其抛头颅洒热血的神秘魅力在于平等的理念。对于普罗大众来说，社会主义意味着没有阶级的社会，只会是这样。正是在这一点上，那几个月的民兵服役对我来说是非常宝贵的经历。西班牙的民兵组织从存在的那天起，就是一个具体而微的没有阶级的社会。在这个社会里，没有人在追求发达，虽然物资极度紧缺，却没有特权现象或阿谀奉承。从中，你或许能粗略地体验到社会主义的初始阶段的先声。它并没有让我产生幻灭感，而是深深地吸引了我。我比以往更加盼望见到社会主义事业实现。或许，这是因为我有幸与西班牙人在一起，他们生性纯朴，总是带着无政府主义者的气质，如果他们有机会的话，就连社会主义的初始阶段也会因为他们而变得可以忍受。

当然，当时我没有注意到我的思想正在悄悄发生改变。和身边的每个人一样，我只注意到无聊、酷热、寒冷、肮脏、虱子、匮乏和时而出现的危险。现在不一样了。那段当时似乎非常无聊和无趣的时光现在对我来说非常重要。它与我生命中的其他经历是如此不同，已经开始产生了一种魔法般的效果，而通常来说，只有历经多年的回忆才会这样。在它发生的时候，它是野蛮的，但当我的思绪回到那个时候时，却感觉很温馨。我希望能让读者对当时的气氛有所感受。希望在本书的前面几章里能让读者对其有所了解。我的脑海里一直萦绕着那个寒冷的冬天、穿着褴褛军服的民兵、那一张张西班牙人的鹅蛋脸、哒哒哒像莫尔斯密码的机关枪声、尿腥味和腐烂面包的味道、用肮脏的小盘狼吞虎咽地吃着带锡味的煮豆子。

那段时光栩栩如生地印在我的脑海中。在我的记忆中，我一直重温着那些似乎太过琐碎不值得记起的小事。我又回到了波塞罗山的阵地，靠着石灰岩的岩架就当它是张床，年轻的拉蒙把鼻子凑在我的肩胛骨中间正打着鼾。我在泥泞的战壕里跺着脚，迷雾在我身边盘旋，就像一条清冽的小溪。我正在山腰的一道石缝那里，挣扎着保持平衡，要把一丛迷迭香给拔出来。就在头顶高处，没有意义的子弹正在呼啸。

我躲在奥斯库罗山西边洼地几棵矮小的枞木后面，身边是克普、鲍勃·爱德华和三个西班牙人。在我们右边光秃秃的灰色山丘上有一队法西斯士兵正在攀登，看上去就像蚂蚁一样渺小。前方不远处的法西斯军队阵地响起了军号声，克普听到了，和我四目相投，他做出一个小男生的姿势，用大拇指刮了一下鼻子。

我在拉格兰贾的脏兮兮的院子里，身边都是人，他们正拿着自己的锡盘争抢着那一大锅炖菜。那个胖乎乎的倦怠的厨师拿着大勺子把他们给打跑了。在旁边的一张桌子上，一个留着大胡子的男人腰带上别着一把硕大的自动手枪，正把一大块面包剁成五块。在我身后有一个人正用伦敦腔唱着歌（是比尔·钱伯斯，我和他大吵过一架，后来他在韦斯卡外围牺牲了）："这里的硕鼠大如猫，就在……"

一颗炮弹呼啸而来，那几个十五岁的孩子赶忙卧倒。厨师躲在那口大锅后面。那颗炮弹落在一百码外爆炸时，每个人都吓得面如土色。

我在岗哨阵地来回巡逻，头顶上是黑漆漆的白杨树的树枝。在外面淹满了水的沟渠里，老鼠正在划水，像水獭那样发出尖叫。黎明黄色的光在我们后面亮起，那个安达卢西亚裔的哨兵披着斗篷唱起了歌。穿过无人地带，大概一两百码开外，你可以听到那边的法西斯哨兵也唱起了歌。

四月二十四日，在经过无数个"明天"之后，另一批人接替了我们，我们交出了步枪，收拾好了行装，行军回到弗罗利山。离开前线我并不感到难过。虱子在我的裤子里迅速繁衍，快到我根本杀不过来，而且过去一个月来，我没有袜子穿，鞋底就快磨穿了，因此我几乎是光着脚在走路。我所渴望的就是能洗热水澡，换上干净的衣服，晚上能盖着被子睡觉，其热切程度超过了一直在过正常的文明生活的人对任何别的东西的渴望。我们在弗罗利山的一座谷仓里睡了几个小时，凌晨时分跳上一辆卡车，赶上了巴巴斯特罗五点钟的火车，然后——运气正好，在莱里达赶上了一趟快车——二十六日下午三点钟抵达巴塞罗那。然后，麻烦开始了。

# 第九章


　　从上缅甸的曼德勒你可以乘火车到掸部平原边上的省会眉苗的山地主站。这趟旅程非常有意思。你从一座具有典型东方风情的城市出发——炽热的阳光、布满灰尘的棕榈树、鱼腥味、大蒜和香料的气味、热带水果熟透的味道、熙熙攘攘面孔黝黑的当地人——由于你对这些都已经习以为常，你觉这种气氛就是火车旅行的一部分。当火车在海拔四千英尺的眉苗靠站时，你还沉浸在曼德勒的氛围中。但走出车厢，你来到了氛围全然不同的地方。突然间你呼吸到和英国一样清冷甘甜的空气，周围是青翠的草地、蕨草、杉树和山丘——面颊绯红的妇女们正在贩卖一篮篮的草莓。

　　在前线待了三个半月后，回到巴塞罗那让我想到了上面那一幕。氛围同样一下子产生了令人十分惊讶的改变。到巴塞罗那的一路上，火车里的氛围就像在前线一样：肮脏、嘈杂、不适、褴褛的军装、穷困潦倒的感觉、同志情谊和平等。离开巴巴斯特罗时火车上已经坐满了民兵，沿线每个站还不断有农民挤上来。他们扛着蔬菜，拎着家禽，背着麻袋上了车。那些家禽被头朝下拎着，已经吓破了胆。那些麻袋在地板上扭动着，原来里面装满了活生生的兔子——最后一站还有农民赶了一大群绵羊上了车厢，挤得水泄不通。民兵们高唱着革命歌曲，歌声掩盖了火车的咔哒咔哒声，朝沿线每个漂亮的女孩子挥舞着红黑手帕或亲吻她们的小手。一瓶瓶阿拉贡出产的劣质红酒和茴香酒人手相传。他们用的是西班牙的羊皮瓶子，你可以隔着整个车厢挤出一根酒柱，灌进朋友的嘴里，非常省事。坐在我身边的是一个黑眼圈的少年，大概才十五岁，正向两个满脸风霜的老农讲述他在前线的英勇事迹，说得那么神乎其神，我肯定都是瞎编的，那两个老农却听得目瞪口呆，嘴巴都合不拢了。过了一会儿，那些农民就解开包裹，请我们喝他们那些呈深红色、黏糊糊的土酒。每个人都非常开心，我实在无法用语言加以形容。但火车驶过萨瓦德尔，进入巴塞罗那境内时，我们登时感受到一股陌生的、充满敌意的氛围，就像身处巴黎或伦敦一样。

如果你在西班牙内战期间相隔几个月到过巴塞罗那两趟的话，就会注意到这座城市经历了一场剧变。奇怪的是，无论他们是八月份第一次去，然后一月份再去第二次，或者像我一样十二月份第一次去，四月份再去第二次，他们所说的都是一样的话：革命的气氛已经消失了。确实，如果你在八月份的时候到过那儿，那时候流血牺牲才刚刚结束，民兵们都住在豪华酒店里，到了十二月再去的话会觉得巴塞罗那已经很资产阶级化了。而对于刚刚离开英国的我来说，巴塞罗那就像一座我以前根本无法想象的工人阶级领导的城市。现在资产阶级浪潮重新袭来，巴塞罗那又变成了一座寻常的城市，由于战火侵袭变得破败萧条了一些，再也没有工人阶级实行专政的迹象。

当地人精神面貌的改变令人感到非常吃惊。民兵制服和蓝色的工装服几乎消失得无影无踪。每个人似乎都穿着西班牙裁缝才能剪裁得出的时髦的夏装。到处都是脑满肠肥的有钱人、优雅的女士和流线形的小汽车。（似乎还没有私人的小汽车，但"有地位"的人物似乎可以有车用。）我离开巴塞罗那的时候还没有成立新人民军，而现在新人民军的军官数目多得惊人，军官与士兵的比例是一比十。这些军官有很多人曾在民兵组织中服役过，从前线被征调回来进行技术指导，但大部分是年轻人，他们参加军事学校，希望将来加入民兵组织。这些军官与士兵之间的关系虽然不像资产阶级的军队那样等级森严，但还是有着明确的地位差别，体现在军饷和军服上面。士兵们穿着粗陋的棕色军服，军官们穿着剪裁得体的收腰卡其布军装，有点像英国军官的制服，甚至还更加考究一些。我猜想这些人中只有不到二十分之一的人上过前线，但每个人腰带上都别着自动手枪。而我们这些在前线厮杀的人却无论如何都弄不到手枪。走在街上时，我发现我们脏兮兮的外表引来了路人的侧目。确实，在前线驻守了几个月之后，我们实在是不堪入目。我知道自己看上去像个稻草人，我的皮外套已经成了叫化衣；羊毛帽子已经烂得不成样子，总是溜下来挡住一只眼睛；我的靴子除了上面那层皮革之外就没剩多少料子了。我们每个人情况都差不多，而且我们身上脏兮兮的，又没有刮胡子，难怪那些人会盯着我们看。这让我感觉有点不快，并让我察觉到过去三个月来发生了一些怪事。

接下来的几天我发现了许多迹象，证实了我的第一印象并没有错。这座城市确实经历了一场剧变。有两件事是主导这场剧变的主因。其中一件就是，人们 —— 主要是市民们——已经厌倦了战争。另一件事就是，贫富分化和社会地位高下又回来了。

人们对战争出奇的冷漠令我们感到惊讶和心寒。从马德里，甚至从瓦伦西亚来到巴塞罗那的人都会觉得很惊讶。一部分原因是巴塞罗那远离战斗，一个月后在塔拉戈纳我目睹了同样的情况。那是一座漂亮的海滨城市，日常生活几乎没有受到影响。从一月份开始，西班牙志愿参军的人数就急剧下降。二月份的时候加泰罗尼亚举行了大规模的人民军征兵活动，但征募到的士兵数量并不多。战争才进行了六个月左右，西班牙政府已经不得不启用征兵制度，如果是与外国战争，这是天经地义的事情，在一场内战中这就显得很突兀。

显然，这是因为战争开始的时候人们满怀着革命的希望，但现在已经失望了。战争的头几个星期，工会就成立了民兵组织，将法西斯部队逐回了萨拉戈萨。这在很大程度上是因为他们坚信自己是为了工人阶级专政而战斗，但情况渐渐表明，工人阶级专政是不可能实现的目标，因而平民——特别是城里的无产阶级，无论是与外国人作战还是内战，他们总是得被征召入伍——他们的冷漠就是情有可原的了。没有人希望输掉这场战争，但大部分人都希望战争能早日结束。无论你去到哪儿都会注意到这一点。到处你都可以听到同样的敷衍式的话："这场战争太可怕了，不是吗？什么时候能够结束呢？"熟知政治的人对无政府主义者和共产主义者之间两败俱伤的争斗比对抗击弗朗哥的斗争更加了解。而对于普罗大众来说，食物紧缺是最要命的问题。大家都觉得"前线"是一个遥远而神秘的地方，年轻人去了要么就不回来，要是过了三四个月再回来的话，口袋里都很有钱。（休假的时候民兵可以领到几个月来的军饷。）没有人会去关心伤兵，即使他们拄着拐杖一瘸一拐地走在街头。参加民兵不再是时髦的事情。作为公众时尚风向标的商店明确无疑地体现了这一点。当我第一次到巴塞罗那的时候，虽然商店又破又旧，卖的东西都是民兵的装备。每扇橱窗都展示着军便帽、拉链夹克、山姆·勃朗宁皮带、狩猎用的刀子、水壶、左轮手枪的枪套。现在商店都漂亮高档多了，战争被抛到一边。

后来在我回前线之前，我去购买点装备，却发现前线急需的一些东西很难买到。

与此同时，政府发动了系统的宣传攻势，反对政党的民兵组织，鼓励年轻人参加人民军。这里的局势非常古怪。从二月份开始，所有的武装部队名义上都已经改编进了人民军，理论上，民兵组织要根据人民军的纲领进行重组，有不同的津贴军饷和委任军衔等等。各师团由"混合旅团"组成，按照规定，部分是人民军，部分是民兵。但其实这只是换汤不换药罢了。例如，马联工党的部队原本叫"列宁军"，现在命名为第二十九路师团。直到六月份也只有少数人民军抵达阿拉贡前线，因此民兵组织得以保留自己的结构与特征。但每一面墙上政府机关都写上了"我们需要人民军"的标语；电台和宣扬共产主义的媒体总是时刻不停，有时甚至尖酸辛辣地攻讦民兵组织，说他们缺乏训练、纪律涣散，等等等等，而人民军则总被称赞为"作战英勇"的部队。听到这些宣传，你会觉得志愿参军奔赴前线是很丢脸的事情，而等候被征召入伍才是光荣之举。而当时守卫前线的是民兵组织，人民军还在大后方训练，但这个情况被刻意隐瞒了。重回前线的民兵部队再也没有享受到街头敲锣打鼓、旗帜飞扬的欢送待遇，而是凌晨五点钟的时候就被悄悄用火车或卡车运走。现在有几批人民军开始奔赴前方，而他们则像以前的民兵一样，趾高气昂地在大街上行走，但由于人们已经厌倦了战争，对其毫无热情可言。民兵组织名义上也是人民军这一点在媒体宣传中被老练地利用了。任何功劳都被归入人民军的名下，而任何罪名都怪罪于民兵组织。有时候，同一支部队会在一份刊物里得到嘉许，而在另一份刊物里却被责骂。

除了这些以外，整个社会的氛围都变了——你只有身临其境才能有所体会。第一次到巴塞罗那的时候，我觉得这里几乎没有阶级差别或贫富差距。当时这座城市看上去的确就是这样。"时髦的"衣服非常罕见，没有人在阿谀奉承或给小费。服务员、卖花女和擦鞋匠直视着你的眼睛，称呼你为"同志"。那时候我没有看出这是希望和伪装结合起来所形成的。工人阶级相信这是一场已经开始但还没有巩固的革命。资产阶级都被吓坏了，暂时将自己乔装打扮成工人阶级的一分子。在革命的前几个月，肯定得有数以千计的人刻意穿上工装，高喊着革命口号，以这种方式保住自己的性命。现在一切回归平常，时髦的餐馆和酒店里坐满了有钱人，豪爽地消费着昂贵的饭菜，而工人阶级却得面临飞涨的食物价格，工资都仍在原地踏步。除了物价飞涨之外，市场上总是缺这缺那的，而穷人总是比富人受影响更甚。餐馆和酒店似乎轻轻松松就可以买到想要的东西，但在工人阶级居住的区域，买面包、橄榄油和其他生活必需品的队伍一排就是好几百码。以前在巴塞罗那，我惊诧于这里竟然没怎么看到乞丐，现在乞丐多了很多。在兰布拉斯大道尽头的那间熟食店外面，一群群光着脚的孩子总是等候着准备把出来的顾客围住，聒噪着要他施舍点吃的。"革命式"的语言不再流行。现在陌生人不再称呼你为"同志"，而是叫你"阁下"。"请安"开始取代"祝你健康"。服务员们又穿上了浆硬的衬衣，商铺里的店员又是那副熟悉的谄媚态度。我的妻子和我走进兰布拉斯大道一间织品店买一些袜子，店员朝我们鞠躬，还摩了摩双手以示敬意，二三十年前英国的店员会这么做，但现在已经不兴这一套了。给小费这种做法又鬼鬼祟祟拐弯抹角地回来了。工人纠察队被勒令解散，战前的警察队伍又回到了街头。结果，原本被工人纠察队取缔了的卡巴莱表演①和上档次的妓院又立刻重新开张。②现在一切事情发展的趋势都对那些富有阶层有利，一个细小但很重要的例子可以从烟草的短缺看出来。对于普通民众来说，烟草短缺非常严重，街上卖的香烟里面包的是切成薄片的甘草根。我试过一些这样的烟。（许多人都尝试过一次。）弗朗哥控制了加纳利群岛，那里是西班牙烟草的种植地，结果政府只剩下战前剩余的一些存货，根本不足以供应，烟店只能每星期开一次。你得排队等几个小时，运气好的话，买到四分之三盎司

---

① 卡巴莱表演（the cabaret show），源于法国，流行于欧洲大陆的酒吧和夜总会，是一种融合歌曲、舞蹈、舞台剧等元素的娱乐表演节目。
② 原注：据说工人纠察队关闭取缔了七成多的妓院。

一包的烟草。理论上政府禁止烟草从国外进口，因为这意味着减少黄金储备，而这些是留着用来购买军火武器和其他必需品的。但昂贵的走私外国烟总是源源不断地供来，"好运来"牌和其他牌子都有，给了奸商赚大钱的机会。在高档酒店里走私香烟可以公然买卖，街头买卖也似乎同样猖獗，前提是你付得起钱，一包卖十比塞塔（相当于一个民兵一天的军饷）。走私是为了服务那些有钱人，因此得到了默许。只要钱够多，没有什么是你买不到的，或许只有面包是例外——政府实施了严格的限量供应。几个月前这种公开的贫富悬殊是不可能出现的，当时工人阶级仍然掌握着权力，或似乎掌握着权力。但这并不仅仅是因为政治权力出现了更替。一部分原因是因为巴塞罗那的生活很安全，除了偶尔有空袭之外，你几乎不会想到如今正在打仗。去过马德里的人都说那里的情况完全不一样。在马德里，共同的危机迫使各个阶级的人结下了同志情谊。一个正在大吃鹌鹑的胖子和一群乞讨面包的小孩看着就让人觉得心里不舒服，但如果周围枪声不断，要看到这一幕的机会就小多了。

巷战结束后过了一两天，我记得走过一条繁华的街道时经过一间甜品店的橱窗，里面摆满了极其精美的点心和糖果，价格之贵令人咋舌。你应该在邦德街或和平大道看到这种店。我记得当时觉得非常惊讶：在这么一个战火纷飞、饥馑横行的国度竟然还有人将钱浪费在这些东西上。但以上帝的名义，我绝不是在装出个人的优越感。在度过艰苦的几个月后，我迫切渴望能享受到佳肴美酒和美国香烟什么的，我承认要是我有钱的话，我也会沉迷于各种奢华中。在第一个星期，那时街头暴乱还没有开始，我做了几件事情，一环扣一环地产生了奇怪的作用。首先，正如我所说过的，我尽可能让自己过得舒服一些。其次，由于暴饮暴食，那个星期我感觉有点不舒服，每天在床上躺半天，然后起床再大吃一顿，然后又感觉不大舒服。与此同时，我偷偷和人商量，准备买一把左轮手枪。我迫切想买一把左轮手枪——战壕作战的时候这可比步枪实用多了——但这东西很难搞到手。政府给警察部队和人民军的军官分发了左轮手枪，却不肯为民兵部队配备，你只能非法从无政府主义者那里买到手。经过一番周折，我的一个无政府主义者朋友总算帮我买到一把小巧的点 26 自动手枪——很寒碜的武器，五码外就派不上用场了，但总比没有好。而且我正在着手准备脱离马联工党的民兵组织，加入别的部队，能把我派到马德里前线。

很久以前我就告诉身边所有的人我准备离开马联工党。按照我的秉性，我愿意加入无政府主义者的部队。要是我成为国工联的成员，我就可能加入伊无联的民兵组织。但他们告诉我伊无联可能会把我送到特鲁埃尔，而不是送去马德里。如果我要去马德里，我必须参加国际纵队，而这必须有一位共产党员的推荐。我找到一个在西班牙从事医疗救助工作的共产党员朋友，向他解释了我的情况。他似乎迫不急待地想要招募我，问我能不能劝说其他独立工党的英国人与我一同调过来。假如当时我身体情况好一些的话，或许当时就拍板同意了。现在很难说这么做会不会完全改变后来的事态。很有可能在巴塞罗那发生暴乱之前我就被调到了阿尔塞瓦特。而我如果没有亲眼目睹这场暴乱，或许我就会相信官方的说法。另一方面，要是我在巷战发生时身处巴塞罗那，接受的是共产党的命令，但仍然对马联工党的同志保有个人的忠诚，我将无所适从。但当时我有一个星期的假期，我很希望在重回前线之前恢复健康。而且，我相信一桩小事往往决定了一个人的命运——当时我在等鞋匠给我做一双新的军靴。（整个西班牙军队竟然找不到一双适合我尺码的军靴。）我告诉我那位共产党员朋友我稍后再给他确切答复。我想好好休息一下。我甚至想和妻子到海边住两三天。多么可笑的念头！在当时那种政治气氛之下，我本应该想到度假这种举动绝对是不合时宜之举。

巴塞罗那表面上依然歌舞升平，但穷人越来越穷，街头虽然看似平静，到处是花展、彩旗、宣传海报和喧闹的民众，但你可以明显感觉到可怕的政治对立和仇恨。想法各有不同的人们都说着颇有预见性的话："很快就会有麻烦的。"这场政治危机很简单明了，就是希望将革命推行下去的人与希望中止革命的人之间的斗争——也就是无政府主义者与共产主义者之间的斗争。在加泰罗尼亚的政坛，掌握权力的政党是加联社党和他们的自由党盟友，但与之相对立的是，国工联的实力尚不明朗。虽然他们不像政敌那样有强大的武装，而且没有明确的政纲，但他们势力很大，因为他们人数众多，而且控制了多个重要行业。在这种各方势力互相抗衡的情况下，肯定是会出事的。在控制了人民大会的加联社党看来，为了巩固他们的地位，当务之急就是解除国工联的工人武装。正如我之前所指出的，重组各党派民兵组织的行动的根本动机正在于此。与此同时，战前的警察部队、国民自卫队等武装组织被重新投入使用，并加以扩充强化。这么做只能证明一件事情。国民自卫队尤为特殊，它是欧洲大陆司空见惯的宪兵部队组织，将近一个世纪以来一直扮演着为统治阶级保驾护航的角色。与此同时，政府颁布了法令，要求任何民间私人的武装必须上交。当然，没有人遵从这一法令；显然，只有以武力才能将无政府主义者解除武装。这段时间整个加泰罗尼亚谣言四起，由于新闻封锁，总是语焉不详，自相矛盾。在多个地方，武装警察部队向无政府主义者掌握的枢纽要塞发起了进攻。在法国边境的佩格塞达，一支武警部队奉命夺取先前由无政府主义者控制的海关大楼，著名的无政府主义政治人物安东尼奥·马丁[①]被杀。在费卡洛

---

① 安东尼奥·马丁（Antonio Martin），情况不详。

斯也有类似的事件发生，我想在塔拉戈纳也发生了。在巴塞罗那，工人阶级居住的区域爆发了一系列非正式的争斗。过去一段时间来，国工联和总工联的党员在互相残杀，有好几次，谋杀案之后举行了群情激昂的大型葬礼，显然是出于要挑起政治仇恨的目的。不久前，一个国工联的成员遇害，国工联出动了数千人送葬。到了四月底，就在我来到巴塞罗那之后，在总工联举足轻重的人物罗尔丹①被谋杀了，国工联成了最大嫌疑。政府命令所有商店关门，举行了盛大的葬礼游行仪式，大部分参加人员是人民军，游行队伍行经一个地点要花两个小时的时间。我从酒店的窗户观望着葬礼，但心里毫无感触。这场所谓的葬礼只是一场赤裸裸的武力示威，随时可能演变成流血事件。当天晚上我妻子和我被距离一两百码外的卡塔鲁那广场传来的一阵密集的枪声惊醒了。第二天我们了解到，一个国工联的成员被杀了，凶手怀疑是总工联的人。当然，所有这些谋杀可能是挑衅分子的所为。外国资本主义报刊对共产党与无政府主义者之间的不和持何种态度，从罗尔丹的谋杀被大肆报道，而那次报复性的谋杀却小心翼翼地一字不提，你大致上就能猜测出来。

　　5月1日就要到了，有传闻说将会举行一场盛大游行，国工联和总工联都会参加。国工联的领导人要比许多追随者

--------

　　① 罗尔丹(Roldan)，情况不详。

更加温和，一直致力于与总工联达成和解。事实上，他们政策的基调是将两大政党结合为一个政治大联盟。他们希望国工联和总工联能并肩同行并展现团结。但最后游行被取消了，因为显然此次游行只会导致暴动。5月1日那天什么事情也没有发生，情况实在非常诡异。巴塞罗那这座号称革命之都的城市或许是欧洲非法西斯地区当天唯一没有举行庆祝的城市。但我必须承认我松了口气。英国独立工党的队伍原本也要参加游行，与马联工党在同一个方阵，大家都担心会有危险。我可不想被卷入毫无意义的街头暴动。跟在题写着革命标语的红旗后面在街头游行，然后被某个陌生人拿着轻机枪从楼上窗口扫射，倒地毙命——我可不认为这是有价值的死法。

# 第十章


五月三日中午，一个朋友走过酒店的休息室，漫不经心地对我说道："我听说电话公司有麻烦了。"不知道为什么，当时我并不以为意。

那天下午三四点钟的时候，我走在兰布拉斯大道上，这时我听到身后传来几声步枪的枪声。我转过身，看到几个年轻人，手里拿着步枪，脖子上围着无政府主义者的红黑手帕，正顺着从兰布拉斯大道延伸出来的巷子朝北边悄悄移动。显然，他们正和一座俯视着街道的八角塔楼上的人交火——我想那是一间教堂。我的第一反应是："终于开始了！"但我并不觉得特别吃惊——因为这几天来大家都知道"这件事"随时都会发生。我意识到我得马上赶回酒店，看看我妻子是否安全。但守在巷口的那群无政府主义者正朝人们挥手让他们回去，并喝令他们不得穿过交火的地方。又有几声枪声响起。塔楼上的子弹在街头飞舞，惊慌失措的路人顺着兰布拉斯大道拼命地跑过来，想远离战斗。在街道的两头你可以听到眈—眈—眈的声音，是商店的老板在忙不迭地拉上窗户的铁百叶窗。我看到两个人民军的军官小心翼翼地从一棵树后躲到另一棵树后，手一直搭在左轮手枪上。在我前面，人群拥进兰布拉斯大道的地铁站找地方躲子弹。我立刻决定跟在他们后面。这或许意味着得在地下困好几个小时。

这时前面一个曾经共事过的美国医生朝我跑过来，抓住我的胳膊，激动万分地对我说道：

"快点，我们得赶快去猎鹰旅馆。"（猎鹰旅馆是马联工党经营的寄宿旅馆，主要供放假的民兵居住。）"马联工党的战友都在那里会合。出了事我们必须团结在一起。"

"但到底发生什么事了？"我问他。

医生拉着我一直跑，激动得说不出话。他刚才去过卡塔鲁那广场，有几部卡车载着荷枪实弹的国民自卫队来到由国工联的工人控制的电话公司，并发动突袭。接着无政府主义者赶了过来，情况一度非常混乱。我想"麻烦"来自于早前政府要求国工联移交电话公司，而这个要求当然被拒绝了。

我们走在街上的时候，一辆卡车从相反方向从我们身边驶过，上面载满了无政府主义者，手里都握着步枪。在前方，一个衣衫褴褛的年轻人卧倒在一堆垫子上，身前摆着一挺轻机枪。我们赶到猎鹰旅馆，它位于兰布拉斯大道的尽头。大厅里有一群激动万分的人，场面一片混乱，没有人知道自己应该做什么，而且除了几个守卫大楼的突击队队员之外，大家都没有装备武器。我穿过大街，到几乎就在正对面的马联工党的地方委员会那里去。在楼上平时兵们领军饷的房间里，又有一群情绪激动的人。有一个身材高大、脸色苍白，身穿平民衣服，约莫三十岁的英俊男子正在竭力维持秩序，并将墙角那堆腰带和子弹分发给众人。现在似乎还没有步枪被分发下来。那个医生不见了——我相信已经有伤亡发生，医生都被叫去了——但又有一个英国人过来了。很快，从里间的办公室，那个高个子男人和其他几个人开始抱出一撂撂的步枪，将它们分发给众人。由于那个英国人和我是外国人，大家对我们都有点疑虑，因此刚开始的时候他们没有发枪给我们。然后一个我在前线认识的民兵过来了，他认出了我，于是我们俩也领到了步枪和几个弹夹的子弹，虽然他们给得有点不情不愿。

　　远处传来了枪声，街上空无一人。大家都说要沿着兰布拉斯大道前进是不可能的事情。国民自卫队已经掌握了控制制高点的建筑，任何人敢硬闯的话都会被乱枪扫射。我本想冒险回酒店里去，但大家都说敌人随时可能会对地方委员会发起进攻，我们只好原地待命。整座大楼，楼梯上和外面的人行道上挤满了人，大家都站在那儿兴奋地交谈着。似乎没有人知道正在发生什么事情，我只知国民自卫队朝电话公司发起了进攻，夺取了许多战略要地，威胁着其他由工人们控制的建筑。大家都觉得国民自卫队是冲着国工联和工人阶级来的。我还发现到了这个时候，似乎没有人责备政府。巴塞罗那的穷苦阶级把国民自卫队看成是如黑衫军和褐衫军之类的组织，似乎大家都认为是这帮人在挑衅。当我听说了事情的来龙去脉，我心里好受了一些。事情很清楚，一方是国工联，另一方是警察。我对资产阶级共产主义者心目中理想化的"工人"并没有特殊感情，但当我看到一个有血有肉的工人与他不共戴天的敌人——警察发生冲突时，我根本不用问自己会站在哪一边。

过了许久，在城市我们的这一头，似乎一切都很平静。我没有想到我可以给酒店打个电话，问问我妻子是否安全。我以为电话公司肯定停工了——事实上，电话公司只是停止运作几个小时而已。两座建筑物里似乎有三百来人。这些人大部分来自码头附近的偏僻后巷，穷得叮当响。他们当中有好些个女人，有几个抱着孩子，还有一群衣衫褴褛的小男孩。我想他们根本不知道发生了什么事，只是逃到马联工党大楼里寻求庇护。大楼里还有一些休假的民兵和几个外国人。我估计我们顶多就只有六十把步枪。楼上的办公室总是被人群包围着，他们要求领取步枪，却被告知步枪已经发完了。有几个年轻的民兵似乎把整件事当成了类似野餐的休闲活动，到处晃悠，想从分到步枪的人那里把枪给骗走或偷走。过了不一会儿，一个年轻人动作轻巧地偷走了我的步枪，然后立刻逃之夭夭。于是，我又没有枪了，只剩下那把小巧的自动手枪，却只有一个弹匣的子弹。

天开始黑了，我觉得有点饿，猎鹰旅馆里似乎没有吃的。我的朋友和我决定去他的旅馆吃点东西，那里离这儿不远。街道上黑漆漆空荡荡的，看不到一个人影。所有的商店橱窗都拉上了铁闸，但路障还没有架设起来。酒店的大门紧闭着，而且上了锁，架了栅栏，经过一番好说歹说他们才让我们进去。回到地区委员会的时候我听说电话公司仍在运作，于是我去了楼上的办公室给妻子打电话。不幸的是，大楼里没有电话簿，我不知道欧陆酒店的号码。我一个房间一个房间地找，找了一个小时总算找到了一本导游手册，知道了电话号码。我联系不上妻子，但找到了独立工党驻巴塞罗那的党代表约翰·麦克奈尔。他告诉我一切安好，没有人受伤。他问我地方委员会那边情况如何，我告诉他要是有烟抽就好了。我这么说其实只是想开个玩笑，但半个小时后，麦克奈尔真的带着两包"好运来"香烟过来了。他冒险穿过黑漆漆的街道，无政府主义者巡逻队两次截查他，拿手枪指着他查看他的文件。虽然这只是一桩小事，但我不会忘记他的英勇行为。我们都很感激他给我们带烟过来。

现在几乎每扇窗户都安排了武装人员把守，下面的街道上一小队突击队正在拦截盘问几个路人。一辆无政府主义者的巡逻车驶了过来，上面装满了武器。司机旁边坐着一个漂亮的黑发女孩，大约才十八岁，正在擦拭放在膝盖上的一挺冲锋枪。我在旅店里逛了很久，这个地方很大，分不清东西南北。到处都是常见的垃圾、破烂的家具和碎纸，这些似乎是革命不可避免的产物。到处都有人在睡觉，在一条走廊外的破旧沙发上，从码头那边过来逃难的两个女人睡着了，鼾声大作。在马联工党征用之前，这里原本是卡巴莱剧院。有几个房间里布置了舞台，在一座舞台上还摆放着一架破旧的三角钢琴。最后，我找到了想找的地方——武器库。我不知道这场风波会如何演变，一心只想找到武器。我一直听说所有勾心斗角的政党——加联社党、马联工党、国工联—伊无联等等——在巴塞罗那都藏有武器，我才不信马联工党的两大重要建筑只有五六十把步枪。那间用以储藏武器的房间没有人把守，门不是很坚固。我和那个英国人轻松地撬开房门，走到里面我们才意识到他们确实所言非虚——里面一件像样的武器也没有。我们只找到二十多把小口径的步枪，都是坏的，还有几把霰弹枪，但没有合适的子弹。我去办公室问他们有没有手枪用的子弹，但他们都没有。不过，一辆无政府主义者的巡逻车给我们带来了几箱手榴弹。我往自己的弹药匣里放了几颗。这些都是粗制滥造的手榴弹，得在顶端点燃引信，而且很可能会自爆。

地板上到处有人睡觉。一个房间里不停地传来婴儿的哭喊声。虽然时下是五月，但夜里很冷。一个卡巴莱舞台上仍然悬挂着幕布，于是我用刀子割下一块，把自己包了起来，睡了几个小时。我记得自己一直睡得不踏实，老是想起那几个恐怖的手榴弹，要是我太大力地碰到它们的话，可能会把我炸到半空。凌晨三点钟的时候那个高大英俊、颇有领导风范的男人叫醒了我，给了我一把步枪，让我去把守一扇窗户。他告诉我对电话公司发动进攻的警察总长萨拉斯被逮捕了。（事实上，后来我们才知道他只是被解除了职务。不管怎样，这个消息让大家更加相信国民自卫队是在自行其是。）到了黎明时分，楼下的人开始修筑两道路障，一个设在地方委员会大楼外面，另一个设在猎鹰旅馆外面。巴塞罗那的街道是用四方形的鹅卵石铺成的，要筑墙很容易，鹅卵石下面是粗砾，可以用来填沙包。那两道路障修得很奇怪，但看上去蛮不错的，要是我能将它们拍下来就好了。一旦西班牙人决定要做什么事情，他们就会迸发出一股热情。长长几队男人、女人和很小的孩子挖出鹅卵石，用不知道从哪儿找来的手推车运走，背着沉重的沙包蹒跚着走来走去。在地方委员会的门口，一个德国犹太女孩穿着一条民兵的裤子，上面膝盖部位的纽扣够到了她的脚踝，正微笑着看着这一幕。几个小时过后，路障就有齐头高了，士兵们持着步枪守在射击孔后面。人们在一道路障后面生了一堆火，正在煎鸡蛋吃。

他们又把我的步枪拿走了，而且似乎没有什么帮得上忙的，那个英国人和我决定回欧陆酒店。远处传来了密集的枪声，但兰布拉斯大道上似乎一个人也没有。路上我们跑到菜市场看了一眼。只有几个摊位开门营业，被一大群人包围着，那些都是来自兰布拉斯大道南区的工人。我们走到那里时听到了响亮的枪声，屋顶上几扇窗的玻璃在震动，人群纷纷逃到后面的出口处。不过有几个摊位仍然在营业，我们一人买了一杯咖啡和一块山羊奶乳酪。把乳酪和手榴弹放在一起，几天后我很庆幸有这么一块乳酪。

前一天我见到无政府主义者开始枪战的那处街角已经竖好了路障。守在后面的那个人（我站在马路的对面）朝我叫嚷着，要我当心点。国民自卫队就守在教堂的塔楼上，只要见到有人过马路就会开枪。我停下脚步，然后飞奔过开阔地带，果然，一颗子弹在我身后炸开了，距离之近让我心悸不已。当我走近马联工党的行政大楼时，马路对面守在门口的突击队队友朝我叫嚷着发出警告——当时我没听到在喊什么。在我和大楼之间有几棵树和一个报亭（西班牙的这种街道中间有宽阔的步道），我不知道他们指的是什么。我走到欧陆酒店，确认情况一切正常，洗了个脸，然后回到马联工党行政大楼（离街道那头大约一百码）等候命令。这时各个方向传来的步枪声和机关枪声几乎就像一场战斗。我找到了克普，问他我们该怎么办，这时下面传来了一阵可怕的爆炸声，我还以为有人拿着野战炮朝我们开火呢。事实上，那只是手雷，在石头建筑之间爆炸时，音量达到了平时的两倍。

　　克普观察着窗外的情形，把手杖别在身后，然后说道："我们去调查一下。"然后和平常一样镇定自若地走下楼梯，我跟在他身后。在门道里一群突击队队员正在人行道上滚着手榴弹，好像在玩九柱戏一样。二十码外炸弹正在爆炸，发出震耳欲聋的可怕的声音，夹杂着步枪的枪声。半条街外，从那间报亭后面，一个头——那是一个我熟悉的美国民兵的头——冒了出来，活像集市上卖的椰子。后来我才知道究竟发生了什么事情。马联工党大楼的隔壁是一座咖啡厅，上面是一家旅馆。这间店名叫摩卡咖啡厅。前一天有二三十名武装国民自卫队进了这家店，然后战斗刚打响他们立刻占领了整座大楼，构筑了路障。显然，他们奉命夺取了这间咖啡厅，作为进攻马联工党总部的桥头堡。今天清晨的时候他们想冲出来，双方激烈地交火，一个突击队队员负了重伤，一个国民自卫队队员被杀。那帮国民自卫队逃回咖啡厅里面，当那个美国人走过来的时候他们就乱枪朝他扫射，虽然他只是一个没有武装的平民。那个美国人躲到了报亭后面找掩护，突击队队员们正朝他们投掷手榴弹，想将他们逼回店里去。

　　克普扫视了一眼，推开人群走到前面，把一个红头发的德国突击队队员拉了回来，那个德国人正准备用牙齿咬出手榴弹的别针。克普大声命令大家从门道那里退回去，用几门语言告诉我们必须避免流血。然后他走到人行道上，当着几个国民自卫队的面，夸张地掏出手枪，将它搁在地上。两个西班牙军官模仿着他，三人慢慢地走到那帮国民自卫队员蜷缩在一起的门口。就算给我二十英镑我也不敢那么做。他们完全没有任何防护，就这么走近一群被吓破了胆，手里又有枪的士兵。一个穿着衬衣的自卫队员吓得脸色发青，从门口走出来和克普谈判。他一直焦虑不安地指着人行道上两颗没有爆炸的手榴弹。克普走了回来，告诉我们把那两个手榴弹引爆。那两个手榴弹掉在那儿，对任何经过的人都是一种威胁。一个突击队员用步枪朝一个手榴弹开了一枪，引爆了它，然后朝另一个手榴弹开枪，但没有打中。我叫他给我一支步枪，跪了下来，然后瞄准第二颗手榴弹。我很抱歉，我也没打中。

那是我在这场动乱中开的唯一一枪。人行道上布满了从摩卡咖啡厅的招牌上掉下来的碎玻璃，两辆停在外面的车有一辆是克普的公车，上面布满了弹孔，挡风玻璃被炸弹震碎了。

克普带着我上楼，向我解释了情况。如果他们发起进攻，我们将保卫马联工党的大楼，但马联工党的领导发出指示，我们将采取守势，尽量避免开火。对面有一间电影院，名叫"波里奥拉玛"，上面有一间博物馆，在最顶层离屋顶很高处有一间小小的观景台和两个拱顶。这两个拱顶居高临下控制着街道，在那里布置几个配备步枪的士兵就足以打退任何朝马联工党大楼发起的进攻。那间电影院的看门人是国工联的成员，同意我们来去自如。至于摩卡咖啡厅的那帮国民自卫队，他们不会造成麻烦。他们不想战斗，要是能相安无事的话高兴都来不及。克普强调说我们的命令是除非我们或大楼遭到进攻，否则不能开火。虽然他没有说，但我猜想马联工党的领导对被卷入这场风波感到很恼火，但他们觉得自己得和国工联站在同一阵营。

他们已经在观景台布置了守卫。接下来的三天三夜，我一直守在波里奥拉玛电影院的屋顶，只是三餐的时候跑到对面的酒店吃饭。我没有遇到危险，除了肚子饿和无聊之外，没什么不好，但那是我这辈子最无法忍受的时刻。我觉得没有什么经历能比那几天的巷战更让人觉得难受，更让人觉得幻灭，到最后则是让人觉得神经备受折磨。

我经常坐在屋顶对整件事的荒唐觉得惊讶。从观景台的小窗户望去，你可以看到方圆几英里内的景致——一座接一座高高瘦瘦的建筑、玻璃拱顶、铺着漂亮的绿色和红铜色瓦片的卷曲古怪的屋顶；东边是波光粼粼的淡蓝色的海洋——那是我来到西班牙第一次看到海。这个有一百万人口的大城市被封锁在暴力的困顿中，一个充斥着喧闹声却没有活动的噩梦。太阳照耀下的街道空荡荡的。除了工事和堆着沙包的窗户那里传来的子弹声外什么也没有发生。街上没有汽车在走，兰布拉斯大道上到处是纹丝不动的电车，巷战一打响司机们就跑掉了。可怕的枪声一直在数千栋砖石建筑间回响着，没有停歇，就像一场风暴。哒哒哒、砰砰砰——有时候只是零星的枪声，有时候急促得像是一阵震耳欲聋的排枪齐射。不过白天的时候枪声从不间断，到了第二天的凌晨又会准时开始。

这到底是怎么一回事？谁在跟谁打仗？谁打赢了？这些问题一开始很难知道答案。巴塞罗那人习惯了巷战，对这里的地形非常熟悉，本能地知道哪一个政党守在哪条街道和哪一栋建筑物。外国人的情况则大大不妙。从观景台望出去，我可以看到这座城市的主干道兰布拉斯大道是一条分界线。兰布拉斯大道右边的工人区由无政府主义者们牢牢把守着，左边歪歪曲曲的巷子里正在进行一场让人摸不清情况的战斗，不过那边是加联社党和国民自卫队基本掌握了局势。在兰布拉斯大道的尽头——卡塔鲁那广场的周围，情况非常混乱，要不是每栋建筑上都飘扬着旗帜，根本无从明辨。最突出的地标是科隆酒店，那是加联社党的总部，俯视着卡塔鲁那广场。在科隆酒店的一扇窗户里，他们布置了一挺机关枪，可以血腥地横扫整个广场。在我们右边沿兰布拉斯大道一百码外，加联社党的青年团（加青团，就像英国的共青团）控制着一间大百货公司，它那几间堆着沙包的窗户就正对着我们的观景台。他们已经扯下了红旗，升起了加泰罗尼亚的省旗。在电话公司——一切麻烦的起点，加泰罗尼亚的省旗和无政府主义者的旗帜并排飘扬着。那里达成了临时的妥协，电话公司的运作没有被打断，大楼里也没有传出枪声。

我们的阵地出奇地平静。摩卡咖啡厅的国民自卫队放下了铁帘，将咖啡厅的家具堆起来筑成了工事。接着，他们当中的六七个来到屋顶，就在我们对面，用床垫修筑了另一道工事，在上面挂了一面加泰罗尼亚省旗。但他们显然不想挑起战端。克普和他们达成了明确的协议：如果他们不朝我们开火，我们也不会朝他们开火。到了这会儿，他已经和那帮国民自卫队混得很熟了，去了摩卡咖啡厅和他们见了几次面。当然，他们把咖啡厅里一切喝的东西都劫掠一空，还赠送了克普十五瓶啤酒作为礼物。作为回礼，克普给了他们一把步枪补偿他们前一天不知怎地丢失的一把。不过，坐在屋顶那种感觉真的很奇怪。有时候我觉得整件事特别无聊，根本不去注意那震天响的枪声，连续几个小时一本接一本地阅读企鹅出版社的书籍——运气真好，前几天我买了几本书。有时候我清楚地知道五十码外就有荷枪实弹的士兵在盯着我，感觉有点像再次置身于战壕里。有好几次我发现自己习惯性地把国民自卫队说成了"法西斯分子"。基本上我们这里有六个人，两座观景台各安排一个人，其余的人坐在下面铅灰色的屋顶上，那里除了一道石头围栏之外就没有掩护了。我知道国民自卫队随时会接到电话命令，朝我们开火。

他们答应在开火之前会警告我们，但根本不能肯定他们会恪守诺言。不过，只有一次似乎像是要出事。对面一个国民自卫队跪了下来，开始朝路障对面开枪。当时我在观景台放哨，我拿着步枪对准他，大声吼道：

"嘿！你不许朝我们开枪！"

"什么？"

"你不许朝我们开枪，不然我们就还击！"

"不，不是！我没有朝你们开枪。看——下面那里！"

他朝我们这座大楼下的巷子挥舞着步枪。果然，一个穿着蓝色制服的年轻人手里端着步枪，正躲在角落里。显然，他刚刚朝屋顶那个国民自卫队队员开了一枪。

"我刚才是朝他开枪，他先开火的。（我想他说的是真话。）我们不想朝你们开枪。我们只是工人，和你们一样。"

他做了个打倒法西斯分子的手势，我也回了他。

我嚷道："你们还有啤酒吗？"

"没了，都喝完了。"

就在同一天，不知是出于什么缘故，街那头加青团大楼里的一个人突然举起他的步枪，当我把身子探出窗外的时候朝我开了一枪。或许我是一个让人忍不住想开枪的靶子。我没有还以颜色。虽然他距我只有一百码远，但子弹打得很偏，甚至连观景台的屋顶也没有打中。和往常一样，西班牙人蹩脚的枪法救了我的命。在这座大楼里我被开了好几枪。

可怕的开火声一直持续不停。但据我的所见所闻，这场巷战交战双方都采取守势。人们只是躲在大楼里或工事后面，朝对面的人开火。离我们约莫半英里外有一条街，国工联和总工联的办公地点几乎就在面对面相峙。那个方向传来了可怕的枪声。巷战结束后的第二天我经过那条街，商店的窗户玻璃被打成了筛子。(大部分巴塞罗那的店主将他们的窗户用胶带贴了十字条来加固，因此子弹击中时不会被震成碎片。)有时候步枪和机关枪的枪声会伴随着手榴弹的爆炸声。还有无比沉重的爆炸声，中间间隔很久，总共大约有十几次，但是我想不起是什么造成的，声音听起来像是空袭炸弹，但这是不可能的事情，因为没有飞机在飞。后来他们告诉我——这很有可能是真的——是密探在引爆炸药，目的是增加声响和恐慌。但是，没有大炮的炮声。我一直在倾听有没有炮声，因为如果开始有炮声，那就意味着局势开始恶化(大炮是巷战的决定性武器)。后来，报纸里大肆宣传街头炮火横飞，但没有人能够指出哪一座建筑被炮弹击中。不管怎样，要是你习惯了大炮的声音的话，你是不会听错的。

几乎从一开始食物就陷入短缺。在夜色的掩护下(因为国民自卫队总是朝兰布拉斯大道进行狙击)，从猎鹰旅馆给把守马联工党行政大楼的十五或二十个民兵运输食物是很困难的事情。伙食几乎不够分配，因此我们有很多人去欧陆酒店吃饭。欧陆酒店已被人民大会"国有化"了，和大部分国工联或总工联控制的酒店不一样的是，大家认为它是中立的地方。战斗刚一打响，酒店里就挤满了形形色色的人，有外国记者、不同色彩的政治嫌疑犯、一个在政府里服役的美国空军、好几个共产党的间谍（包括一个臃肿狰狞的俄国人，据说是奥格别乌①的密探，绰号叫陈查理②，腰带上别着左轮手枪和一个小手榴弹），还有几户有钱的西班牙人——他们看上去像是支持法西斯的、两三个国际纵队的伤兵、一帮开着法国大卡车运橙子回法国但被巷战碍了行程的司机和几个人民军的军官。人民军在这场巷战中一直保持中立，但有一些士兵偷偷从兵营里溜了出去，以个人身份参战。星期二早上，我见到他们当中有两个出现在马联工党的路障这边。战斗刚一打响，在食物短缺还没变得严重，报纸还没有开始煽动仇恨的时候，大家都以为这件事只是在闹着玩。大家都说，这种事情每年在巴塞罗那都会发生。意大利记者乔治·提奥利是我们的好朋友，他走进酒店，裤子上沾满了鲜血。他出去了解情况，帮一个倒在人行道上的伤者包扎伤口，那个人被别人扔了一颗手榴弹当好玩。幸运的是，伤势不是太严重。我记得他说过巴塞罗那的铺路石应该编上号码，这样在修筑和拆除路障时能省很多麻烦。我还记得有一天晚上我

---

① 奥格别乌(OGPU)，苏联在斯大林时代的警察机构，二十世纪三十年代苏联"大清洗"的主要执行机关，1946年改称"内务部"。
② 陈查理(Charlie Chan)是美国作家厄尔·德尔·比格斯(Earl Derr Biggers)塑造的侦探形象，华裔男子，身材肥胖，头脑灵活，曾被翻拍成多部电影。

放哨回来，感觉又累又饿又脏，回到酒店房间时，发现几个来自国际纵队的士兵就坐在里面。他们的态度完全中立。我猜想如果他们是优秀的党员的话，他们会劝说我改旗易帜，或者把我绑起来，拿走我口袋里满满当当的手榴弹。他们没有这么做，只是同情我在放假的时候还得在屋顶执勤。大体上，他们的态度是："这只是无政府主义者和警察之间的风波——成不了什么气候。"虽然战斗的规模和伤亡的人数都不小，但我觉得比起官方将此事斥为有组织暴动的说法，这番评论更接近真相。

大概到了周三（5 月 5 日），局势似乎开始转变。到处都拉着百叶窗的街道看上去很荒凉。几个行人迫于种种原因跑了出来，挥舞着白手绢蹑手蹑脚地来回奔走，在兰布拉斯大道中段一处子弹打不到的地方，几个人在空荡荡的街上叫卖报纸。星期二的无政府主义报纸《工人团结报》将对电话公司的进攻斥责为"荒谬的挑衅"（大致上是这个意思），但到了星期三，它一改口风，开始恳求市民回去上班。无政府主义者的领袖们也在广播同样的消息。马联工党的报纸《战斗报》没有布置防守，和电话公司在同一时间遭到国民自卫队袭击并被攻占。但报纸照样在刊印，还从另外一个地方发行了几份样刊。我劝说大家留守工事。人们左右为难，不安地猜想着这场风波什么时候会结束。我不知道有没有人离开了工事，但大家都厌倦了这场无谓的战斗，而显然，这场战斗并不会起到什么决定性的影响，因为没有人想看到这场战斗演变成为全面的内战——这意味着将这场战争的胜利拱手让给弗朗哥。我听说这一恐慌蔓延至各个方面。从人们口中所说能了解到的就是，当时国工联的成员从一开始所提出的条件就只有两样：交回电话公司，并将受人痛恨的国民自卫队缴械。如果人民大会答应这两件事，而且答应禁止囤积居奇食物，相信两个小时内工事就会解除。但是，人民大会显然不会屈服。可怕的传闻漫天飞。据说瓦伦西亚政府准备调派六千士兵占领巴塞罗那，五千名无政府主义者和马联工党的部队已经离开了阿拉贡前线准备迎击他们。只有第一则传闻是真的。从观景台望去，我们看到了军舰低平的灰色轮廓朝港口逼近。道格拉斯·梅尔曾经当过水手，说它们看上去像是英国的驱逐舰。事实上，它们的确是英国的驱逐舰，不过我们后来才得悉此事。

那天晚上我们听到在花园广场有四百名国民自卫队向无政府主义者投降并缴械，有含糊的消息说国工联掌握了郊区（主要是工人阶级的区域）的局势。我们似乎占了上风。但当天晚上，克普派人把我叫去，神情严肃地告诉我，根据他刚刚获得的情报，政府准备将马联工党定性为非法组织，并宣布将其剿灭。这个消息令我十分震惊。那是我第一次猜想到这场风波最后会演变成什么样子，我隐约意识到，当暴动结束时，所有的罪名将被推在马联工党的身上，因为它是势力最小的政党，因此也是最合适的替罪羊。而这也意味着我们的中立立场将宣告结束。如果政府正式向我们宣战，我们别无选择，只有保卫自己，我们都很清楚驻守在行政大楼旁边的国民自卫队将奉命对我们展开进攻。我们唯一的机会是先发制人。克普守在电话旁边等候命令。如果我们明确无误地得知马联工党被定性为非法组织，我们就必须立刻做好准备，夺取摩卡咖啡厅。

我仍记得驻守在行政大楼里那个漫长而恐怖的夜晚。我们把前门的铁闸锁了起来，在后面用装修时剩余的石板条修筑了工事。我们清点了武器库存。算上对面波里奥拉玛电影院屋顶的六把步枪，我们有二十一把步枪，一把是坏的，每把步枪分到五十发子弹，还有几十颗手榴弹，此外就只有几把手枪和左轮枪。有十几个人，大部分是德国人，要是命令下达的话，将志愿加入进攻摩卡咖啡厅的敢死队。当然，我们将在午夜时从屋顶发动突袭，打他们一个出其不意。敌人的数目比我们多，但我们的士气更加高涨，我们应该可以拿下摩卡咖啡厅，但参与进攻的人将九死一生。大楼里没有食物，只有几块巧克力。有传闻说"他们"将切断供水。（没有人知道"他们"到底是谁。可能是控制水塔的政府，也可能是国工联——没有人了解情况。）我们花了很长时间，将厕所里的每个水盆和水桶蓄满水，最后还把国民自卫队留给克普的十五瓶啤酒喝光，然后也装上了水。

我有六十个小时没有怎么睡觉了，感觉非常困倦疲惫。现在是深夜，人们横七竖八地躺在工事后面的地板上睡觉。楼上有一个小房间，里面有张沙发，我们打算将这里作为急救室，但不用说，我们发现大楼里没有碘酒也没有绷带。我的妻子从酒店过来，准备在需要护士时尽一份力。我躺在沙发上，想在进攻摩卡咖啡厅之前先睡半个小时，或许我将在进攻中被杀。我记得我那把手枪别在腰带上，老是顶着我的脊背下方，把我磕得很不舒服。我还记得我一下子惊醒过来，发现妻子就站在身边。已经大白天了，没有事情发生。政府没有向马联工党宣战，也没有切断供水，除了街头还有零星的枪战外，一切正常。我的妻子说她不忍心把我叫醒，就在前厅的一张扶手椅上睡了一觉。

　　当天下午似乎休战了。枪声渐渐平息，令人惊讶的是，街头立刻挤满了人群。几间商店拉开了铁闸，市场里人头攒动，都吵着要买食物，尽管那些摊位几乎都是空荡荡的。但是，我注意到电车还没有恢复运行。国民自卫队仍然守在摩卡咖啡厅的工事后面。没有人从道路两边筑起工事的大楼里撤出。每个人都在东奔西跑，想买到食物。你听到两边的人都在焦虑不安地问着同样的问题："你认为战斗停止了吗？你认为它什么时候又要打响呢？"这场战斗现在被看作是一场自然灾害，就像一场飓风或一次地震，发生在我们所有人的身上，而我们并没有能力去阻止它。果不其然，没过多久——我想停战其实持续了几个小时，但那就像只有几分钟一样——突然响起了一声步枪的枪声，就像六月的惊雷，每个人都四下乱跑，铁百叶窗咔地一声拉上了，街道像施了魔法一样变得空荡荡的，路障上又布满了人。"战斗又开始了。"

我回到屋顶自己的岗位上，心里觉得又是讨厌又是愤怒。当你被卷入这样的事件中时，我想你正在为缔造历史尽自己的一份绵力，你有理由觉得自己是一个历史人物，但你不会有这种感觉，因为到了这种时候，生理上的细节总是盖过其他事情。在这场战斗中，自始至终我从未能像那些置身于战场几百英里之外的记者那样作出正确的"分析"。我所想的不是这场可悲的、两败俱伤的争斗的是非对错，我只是觉得日夜守在那不堪忍受的屋顶很不舒服很无聊，而且我的肚子越来越饿——从星期一开始我们没有一个人好好吃过一顿饭。我一心只想着等这件事情一结束我就马上回前线去。真是太让人窝火了。我在前线驻守了一百一十五天，原本以为回到巴塞罗那可以好好休息一下，日子过得舒服一点，但我却得守在屋顶上，对面就是国民自卫队，而他们和我一样觉得非常无聊，他们时不时朝我招手，告诉我他们是"工人"，让我安心（我想他们希望我不会朝他们开枪）。但我知道一旦他们接到命令，他们肯定会对我开枪的。如果这就是历史，我并没有置身于历史中的感觉。我感觉似乎回到了前线战场，由于人手不足我们不得不加班加点执勤。驻守前线的士兵根本不能逞英雄，而是得老老实实地守在岗位上，百无聊赖昏昏欲睡，对到底发生了什么事情根本提不起任何兴趣。

在酒店里面，那帮形形色色的难民根本不敢出门去探风声，一股可怕的猜疑的气氛渐渐形成。许多人得了间谍狂想症，到处走来走去，对别人说某某人是共产党、托派、无政府主义者或别的党派的间谍。那个肥头大耳的俄国密探把所有的外国难民都拉到一边，振振有词地解释整件事都是出自无政府主义者的阴谋。我饶有兴趣地看着他，因为那是我第一次见到一个以说谎为职业的人——如果不将记者计算在内的话。在步枪的开火声和紧闭的窗户后面，酒店仍在硬撑着奢侈的场面，让人觉得很反感。没有人敢待在前面的饭厅，因为一颗子弹从窗口射了进来，击中了一根横梁。大家都跑到后面那边阴暗的房间里，那边桌子总是不够坐。服务员的数目少了许多——他们当中有些是国工联的党员，参加了大罢工——暂时脱下了他们那身浆硬的衬衣。但一日三餐还是一如既往地进行，装出一副很有派头的样子。事实上这里根本没有吃的。星期四晚餐的主菜是每人一条沙丁鱼。酒店好几天没有面包了，红酒也快喝光了，我们喝的酒年份越来越老，而价格却越来越贵。战斗结束后，食物短缺的情况仍持续了好几天。我记得是三天，我和妻子早餐就只吃那一小块羊奶乳酪，没有面包，也没有东西喝。唯一数量充足的东西是橘子。那些法国卡车司机载了许多那里的橘子到酒店里。他们看起来都很凶悍，同行的有几个艳丽的西班牙女郎和一个穿着黑色上衣的大个子看门人。换成是别的时候，那个势利眼的小个子酒店经理会刻薄刁难他们，或许还会把他们赶走，但现在他们很受欢迎，因为他们身上带了面包，每个人都想从他们那里弄到一些。

我在屋顶上守了最后一夜，第二天似乎战斗结束了。那天基本上没有人开火——这天是星期五。大家都不知道从瓦伦西亚调派来的军队是否真的会来；事实上，星期五晚上他们就到了。政府正在进行既有安慰意味又带有恐吓色彩的宣传，叫众人回家，凡在规定时间后仍私藏枪械者将被逮捕。没有多少人留意政府的广播，但到处都有人离开了工事。我觉得主要的原因是食物紧缺。到处你都可以听到同样的话："我们没东西吃了，我们必须回去工作。"而只要城里还有食物，那些国民自卫队就可以分到口粮，仍能坚守岗位。到了下午街道几乎恢复了正常，但仍然设了工事，只不过没有人把守。兰布拉斯大道上人头攒动，几乎所有的商店都开始营业——最令人感到心安的——是那些原本停止运行的电车又开始在路上行驶。国民自卫队仍然守在摩卡咖啡厅，还没有拆除工事，但有几个人搬出椅子坐在人行道上，膝盖上横着步枪。我走过一个人身边，朝他眨了一下眼，他也朝我友善地咧嘴一笑，显然，他认出我来了。电话公司那里无政府主义者的旗帜被降了下来，挂起了加泰罗尼亚政府的旗帜。这意味着工人阶级的抗争失败了。我意识到——虽然由于我在政治上的无知，我的想法本应该更加清晰——当政府底气更足的时候，将会进行报复。但当时我对这方面的事情根本不感兴趣。我只觉得压在心头的大石落了下来：可怕的开火声终于结束了，我可以买点吃的，好好休息一下，然后奔赴前线。

从瓦伦西亚调过来的部队一定是在深夜第一次出现在街头的。他们是突击近卫军，与国民自卫队和武警部队（它的构建主要是执行警务工作）的编制性质相似，是共和国的精锐部队。他们似乎一下子从地底下冒了出来。到处你都可以看到他们以十人为一组在街头巡逻——他们身材高大，穿着灰色或蓝色制服，肩膀上扛着步枪，每一组有一挺轻机枪。我们有一个难题得解决。我们守卫瞭望台用的那六把步枪还搁在那里，我们无论如何得取回那几把枪，交还到马联工党总部。问题是，拿着这几把枪怎么横穿马路。那几把枪是马联工党总部配备的保卫武装，但将它们带上街头却违反了政府的命令，要是我们手里拿着枪被那些突击近卫军看到的话肯定会被逮捕的——更糟糕的是，那些步枪会被缴获。大楼里只有二十一把步枪，失去六把步枪会是惨重的损失。为了想出个好办法，我们进行了一番讨论，一个红头发的西班牙人和我开始将那几把枪偷偷运出来。要躲开突击近卫军的巡逻并不是很困难，但麻烦的是摩卡咖啡厅的那些国民自卫队知道我们在瞭望塔那里配置了步枪，一旦被他们看见我们拿着枪穿过街道，可能会拆穿我们的把戏。我们脱下衣服，把步枪贴着左肩，枪托夹在腋窝下，枪管插在裤管里。不幸的是，那些是长管毛瑟枪，就算是我这样个头高大的人把长管毛瑟枪藏在裤管里也觉得不舒服。拖着一条完全僵直的左脚走下瞭望塔的螺旋式楼梯实在是很别扭。走在大街上时我们发现自己只能走得特别慢，慢得不用弯曲膝盖。在电影院外面，我看见一群人饶有兴味地盯着我像乌龟一样缓缓地走着。后来我经常在猜想他们以为我到底怎么了——或许是在战争中负伤了。不过那几把步枪还是平安无事地偷偷运了过去。

第二天，突击近卫军遍布全城，像征服者那样在街头走动。显然，政府是在炫耀武力，目的是震慑他们已经知道不会反抗的民众；要是他们真的担心会有进一步的暴动，突击近卫军就会留在军营里，而不是分散成小队在街头巡逻。他们训练有素，是我在西班牙所见过的最精锐的部队，虽然我猜想他们可能是"敌人"，但我还是忍不住喜欢上了他们的样貌。但是，看着他们来回地走来走去，我觉得有点诡异。在阿拉贡前线我习惯了看到衣着褴褛装备不足的民兵，我一直都不知道西班牙共和国拥有像这样的部队。他们不仅在体格上经过精挑细选，而且武器配备让我十分惊讶。他们都配备了崭新的"俄式"步枪（这些步枪是苏联输送给西班牙的，但我相信是美国制造的）。我端详过其中一把步枪，那算不上什么顶级步枪，但比起我们在前线用的那些老旧的大口径短枪要好得多。突击近卫军每十个人有一挺轻机枪，每个人都有自动手枪。而在前线的我们每五十人才有一挺机关枪，至于手枪或左轮枪，你只能通过手段才能非法拥有。事实上，到处都是这样，虽然直到现在我才意识到这一点。这些根本不用上前线的国民自卫队和武警的武器配备和制服要比我们好得多。我猜想所有的战争都是一样——后方衣着光鲜的警察部队和前方衣着褴褛的士兵总是形成鲜明的对比。过了头一两天，大体上突击近卫军和民众井水不犯河水。头一天出了好些个乱子，因为部分突击近卫军——我猜想是奉命行事——行事开始变得咄咄逼人。有几队人上了电车搜查乘客，如果他们的口袋里被搜出国工联的会员证，会被撕成碎片并踩上几脚。这导致了与拥有武装的无政府主义者的冲突，有一两人被杀。不过，突击近卫军很快就一改征服者的姿态，关系也变得更加友好。值得注意的是，他们中的大部分人过了一两天就勾搭到了女孩子。

巴塞罗那的巷战给了瓦伦西亚政府一直以来想要的借口，用以实现对加泰罗尼亚更全面的控制。工人的民兵组织将被解散并重新改编入人民军。巴塞罗那到处飘扬着西班牙共和政府的旗帜——我想除了在法西斯的战壕上方见过它之外，那是我第一次看到这旗帜。在工人居住的区域，路障正被拆除，但拆掉的只是零星几座，因为建一座街垒要比把石头弄回去容易多了。在加联社党的大楼外，路障仍然得以保留——事实上，许多路障一直保留到了6月份。国民自卫队仍然占领着战略要点。从国工联的各座大楼里没收了大量的武器，但我肯定有许多武器没有被没收。《战斗报》仍然在发行，但内容受到了审查，头版几乎都是空白的。加联社党的报纸没有受到审查，一直在刊登煽动性的文章，要求镇压马联工党。马联工党被宣布为伪装的法西斯组织，一幅漫画上画着马联工党摘下锤子和镰刀的面具，露出一张狰狞狂躁的脸，上面画着纳粹的卐字徽。这幅画被加联社党的工作人员传遍了各个城镇。显然，官方对于巴塞罗那暴动已经作了定性结论：这是一场完全由马联工党在幕后指导的"第五纵队"式的法西斯暴动。

在酒店里，现在战斗结束后，可怕的猜疑和敌对气氛却变得更加糟糕。面对铺天盖地而来的指控，要保持中立是不可能的事情。邮局又开始运作，国外的共产主义报纸开始运来，它们对这场战斗的描述不仅充满了党派之见，而且与事实根本不符。我想一部分在场的共产党员目睹了事实，对那些针对事件的解释感到不满，但他们必须支持自己人，这是很自然的事情。我们那位共产党员友人又过来找我，问我是不是不转去国际纵队了。

我很吃惊。"你们的报纸在说我是法西斯分子,"我说道。"我肯定会成为政治嫌疑犯,因为我是马联工党的人。"

"噢,那不打紧。毕竟,你只是奉命行事。"

我只能告诉他,经过这场风波,我不能加入任何共产党控制的部队。迟早它会被用来镇压西班牙的工人阶级。没有人知道这种事情什么时候会再次爆发,要是遇到这种事情,而我不得不开枪的话,我希望是与工人阶级并肩作战,而不是与他们为敌。在这件事情上他很有风度。但从现在开始,整个气氛都改变了。你不能和以前一样"求同存异",和一个在政治上与你为敌的人一起喝酒。在酒店的大厅里有人在进行难听的口角。与此同时,监狱已经人满为患。巷战结束后,当然,无政府主义者已经释放了他们的囚犯,但国民自卫队并没有释放他们的囚犯,大部分囚犯被扔进监狱,没有进行审判,而是一直关在里面,许多人一关就是好几个月。和往常一样,无辜的人由于警察的无能而被逮捕。前面我提到道格拉斯·汤普森在四月初受伤了。后来我们和他失去了联系——当一个人受伤时这种情况经常发生,因为伤兵总是频繁地从一间医院转移到另一间医院。事实上,他原本在塔拉戈纳医院,巷战开始的时候被送回了巴塞罗那。星期二早上我在街上遇见了他,对周围到处在开火他感到十分困惑。他问了我一个大家都在问的问题:

"这到底是怎么回事？"

我尽量进行解释。汤普森当即说道：

"我不想卷进这件事。我的胳膊仍然伤得很厉害。我得回酒店，并待在那儿。"

他回去酒店，但不幸的是（发生巷战的时候，了解地形是多么重要！），那间酒店位于国民自卫队控制的城区。酒店被攻占了，汤普森被捕，关进了监狱，在满得没有人可以躺下的牢房里待了八天。类似的事情有很多。许多政治背景暧昧的外国人纷纷逃走，被警察通缉，总是担心自己会被告发。最惨的是意大利人和德国人，他们没有护照，而且被本国的秘密警察通缉。要是他们被逮捕的话，他们会被遭送到法国，这和被送回意大利和德国没什么两样，天知道将会是何等恐怖的事情在等候着他们。有一两个外国女人赶紧"嫁给了"西班牙人，获得国民的身份。一个没有任何文件的德国女孩扮成一个男人的情妇几天，借此躲避警察。我记得当我无意间遇到那个可怜的女孩从那个男人的房间出来时脸上羞愧难当的神情。她当然不是他的情妇，但她应该以为我觉得她是。你一直有一种很可怕的感觉，以为某个迄今为止是你朋友的人会向秘密警察告发你。漫长的战斗的梦魇、枪声、缺少食物和睡眠、坐在屋顶那种压力和无聊交织的感觉，不知道下一分钟自己会被别人开枪打中还是会被迫开枪去打别人，这让我几乎陷入疯狂，紧张到了一听到关门声就拿起手枪。星期六早上，外面传来了枪声，大家都叫嚷着："又打仗了！"我跑到街上，发现只是几个突击近卫军在开枪打一条疯狗。在巴塞罗那的人当时或过后的几个月，都无法忘却那种由恐惧、猜忌、仇恨、新闻审查、监狱爆满、食物长队、荷枪实弹的士兵在巡逻所带来的恐怖气氛。

我尝试过描述在巴塞罗那巷战进行时的感受，但我觉得我没办法刻画出当时那种诡异的气氛。当我回首往事，在我的记忆中挥之不去的是当时无意间接触的一些人，是我突然间向那些没有参加战斗的人投去的匆匆一瞥——对他们而言，整件事情只是毫无意义的骚乱。我记得一个衣着时髦的女人走在兰布拉斯大道上，手里挽着一个购物篮，牵着一只白色的狮子狗，而就在一两条街外枪声大作。显然，她是个聋子。我看到有人横穿完全空荡荡的卡塔鲁那广场，双手各挥舞着一条白手绢。还有一大群人全部身着黑衣，试了大约一个小时想穿过卡塔鲁那广场，但总是未能成功。每次他们在巷子里的角落出现，在科隆酒店的加联社党的机关枪手就会开火把他们赶回去——我不知道为什么，但他们身上显然没有武器。我想他们或许是参加葬礼的。还有那个在波里奥拉玛电影院上面的博物馆当看更的小个子男人，他似乎把整件事当成了社交活动。他很高兴有英国人去看望他——他说英国人很讨人喜欢。他希望等这场风波一过，我们能再过去看望他。事实上，我真的去探望了他。另一个小个子的男人躲在门道里，高兴地探出脑袋，朝着卡塔鲁那广场那边激烈的枪战说道（似乎就像在说那天早上天气不错一样）："我们又迎来了七·一九①！"还有那些鞋店里给我做鞋的人。巷战开始之前我去了那儿，战斗结束后，就在五月五日短暂停战的那天，我去待了几分钟。那间店很贵，店里的员工是总工联的人，或许还是加联社党的党员——总之他们是政治上的对立者，他们知道我在马联工党服役。但他们根本不在乎。"真是遗憾，出了这种事情，不是吗？对生意的影响真是太糟糕了。它老是没完，真是太遗憾了！好像这种事情在前线还不够多一样！"等等等等。一定有许多人，或许巴塞罗那的绝大多数市民，对这场风波根本不感兴趣，或者就像他们对待一场空袭那样，并没有太大的兴趣。

在本章里我只描述了我的个人经历。在下一章我将尽力探讨更为宏观的问题——到底发生了什么事情，结果是怎样的，整件事情的是非曲直，谁应对此负责。巴塞罗那的战斗被榨取了许多政治资本，因此，尝试以一种平衡的观点去看待它很重要。在这个问题上已经有了大量的评述，足以写成好几本书，我想我可以毫不夸张地说，当中有九成的内容并非真相。几乎所有当时刊登的新闻报道是躲得远远的记者们

---

① 1936 年 7 月 19 日，巴塞罗那爆发街头斗争，警察、工人民兵和忠于共和国的部队与叛军展开激战。人民大会担心正规军兵力不足，因此向工人民兵派发武器，自此，工人阶级政党拥有了武装力量。

撰写的，对事实的描述并不准确，存心是在误导读者。和往常一样，能够向公众发布的都只是一面之词。和任何当时身处巴塞罗那的人一样，我只目睹了发生在我周围的事情，但我的所见所闻能澄清许多被散布的谎言。和之前一样，如果你对政治争论、名字让人眼花缭乱的党派和那些小党派的争斗（就像中国内战的那些军阀的名字一样）不感兴趣的话，大可以跳过去。要了解党派之间的争执是一件非常可怕的事情，那种感觉就像跳进一口粪坑里。但在力所能及的范围之内尝试着揭露真相是有必要的。这场发生在一座遥远城市的肮脏争斗要比乍一眼看上去的情形更加重要。

# 第十一章

要对巴塞罗那暴动进行完全客观准确的描述是不可能做到的事情，因为没有必要的相关记载。以后历史学家在进行研究时只有一堆诬蔑指控和政党的宣传资料作为参考。而我自己除了亲眼目睹的情形和从其他信得过的人所听到的讲述之外，手头也没有多少资料。不过，我可以对一些更为无耻的谎言进行驳斥，让这件事情的来龙去脉更加清楚。

首先，究竟发生了什么事情？

在此之前加泰罗尼亚的局势一直非常紧张。在本书前面的几个章节中，我写过共产党与无政府主义者一直在明争暗斗。到了1937年5月份，局势严重到暴力冲突已经无可避免的地步。冲突的直接原因是政府颁布了没收私人武装的命令，还决定成立配备重型武装的"政治中立"的警察武装力量，工会成员一概被排除在外。这一举动的意味不言自明。大家也都知道政府的下一步行动将是接管由国工联控制的关键行业。此外，工人阶级对日益加剧的贫富悬殊心怀不满，而且隐约觉得革命遭到了破坏。5月1日当天居然没有暴动发生，许多人都感到很惊讶。5月3日，政府决定接管电话公司。从战争开始电话公司就一直被国工联的工人控制。政府的理由是公司运作混乱，而且政府的通话被监听了。警察总长萨拉斯（他的所作所为或许越权了，或许没有）派遣了三军车全副武装的国民自卫队向电话公司大楼发起进攻，并安排了穿着便衣的武警封锁外面的街道。同一时间，国民自卫队分头占领了几个关键部门的大楼。无论政府这么做的真正动机是什么，大家都认为这是国民自卫队和加联社党（共产党人和社会主义者）向国工联发起总攻的信号。工人阶级所控制的大楼受到进攻的消息传遍了全城，握有武装的无政府主义者走上街头，工作停止了，战斗立刻打响。当天晚上和第二天早上，城里到处都设了街垒，战斗一直持续到5月6日早晨，不过双方都是以防御战为主。大楼被包围，但据我所知，没有一座大楼受到冲击，而且没有动用大炮。大体上说，国工联—伊无联—马联工党的武装力量控制了工人阶级的郊区，而警察部队和加联社党控制了市中心和行政区。到了5月6日，双方停止交火，但很快就重启战端，或许是因为国民自卫队贸然试图解除国工联的工人武装。但隔天早上人们开始自发离开街垒。直到5月5日晚上，国工联占了上风，许多国民自卫队的士兵投降了。但国工联没有群众接受的领导人，也没有明确的作战计划方针——事实上，我觉得，根本没有任何计划方针可言，就是一心抵抗国民自卫队的进攻。国工联的领导人和总工联的领导人共同敦促大家回岗位工作，而更要命的是，食物开始出现紧缺。在这种情况下，没有人知道还会不会继续打下去。到了 5 月 7 日下午，局面几乎恢复了正常。当天晚上 6 000 名突击近卫军经海路从瓦伦西亚抵达巴塞罗那，控制了这座城市。政府下达命令，要求除正规军之外，所有人员必须解除武装。接下来的几天大量的武装被充公上交。根据官方发表的数字，战斗中的死伤人数分别是 400 人和 1 000 人。或许死了 400 人这个数字有点夸张，但由于没有核对的条件，我们只能接受这个数字是准确的。

其次，暴动造成了什么后果？显然，这是个说不清道不明的问题。虽然这场暴动只持续几天，但肯定对战争进程产生了影响，不过究竟有怎样的直接影响就不得而知了。这场暴动成了瓦伦西亚直接控制加泰罗尼亚地区的借口，加速了民兵组织的瓦解，镇压了马联工党，而且，毋庸置疑，对促使卡巴勒罗政府下台起了推波助澜的作用。但我们可以肯定的是，这些事情迟早都会发生。重要的问题是，冲上街头的国工联的工人在这场暴动中究竟是得是失？虽然只是猜测，但我觉得他们得大于失。夺取巴塞罗那电话公司只是漫长斗争过程中的一个突出事件而已。从去年开始，直接权力就渐渐从组织的手中被夺走，由工人阶级控制转为中央政府控制，逐渐演变为国家资本主义体制，甚至有可能演变为私人资本主义体制的重新确立。那时候工人阶级的抵抗延缓了这一进程。距战争爆发一年后，加泰罗尼亚的工人已经失去了大部分权力，但他们仍处于相对有利的位置。如果他们不管什么样的挑衅都甘愿承受，那情况将会糟糕得多。有时候，即使抗争失败也要比放弃抵抗要来得好一些。

第三，暴动的背后有什么目的？那是某种意义上的政变还是革命的尝试？它的目的是推翻政府吗？它是有预谋的吗？

我个人认为，要说这场战斗是有预谋的，那只能在每个人都预见到它将会发生这个意义上才说得通。没有迹象表明斗争双方中哪一方有明确的计划。在无政府主义者这一方，行动几乎是自发性的，因为事件的主要参与者是普通士兵。人们冲上街头，然后他们的政治领袖被迫追随，或者说，并没有追随。唯一高谈革命的人是"杜鲁提之友"①——伊无联和马联工党内部一个奉行极端主义的小团体。但再一次，他们只是追随者，而不是领导者。"杜鲁提之友"派发了一些宣传革命的传单，但这是 5 月 5 日的事情，并不是暴动的起因，因为暴动是在两天前开始的。国工联的领导人从一开

---

① "杜鲁提之友"（The Friends of Durruti Group），西班牙内战时期的极端无政府主义政党，于 1937 年 3 月 15 日创建，纪念无政府主义者何塞·布纳文图拉·杜鲁提（José Buenaventura Durruti, 1896—1936）。

始就否认与整个事件有任何关系，他们这么做有几个原因。首先，国工联仍然在政府中有代表，而人民大会要求它的领袖要比党员态度更倾向于保守。其次，国工联领袖的主要目的是与总工联结为政治同盟，而这场战斗将会扩大国工联和总工联之间的分歧，至少在当时会是如此。第三——虽然当时大家并不知情——无政府主义者的领袖们担心如果事情一发不可收拾，工人阶级控制了城市（5月5日他们似乎有能力做到这一点），可能会引来外国势力的干涉。英国的一艘巡洋舰和两艘驱逐舰已经逼近港口，还有其他军舰就在附近。英国报纸放出了风声，说这些军舰挺进巴塞罗那是为了"保护英国的利益"，但英国人并没有采取实际行动，既没有派遣军队登陆，也没有收容难民。这件事情无从确认，但至少是有可能发生的。英国政府没有做什么事情帮助西班牙政府抗击弗朗哥，但如果工人阶级要推翻西班牙政府，它一定会立即予以干涉。

马联工党的领导并没有置身事外。事实上他们鼓励追随者继续守住街垒，甚至肯定了（见于5月6日的《战斗报》）"杜鲁提之友"散布的那份宣传极端激进主义观点的传单。（但这份传单至今仍是无头公案，因为现在没有人能拿出一份样本。）根据一些外国报纸的描述，那是一份"煽动性的海报"，贴遍了巴塞罗那的大街小巷。其实根本没有这么一张海报。通过对不同的报告进行比较，我可以讲述这份传单的内容：第一、组建革命委员会；第二、枪决向电话公司发起进攻的主谋；第三、解除国民自卫队的武装。情况不是很清楚的就是《战斗报》在何种程度上认同那份传单。我没有见过那份传单，也没有读过当天那份《战斗报》。暴动的时候我只见过一份传单，是规模很小的托派组织（"布尔什维克—列宁主义者"）于 5 月 4 号派发的。上面只是写道："大家坚守街垒——除军工行业外，各行各业发动总罢工。"（换句话说，只是要求维持现状。）事实上，马联工党领导人的态度一直犹豫不定。一方面，他们不赞成在战胜弗朗哥之前就发起暴动；另一方面，工人阶级已经拥上街头，马联工党的领导人恪守马克思主义的纲领，一旦工人阶级拥上街头，作为革命政党的责任就是与工人阶级站在同一阵线。因此，他们一边高喊着"复兴七·一九精神"的革命口号，一边竭力将工人阶级的行为限制在守势。例如，他们从未下达命令进攻任何建筑，只是命令追随者保持警惕，而且，正如我在上一章所提到的，只有在不可避免的情况下才可以开火。《战斗报》也刊登了领导的指示：部队不得擅离前线。①根据我的估计，我要说的是，马联工党的责任顶多就是鼓动大家坚守街垒，或许还可以加上一条罪名，那就是说

---

① 原注：最近一期的《国际报刊通讯》（*Inprecor*）刊登了恰恰相反的报道——《战斗报》命令马联工党的部队撤出前线！关于这一点，只要翻阅当日的《战斗报》就可以澄清。

服一部分人在街垒滞留了更长的时间。那些与马联工党的领导人有私人接触的人（我不在此之列）告诉我，他们对这件事非常不满，却已经骑虎难下。当然，和以往一样，后来这件事成了某些人的政治资本。马联工党的领导人之一格尔金[①]后来甚至大谈"光荣的五月"。从政治宣传的角度考虑，或许这是正确的口径。在遭受镇压之前，马联工党的规模一度扩大。从策略角度考虑，或许认同"杜鲁提之友"的传单是一个错误的举动，因为这个政党规模很小，而且对马联工党持敌对态度。考虑到当时整体气氛的兴奋和两边曾经说过的难听话，这份传单的意思只不过是"坚守街垒"，但由于马联工党对其表示赞成，而无政府主义者的报纸《工人团结报》却发表了谴责，马联工党的领导人使得共产党的报刊后来轻而易举地指责这场暴动完全是由马联工党一手设计的。但有一点我们可以肯定：不管怎样共产党都会进行这样的宣传报道。比起事先和事后那些证据更少的指控，这根本算不了什么。虽然国工联的领导人态度非常谨慎，但他们并未捞到什么好处。他们忠心可嘉，可一旦机会出现便被逐出了政府与人民大会。

从当时人们的言论判断，他们并没有发动革命的意图。

---

[①] 朱利安·格尔金（Julián Gorkin, 1901—1987），西班牙社会主义者，马联工党的核心领导人之一，西班牙内战后流亡墨西哥，后来回到巴黎，从事社会主义宣传工作。

守卫着街垒的都是些普通的国工联的工人，还有一小部分总工联的工人。他们并没有试图推翻政府，他们觉得自己受到了警察部队的进攻，无论理由对错，他们都得作出反抗。他们所采取的行动都是防御性的，最近几乎所有的外国报纸都将他们的行为称为"造反"，我觉得这一说法并不符合事实。造反暗示着激进的行动和具体的计划。更确切地说，这是一场骚乱——非常血腥的骚乱——因为双方都配备了武装，而且不惜诉诸暴力。

但另一方的目的是什么？如果这不是无政府主义者的政变，或许这是共产党的政变——他们处心积虑准备以此一举夺走国工联的权力吗？

我不认为是这样，虽然种种迹象会让人有这样的怀疑。值得注意的是，类似事件(以巴塞罗那政府的名义命令武装警察部队攻占电话公司)两天后在塔拉戈纳也发生了。而且在巴塞罗那，攻占电话公司并不是孤立事件。在城里的许多地方，一队队国民自卫队和加联社党的拥护者攻占了战略要地的建筑物，即便他们不是在战斗开始之前就下手，其速度之快也实在让人惊讶。但我要提醒读者，这些事件发生的地点是西班牙，而不是英国。历史上巴塞罗那就是一座街头抗争不断的城市。在这样的地方，内讧一早就已经存在，事情发生得很快，每个人都熟知地形，枪战一开始大家就马上就位，似乎在进行消防演习。或许那些应对攻占电话公司这件事负责的人已经预料到会有麻烦，也做好了攻坚战的准备——但他们没有想到实际的战况会如此棘手。但这并不表示他们处心积虑准备要向国工联发起总攻。我认为双方都没有做好大规模冲突的准备，理由有两个：

一、事前双方都没有向巴塞罗那派遣部队。参与交战的人都是已经在巴塞罗那的人，大部分是平民和警察。

二、食物立刻出现了紧缺。任何曾在西班牙服役过的人都知道有一点西班牙人做得特别好：那就是后勤伙食的供应。要是交战的任何一方事先已经预计到会有一至两周的巷战和大罢工，他们一定会提前储备好粮食。

最后是这场暴动的是非曲直。

在这件事情上外国反法西斯的宣传沸沸扬扬，但和以往一样，那些宣传都是一面之词。结果，巴塞罗那暴动被斥责为不忠的无政府主义者和托派分子"在政府背后捅刀子"，等等等等。但这件事情并不是这么简单。显然，当你与强大的敌人对垒时，自己的阵营可不能出现内讧，但要记住，一个巴掌拍不响，要不是人们感觉受到威胁，他们也不会开始修筑街垒。

这场暴动的起因自然得追溯到政府向无政府主义者下达命令，要求他们解除武装。英国报纸对这件事情的解释是：阿拉贡前线急需武器，但由于毫无爱国心的无政府主义者不肯上交武器，输送前线的武器迟迟无法运出。这番言论根本没有考虑到西班牙国内的实际情况。众所周知，无政府主义者与加联社党掌握了武装，当巴塞罗那的战斗打响时，大家进一步了解到，双方都有充足的武器储备。无政府主义者深知即便他们自己解除武装，掌握了加泰罗尼亚的政权的加联社党仍然可以握有武装力量。事实上，战斗的结果的确印证了这一点。街头上还是有大量的枪械，这些可都是前线急需的物资，却都被扣留下来，供后方"无政治色彩"的警察部队使用。此次事件本质上是共产党与无政府主义者之间不可调和的矛盾的体现，迟早都会爆发冲突。从战争伊始，西班牙共产党的规模就急剧扩大，攫取了大部分的政治权力，而且数以千计的外国共产党人拥入西班牙，许多人公然表示抗击弗朗哥的战争结束后就要"清算"无政府主义。在这种局势下，你怎么可能指望无政府主义者会放弃自1936年夏天就掌握至今的武装？

　　攻占电话公司只是引燃业已存在的炸弹的导火索。或许，那些蓄意挑起争端的人以为这么做不会引起什么麻烦。据说加泰罗尼亚的地区总长康博尼在几天前还谈笑风生地说无政府主义者只会逆来顺受。①但事实上这并非明智之举。过去几个月来，在西班牙各地共产党与无政府主义者之间接连爆发武装冲突。在加泰罗尼亚，尤其是巴塞罗那地区，局

① 原注：见《新政治家》（五月十四日）。

势很紧张，已经出现了街头滋事、暗杀等事件。突然间，消息传遍整个城市：武装分子正在进攻工人阶级在七月战斗中攻占的、备受重视的建筑。我们必须记得，工人阶级很讨厌国民自卫队。地方团练世世代代都是地主和权贵的走狗，而国民自卫队则被愈加痛恨，因为他们是否真心对抗法西斯分子实在值得怀疑，而这怀疑的理由是很充分的。[①]或许，促使人们在最初几个小时走上街头的情绪，与战争之初促使人们反抗发动政变的几位将军的情绪是一样的。当然，国工联的工人们是否应该毫不抵抗便将电话公司拱手相让则值得商榷。这取决于每个人对于权力应由中央集权政府控制还是由工人阶级控制的态度。有的人或许会说："确实，国工联的做法情有可原，但当时毕竟在打仗，他们没有理由在大后方挑起内讧。"关于这一点我完全同意。任何内部争斗都只会让弗朗哥渔翁得利。但到底是什么挑起了战斗呢？不管政府有没有权力接管电话公司，问题的关键是，在当时那种情况下，这么做肯定会挑起战斗。这是一种挑衅行为，无论是设想还是实际，这都是在说："你们必须移交权力——由我们接管了。"稍有常识的人都知道这么做只会招致反抗。站在中立的立场，任何人都会意识到，这件事的责任不能完全

---

① 原注：战争爆发的时候各地的国民自卫队纷纷依附势力较强的那一方。到了战争的后期，发生过好几起国民自卫队整团投靠法西斯主义者的情况，尤以桑坦德地区为甚。

怪罪一方——事实上确实如此。而舆论之所以会出现一边倒的情形，只是因为西班牙的革命政党在外国报刊中没有基础——尤其是英国的媒体。在战争期间，你得翻寻很久才会找到零星对西班牙无政府主义者正面的报道。他们被有组织地加以抹黑，按照我自己的经历，我知道根本找不到任何人在报刊上为他们辩护。

我尽量以客观的态度描写巴塞罗那的暴动，但显然在这种问题上，没有人能做到完全客观。一个人在实际中总是会不得不站在某一立场，而我站的是哪一个立场是再清楚不过的事情。我一定在描述事实中犯下了错误，不只是在这里，而且在整个故事中的其他地方。要对这场西班牙战争进行准确的描述是非常困难的事情，因为缺乏非宣传性的资料。我要让每个人警惕我的偏见，而且要让每个人警惕我的错误。不过，我仍然尽了自己最大的努力做到诚实。但是，我所做的描述与出现在外国报刊，特别是共产党的报刊里面的描述完全不同。检验共产党版本的描述是很有必要的事情，因为它在全世界发行，而且从那时起时不时就进行补充，或许是最广为接受的版本。

共产党和亲共产党的媒体将巴塞罗那巷战的全部罪责都推到了马联工党身上，这件事不仅被描述为自发的暴动，而且是有目的有组织的反政府暴乱，完全由马联工党一手策划，并得到了一小撮被误导的"不受控制的人"的协助。更过分的是，这是法西斯的一个阴谋，奉法西斯分子的命令行事，目的是在大后方挑起内战，从而使政府陷入瘫痪。马联工党是弗朗哥的"第五纵队"——与法西斯分子勾结的托派组织。根据《工人日报》所说（五月十一日）：

> 德国与意大利的密探蜂拥来到巴塞罗那，表面上是"筹划"臭名昭著的"第四国际大会"，其重大任务则是：
>
> 他们与本地的托派组织相勾结——准备制造混乱和流血局势，借机让德国人和意大利人宣布"由于巴塞罗那陷入动乱，他们无法有效实施对加泰罗尼亚沿岸的海事控制"，因此，"只能在巴塞罗那派驻军队"。
>
> 换句话说，他们是想让德国和意大利政府能公开在加泰罗尼亚沿岸派驻陆军或海军，宣称他们这么做是为了"维持秩序"……
>
> 而帮助德国人和意大利人实施这一目的的托派组织正是马联工党。
>
> 马联工党与臭名昭著的犯罪分子和无政府主义者组织里受到蒙骗的人合作，在后方策划、组织和领导了进攻，时间上正好与前线在毕尔巴鄂发起进攻相重合，等等等等。

到了这篇文章的后半部分，巴塞罗那的巷战变成了"马联工党的进攻"，而同一期报纸的另一篇文章声称"加泰罗尼亚流血事件的责任必须归咎到马联工党头上"。《国际报刊通讯》(5月29日)声称在巴塞罗那构筑街垒的人"只有马联工党的党员，该党组织他们就是为了这个目的"。

我可以引用更多的内容，但这些已经足够清楚了。马联工党是罪魁祸首，它是奉法西斯分子的命令行事。接下来我会再提供几份共产党报刊的摘要，可以看出它们自相矛盾，根本不足为信。但在这么做之前，有必要指出几个先验性的理由，解释为什么将五月份的巷战歪曲为马联工党发起的法西斯叛乱根本是无稽之谈。

第一、马联工党没有足够多的党员或影响力，掀起这么一场大规模的风波。它更加没有能力号召大罢工。它是一个在工会扎根不深的政治组织，根本无力在巴塞罗那全城煽动大罢工，就好比英国共产党没有能力在格拉斯哥全城煽起大罢工一样。正如我前面所说的，马联工党领导人的态度在一定程度上或许促使战斗更加持久，但他们根本没有能力挑起战端，就算他们有这心思也办不到。

第二、所谓的法西斯分子的阴谋都是基于臆测，所有的证据都作出了反证。他们告诉我们这个计划的目的是让德国和意大利政府在加泰罗尼亚驻兵，但根本没有德国或意大利的运兵船驶近海岸。至于"第四国际大会"和"德国和意大利的间谍",纯粹是子虚乌有之事。据我所知,连关于第四国际大会的传闻都没有。马联工党及其兄弟党派(英国的独立工党和德国的社会主义工人党)只是模糊地计划进行代表大会,此次大会原本暂定于七月份进行——那是两个月后的事情——还没有一个与会代表抵达。那些"德国和意大利的间谍"只存在于《工人日报》的版面里。在当时穿越边境的人其实都知道要"拥入"西班牙或离开那里并不是一件容易的事。

第三、马联工党的大本营莱里达和前线都风平浪静。显然,要是马联工党的领导人希望协助法西斯分子,他们会命令民兵部队撤离前线,让法西斯部队通过。但这种事情并没有发生或提起过。事先也没有多余的士兵被调离前线,虽然要偷偷调动一两千人以种种理由回到巴塞罗那是轻而易举的事情。他们甚至没有尝试对前线进行间接性的破坏活动。食物、弹药和其他物资的运输一如既往地进行。后来通过探究我证实了这一点。最重要的是,一场所谓的经过策划的叛乱应该需要几个月的准备,并在民兵部队里进行颠覆性的宣传,如此等等,但并没有任何这种事情的迹象或传闻。前方的民兵部队与"叛乱"没有瓜葛这件事应该是明确无疑的。如果马联工党真的在策划颠覆行动,很难相信他们不去动用他们仅有的一万名武装人员——那是他们唯一的武装力量。

从这些我们可以清楚地了解到，共产党指控马联工党在法西斯分子的命令下煽动"暴乱"根本没有证据。我会再引用几则共产党报纸的评述。那些共产党的报刊对突袭电话公司这个事件的导火线的各种描述能让人了解实情：除了将罪名扣在另一方的身上之外，它们没有什么内容是一致的。值得注意的是，在英国共产党的报刊里，一开始被斥责的对象是无政府主义者，后来才转移到马联工党身上。这么做是出于非常明显的原因。在英国不是每个人都听说过"托洛茨基主义"，而每个说英语的人听到"无政府主义者"涉身其间，都会不寒而栗。只要让他们听到"无政府主义者"涉身其间，偏见的氛围就会形成，然后就能把罪名安全地转移到"托洛茨基分子"身上。因此，《工人日报》是这么开始宣传的(5月6日)：

> 一小撮无政府主义者于周一和周二攻占并试图顽守电话大楼，并开始向街道开火。

从一开始角色就出现了对调。是国民自卫队向国工联占领的一座大楼发起进攻，但国工联却被说成对自己的大楼和自己人发起了进攻。另一方面，《工人日报》在5月11日刊登：

加泰罗尼亚公共安全部长、左翼人士艾格瓦德[1]与社会主义联盟公共秩序委员长罗德里格兹·萨拉斯[2]派遣武装的共和国警察进驻电话大楼，解除里面的员工的武装，他们当中大部分人是国工联属下工会的成员。

这与第一篇报道似乎出入很大，但《工人日报》并没有承认第一篇报道是错误的。5月11日的《工人日报》声称"杜鲁提之友"（国工联已经与它脱离了关系）的传单出现在5月4日和5日，那是在战斗进行期间。《国际报刊通讯》（5月22日)声称它们出现在5月3日，那是在战斗发生之前，并补充说：

有鉴于此（多份传单的出现），在警察局长的亲自率领下，警察部队于5月3日下午占领了电话公司。在警察执行任务期间，他们遭到了枪击。那是为那些破坏分子开始在全城发动枪战骚乱发出信号。

下面是《国际报刊通讯》5月29日的内容：

---

① 艾格瓦德(Aiguade)：情况不详。
② 尤西比奥·罗德里格兹·萨拉斯(Eusebio Rodríguez Salas，生卒年份不详)，西班牙内战时期加联社党成员，曾担任内务安全部部长，在巴塞罗那动乱中扮演着关键角色。

下午三点钟，公共安全部门的政委萨拉斯同志前往电话公司，该地点在昨晚已经被马联工党的五十名成员和其他不受控制的坏分子占领。

这听起来实在是很滑稽。五十名马联工党的成员就能占领电话大楼，这可以说是异想天开的事情，你或许会认为当时就已经有人注意到这一点。但是，直到三四个星期后才有人发现。在《国际报刊通讯》的另外一期里，那五十名马联工党的成员变成了五十名马联工党的民兵。要比这几篇文章包含更多的自相矛盾之处可不是一件容易的事情。一会儿是国工联在进攻电话公司，另一会儿他们成为被攻击的对象。一会儿说一份在夺取电话大楼之前出现的传单是事情的起因，一会儿又说这份传单是出现在夺取电话大楼之后，是事件导致的结果。电话公司的人时而是国工联的成员，时而是马联工党的党员，诸如此类的事情。在《工人日报》后面一期中（6月3日），约翰·罗斯·坎贝尔①告诉我们，西班牙政府之所以占领电话公司，是因为街垒已经筑好了！

由于篇幅的原因，我只摘录了一个事件的报道，但同样的内容矛盾在共产党的报刊里比比皆是。此外，还有许多报

① 约翰·罗斯·坎贝尔（John Ross Campbell，1894—1969），英国共产主义者、记者、编辑，思想激进，曾为《工人周报》、《工人日报》等左翼报刊撰稿或担任编辑。

道完全是捏造出来的。比方说，以下内容引自《工人日报》（5月7日），据说是由西班牙大使馆在巴黎发布的：

> 关于此次动乱的一个重要特征是，旧西班牙君主政体的旗帜在巴塞罗那许多房屋的阳台上飘扬，显然，他们以为那些动乱分子已经掌握了局势。

《工人日报》或许是出于真心重复了这则报道。但西班牙大使馆那些要对这些话负责的人一定是在故意撒谎。任何西班牙人都对国内的局势有更清楚的了解。在巴塞罗那出现一面保皇党的旗帜！这东西能让交战各方暂时团结起来。当读到这篇报道时，就连在场的共产党员也会忍不住笑起来。同样的，在共产党的众多报刊中那些关于马联工党在"叛乱"期间所使用的武器的报道，只有对情况完全不知情的人才会相信。在5月17日的《工人日报》里，弗兰克·皮特卡恩①先生写道：

> 事实上，在这场暴行中，他们动用了各式各样的武器，有过去几个月来偷到并匿藏起来的武器、有诸如坦

---

① 弗兰克·皮特卡恩(Frank Pitcairn)，本名是弗朗西斯·克劳德·科克伯恩(Francis Claud Cockburn, 1904—1981)，英国共产主义者、记者，为《工人日报》撰稿，西班牙内战时期受英国共产党委派担任前方记者。

克之类的重武器，是他们在动乱刚刚开始的时候偷来的。可以肯定的是，有几十挺机关枪和几千支步枪仍在他们的控制中。

《国际报刊通讯》（5月29日）也声称：

> 在5月3日，马联工党掌握了几十挺机关枪和几千支步枪……在西班牙广场，那些托派分子动用了原本应该用于阿拉贡前线的75毫米口径大炮，而这些大炮由民兵部队精心藏匿在他们的地盘里。

皮特卡恩先生没有告诉我们马联工党是在什么时候以什么方式得到了几十挺机关枪和几千支步枪的。我曾经估计过在马联工党的三栋主楼里的武器配备——大概有八十支步枪和一些手榴弹，机关枪一挺都没有，这些武器足够武装卫兵，当时所有的政党都在他们的大楼里布置了卫兵把守。到了后来，当马联工党被镇压，它所有的大楼都被攻占后，这几千样武器，特别是坦克和野战炮——这些东西可没办法藏在烟囱里——全都无迹可寻，真是奇哉怪也。但这两篇报道所透露的是，它们对当地的情况完全无知。根据皮特卡恩先生所说，马联工党"从兵营里"偷了坦克，他没有告诉我们是哪个兵营。在巴塞罗那的马联工党民兵（现在数量已经相对很少了，因为党派的民兵组织已经不再直接征募士兵了）和许多人民军部队一起驻扎在列宁兵营。因此皮特卡恩先生是想让我们相信马联工党在人民军的默许下偷出了几辆坦克。而就在他们的"地盘"里，他们藏匿了几门75毫米口径的大炮，但并没有提到"地盘"在哪里。许多报纸报道了大炮齐轰花园广场，但我想我们可以笃定地说，根本没有什么大炮。正如我前面提到的，巷战的时候我没有听到大炮开火，而花园广场就在一英里开外的地方。几天后，我观察了花园广场，没看到哪座建筑物上面有炮火的痕迹。一个住在附近目睹了整场巷战的人坚称那里根本没有大炮出现。（顺便提一下，偷大炮这个故事可能是俄国总领事安托诺夫-奥维塞严科①编出来的，他告诉了一个英国名记者，后者深信不疑，在一份周刊上刊登了报道。而安托诺夫-奥维塞严科后来遭到了"清洗"。他的可信度会受到多大的影响我就不知道了。）当然，事情的真相是，这些关于坦克、野战炮等武器的传闻都是瞎编的，因为没有这些传闻，马联工党的成员那么少，很难与巴塞罗那的战斗规模相吻合。而根据《国际报刊通讯》所描述的，它是一个没有追随者，而且只有几千名党员的不起眼的小政党。要让马联工党为这场战斗负上

---

① 弗拉德米尔·亚历山德洛维奇·安托诺夫-奥维塞严科（Vladimir Alexandrovich Antonov-Ovseyenko, 1883—1938），俄国政治家，西班牙内战时期曾担任苏联驻巴塞罗那领事，1938年在斯大林发动的政治清洗中因曾与托洛茨基有过历史上的交往而被处决。

全部责任，并让这两种说法显得可信的唯一办法，就是假装马联工党拥有一支现代化军队的所有武器。

在翻阅共产党报刊的报道时，你不可能不意识到他们在有意利用公众对事实的无知，一心要制造偏见。因此，就有了比方说皮特卡恩先生在 5 月 11 日的《工人日报》中所写的那些话：这场"叛乱"被人民军镇压了。其主旨是让局外人士以为加泰罗尼亚众志成城，与"托派分子"抗争。但战斗自始至终人民军一直保持中立。这件事在巴塞罗那可谓众所周知，很难相信皮特卡恩先生并不知情。还有，共产党的报刊在伤亡数字上大耍手段，目的是夸大这场动荡的规模。共产党的报刊广泛引用了西班牙共产党总书记迪亚兹的言论，他给出的数字是 900 人死亡，2 500 人受伤。加泰罗尼亚的宣传部长不大可能会低估伤亡人数，他给出的数字是 400 人死亡，1 000 人受伤。共产党把数字夸大了两倍，还顺便再加上好几百人。

外国资本主义报纸大体上将挑起巷战的罪名扣在了无政府主义者的头上，但也有几份报纸的口径与共产党一致，其中一份是《新闻纪实报》，它驻巴塞罗那的通讯记者约翰·兰登-戴维斯①先生的基调可以从我在此引用的文章中看出：

① 约翰·埃里克·兰登-戴维斯（John Eric Langdon-Davies, 1897—1971），英国作家、记者，曾在西班牙内战时派驻当地，战争结束后成立了救助难民儿童的领养计划，并撰写了《西班牙街垒的背后》、《西班牙的教会与政治》等作品。

# 一场托派分子的暴乱

……这不是一场无政府主义者的起义，而是遭到挫败的"托派分子"的叛乱，而马联工党通过受他们操控的"杜鲁提之友"和"自由意志青年团"组织了此次事件……这场惨剧始于周一下午，当时政府派出武装警察部队进驻电话公司大楼解除那里的工人武装，其中的大部分人是国工联的成员。电话服务极不正常，已经成为一段时间以来的丑闻。许多民众聚集在外面的卡塔鲁那广场，而国工联的成员负隅抵抗，逐一楼层退却，最后被逼到了屋顶……这一事件的内情尚不明朗，但有消息说，政府出手镇压无政府主义者。街上到处是武装分子……至夜幕降临时每一处工人中心和政府大楼都修筑了工事，十点钟的时候爆发了第一轮开火，第一批救护车开始响着汽笛在街头穿梭。天明时分整个巴塞罗那枪声大作……随着日子一天天过去，死亡人数已累积有上百人，情况之惨烈不难想象。无政府主义者国工联和社会主义者总工联严格来说并没有"走上街头"。他们只是守在街垒的后面，警惕地等候着，在街上看到任何武装人员都会开枪……不可避免地，整体的局势陷入恶化，因为弗朗哥的支持者——隐藏在屋顶开枪的个别人，大多数是法西斯分子——并没有明确的目标，只是在尽其所能增加民众的恐慌……不过，到了周三晚上，谁是这场暴乱的幕后黑手这个问题的答案开始明朗。所有的墙壁上都张贴了一幅煽动性的海报，号召立刻进行革命，枪决共和国和社会主义的领袖。署名者是"杜鲁提之友"。周四上午，无政府主义者们全然否认他们对此知情和持赞同态度，但马联工党的报纸《战斗报》重印了那份海报，并对其加以最高的赞誉。间谍就利用了这个颠覆性的组织，将西班牙的第一大城市巴塞罗那推入了腥风血雨中。

这篇报道和前面我所引用的共产党刊物的报道内容不是很一致，但可以看到，就连它的内容也是自相矛盾的。首先，这场事件被形容为"一场托派分子的叛乱"，然后它表明事情的起因是警察向电话局发起进攻，人们普遍相信政府"出手镇压"无政府主义者。巴塞罗那筑起了街垒，国工联和总工联双方都守在街垒后面。两天后，那份煽动性的海报出现了（事实上那只是一张传单），而这就被断定是整件事情的起因——完全颠倒了因果关系。但这里有一个非常严重的失实陈述。兰登-戴维斯先生说"杜鲁提之友"和"自由意志青年团"是"受控于马联工党的组织"。它们都是无政府主义者的组织，与马联工党根本没有联系。"自由意志青年团"是无政府主义者的青年团，类似于加联社党的社青联。"杜鲁提之友"是伊无联内部的一个小组织，对马联工党一直抱以敌意。据我所知，没有人会同时是这两个政党的党员。这就相当于说社会主义青年团是"受控于英国自由党的组织"。兰登-戴维斯先生不知道这一点吗？如果他知道的话，在这个非常复杂的问题上他的措辞应该更为慎重。

我并没有在质疑兰登-戴维斯先生的诚意，但我要说，巷战刚一结束他就离开了巴塞罗那，而那个时候他本可以进行严肃的查证。纵观他的整篇报道，很明显他接受了官方的"托派分子暴乱"的说法，并没有进行充分的查证。仅凭我所引用的摘录，这一点已经展现得清晰无疑了。"到了傍晚"，街垒修筑了起来，"十点钟的时候"第一轮枪战开始了。这些并不是出自一个目击证人之口。从这份描述里，你会想到你总是等候你的敌人修筑起街垒才朝他开枪。它给人的印象是，在修筑街垒和第一轮枪战之间经过了几个小时——而事实上，情况恰好相反，这是很自然的事情。我和许多人目睹了当天下午第一轮枪战的爆发。还有就是，那些从屋顶开枪的个别枪手——"大部分人是法西斯分子"。兰登-戴维斯先生没有解释他是怎么知道这些人是法西斯分子的。我想他不可能爬上屋顶询问他们。他只是在重复别人告诉他的话，因为它适合官方的版本，而不是对其提出质询。事实上，在文章开头处，他不小心提到了宣传部，暴露了他的消息来源。在西班牙的外国记者都得仰仗宣传部的恩惠，但任何人一听到这个部门的名字都会心生疑窦。当然，要宣传部客观地报道巴塞罗那的骚乱就像要已故的卡尔森爵士①客观地报道 1916 年都柏林起义一样。

我已经指出不能把共产党关于巴塞罗那巷战的报道当成真相的理由。马联工党被斥责为一个秘密的法西斯组织，领取弗朗哥和希特勒的报酬，对此我有话想说。

共产党的报道里一再重复强调这一点，从 1937 年初开始更是如此。那是全世界范围内当权的共产党剿灭"托洛茨基主义"的行动的一部分，而马联工党被视为西班牙境内托派分子的代表。根据《红色阵线》（瓦伦西亚的共产党报纸），托洛茨基主义不是一个政治学说。托洛茨基主义是一个正式的资本主义组织，一个法西斯恐怖团伙，专门从事反对人民的犯罪和破坏活动。马联工党是与法西斯分子勾结的"托派"组织，还是"弗朗哥的第五纵队"的成员。值得注意的是，从一开始就没有证据支持这一指控，这个说法只是以权威的口吻被提出来。这一攻讦带有最大程度的个人诽谤，而且完全不负责任。至于它对战争可能会造成的影响，比起抹黑马联工党，许多共产党的文人似乎认为暴露军事秘密是无足轻重的小事。比方说，在二月份的《工人日报》里，一位作家（维尼弗莱德·贝茨）获准披露马联工党在驻守

① 爱德华·亨利·卡尔森（Edward Henry Carson, 1854—1935），爱尔兰联合主义者，曾担任爱尔兰联盟和乌尔斯特联合党的领导人。

的阵地其实只有号称的一半兵力。这并不是真相，但那个作家或许认为它就是真相。因此，她和《工人日报》愿意在报纸专栏上向敌人透露至关重要的情报。在《新共和国报》里，拉尔夫·贝茨先生说马联工党的部队和法西斯的部队曾经在无人区踢足球，事实上，当时马联工党的部队死伤惨重，我有好几个朋友或死或伤。还有就是那幅广为流传的恶毒的漫画，先是在马德里出现，后来传到了巴塞罗那，内容是马联工党脸上画着锤头和镰刀的面具滑落了下来，露出画着卐字徽的真面目。如果政府不是受到共产党操控的话，这么一幅海报是绝对不允许在战争期间流传的。这是对士气的蓄意打击，不仅是马联工党的民兵受到影响，而且所有与他们接近的人都受到影响，因为被人告知和你守着同一阵地的人就是叛徒可不是什么值得高兴的事情。事实上，我怀疑后方扣在他们头上的罪名未必真的起到了侵蚀马联工党民兵组织的士气的效果。但这无疑是这种做法背后的用意，那些应对此负责的人一定是将政治上的仇恨凌驾于反法西斯团结之上。

对马联工党的指控总结而言就是：这个规模达数万人之众的群体——它几乎完全由工人阶级组成，还有数目众多的外国援助者和同情者、大部分是来自法西斯国家的难民，还有数千将士的民兵组织——是一个庞大的领取法西斯津贴的间谍组织。这个指控有悖常理，而马联工党过往的历史足以证明这不足为信。所有的马联工党领袖都有着自己的革命史。有的与 1934 年的起义有关系[①]，大部分人在勒罗克斯政府[②]或君主政体时期因社会主义活动而坐过牢。1936 年的时任领导人杰奎因·莫林[③]是曾经在议会里警告过弗朗哥准备发动兵变的代表之一。战争爆发不久，他就因为在弗朗哥统治的后方组织抵抗运动而被法西斯分子关进监狱。当兵变发生时，马联工党在抵抗运动中发挥了重要作用。在马德里，它的许多党员在巷战中被杀。它是最早一个在加泰罗尼亚和马德里组建民兵队伍的团体。要解释一个领取法西斯津贴的政党会做出这些行动几乎是不可能的事情。领取法西斯津贴的政党只会加入另一个阵营。

而且，没有迹象表明在战争期间它有勾结法西斯分子的迹象。马联工党推行更为革命的政策，分化了政府的力量，从而帮助了法西斯分子，这一说法有待争议——但归根结底我不同意。

我觉得任何持改良主义态度的政府都有理由认为像马联

① 应指 1934 年的阿斯图里亚斯矿工大罢工（the Asturian miners' strike of 1934）。1934 年 10 月 6 日，西班牙北部的阿斯图里亚斯地区矿工发动革命起义，要求地方自治和建立社会主义体制，被西班牙共和国派出军队镇压。
② 亚历山德罗·勒罗克斯·加西亚（Alejandro Lerroux García, 1864—1949），西班牙激进共和党领导人，曾于 1933 年至 1935 年三度担任西班牙总理，一意要求加泰罗尼亚放弃自治，镇压无政府主义者，其政治主张被称为勒罗克斯主义（Lerrouxism）。
③ 杰奎因·莫林（Joaquín Maurín, 1896—1973），西班牙政治家，马联工党领导人，西班牙内战后流亡美国。

工党这样的政党很讨厌。但这种事情和直接的背叛不可同日而语。如果马联工党真的是一个法西斯组织，它的民兵部队却一直是忠诚的，这根本说不通。它的8 000到10 000将士在1936至1937年的寒冬无法忍受的条件下扼守着前沿阵地的各个要点。许多人在战壕里一待就是四五个月，很难理解他们为什么不直接离开阵地或投靠敌人。他们总是有能力这么做，有时候那或许将起到决定性的作用。但他们仍坚持奋战。马联工党作为一个政党被镇压后不久，当每个人对这件事仍然记忆犹新时，它的民兵组织——当时还没有被重新编入人民军——参与了向韦斯卡东线发动的自杀式攻势，数千将士在一两天内被屠杀殆尽。如果他们真是法西斯组织，至少你会以为他们和敌人相亲相爱，总是有逃兵投奔过去。但是，正如我在前面指出的，逃兵的数量很少。还有，你会以为他们做过亲法西斯的宣传，宣扬过"失败主义"，等等等等。但是，这些都不存在。显然，肯定有法西斯间谍、密探和破坏分子混进了马联工党，这些人存在于所有的左翼政党，但没有证据表明马联工党里的此类人要比别的政党多。

确实，有的共产党报刊不得不说只有马联工党的领导人在领取法西斯分子的报酬，普通党员和士兵没有这么做。这只是将普通党员和士兵与他们的领袖作切割的手段。该指控实际上暗示普通党员和民兵成员等人都参与了阴谋，因为，很显然，如果尼恩①、格尔金和其他人真的在领取法西斯分子的津贴，与他们有接触的追随者比伦敦、巴黎和纽约的记者们更有可能知道这件事。不管怎样，当马联工党被镇压时，共产党控制的秘密警察以"所有人都有罪"这一假设采取行动，逮捕了他们能搜捕到的任何与马联工党有关系的人，包括伤员、护士、党员的妻子，甚至是孩子。

最后，在6月15日至16日，马联工党被镇压并被宣布为非法组织。这是内格林政府5月份上台后最先采取的行动之一。当马联工党的执行委员会被关进监狱后，共产党的报刊炮制了一篇报道，声称这是一场严重的法西斯主义者的阴谋。全世界的共产主义报刊一度拿这种报道煽风点火（《工人日报》6月21日对众多西班牙的共产主义报刊进行了总结）：

## 西班牙托派分子与弗朗哥密谋

随着许多巴塞罗那和其他地方的托派分子头目被捕……在本周末我们了解到自开战以来最骇人听闻的间谍活动的细节，这是迄今为止所揭发的托派分子最丑陋的阴谋……警方所搜获的文件以及逮捕的近两百人的供词表明了如此这般这般。

---

① 安德鲁·尼恩·佩雷兹（Andreu Nin Pérez, 1892—1937），西班牙共产主义者，马联工党创始人，1937年6月被西班牙政府逮捕，死于狱中。

这些发现"证实"马联工党的领导人通过无线电向弗朗哥将军泄露军事机密，而且与柏林保持联络，还与马德里的法西斯组织勾结。除此之外，还有许多耸人听闻的细节：用隐形墨水传递秘信啦、一份署名为 N(代指尼恩)的神秘文件啦，等等等等。

但最重要的事情是这个：我写过，事件过去六个月后马联工党领导人仍被关在牢中，但从未对他们进行庭审，被指控通过无线电与弗朗哥勾结等罪名甚至没有被立案。要是他们真的犯了间谍罪的话，在一个星期之内就该被审判完毕并枪决了，之前很多法西斯的间谍就是这样被处决的。除了共产主义报刊上面那些空穴来风的指控之外，根本没有任何证据被提出来。至于那两百份"供词"，要是它们真的存在的话，任何人都足以被定罪，但它们再也没有下文。事实上，它们是两百份某个人想象中的子虚乌有的东西。

除此之外，西班牙政府的大部分成员都表示不相信对马联工党的指控。前不久内阁以五比二的多数票通过同意释放反法西斯的政治犯。那两张反对票就是共产党员身份的部长投的。八月份，由众议员詹姆斯·马克斯顿[1]为首的国际代表团抵达西班牙，质询对马联工党的指控和安德鲁·尼恩的

---

① 詹姆斯·马克斯顿(James Maxton, 1885—1946)，苏格兰社会主义者，曾担任独立工党的领导人，长期担任格拉斯哥布里奇顿地区独立工党的众议员。

失踪。国防部长普里托[1]、司法部长伊鲁乔[2]、内务部长祖加扎戈伊西亚[3]、律师总长奥特加·加塞特[4]、"傻瓜"加西亚[5]和其他人都否认相信马联工党的领导人从事间谍活动。伊鲁乔补充说他翻阅了此次事件的所有宗卷，没有一份所谓的证据经得起推敲，而且那份所谓尼恩签署的文件"毫无价值"——它是伪造的。普里托认为马联工党的领导要为五月份巴塞罗那的巷战负责，但否认他们是法西斯间谍。"最为严重的是，"他补充道，"逮捕马联工党的领导人不是政府的决定，是警察部门自行其是。那些要对此负责的人不是警察部门的首长，而是他们的部下，被共产党以他们惯用的伎俩渗透了。"他列举了其他警察实施非法逮捕的情况。伊鲁乔也宣称警察部门成为了"半独立"的机构，实际上由外国的共产党所控制。普里托露骨地向代表团暗示西班牙政府不能

---

① 英达勒西奥·普里托·图尔洛（Indalecio Prieto Tuero, 1883—1962），西班牙社会主义者，西班牙社会主义工人党的领袖，西班牙内战结束后流亡墨西哥，继续从事反对弗朗哥的斗争。

② 曼努尔·德·伊鲁乔·奥罗（Manuel de Irujo Ollo, 1891—1981），西班牙巴斯克国民党领导人，曾担任西班牙共和政府司法部长和国防部长等职务，西班牙内战后随共和政府流亡海外。

③ 朱利安·祖加扎戈伊西亚（Julian Zugazagoitia, 1899—1940），西班牙社会主义工人党成员，西班牙内战结束后流亡法国，被德国盖世太保逮捕，递解回西班牙处决。

④ 何塞·奥特加·加塞特（José Ortega Gasset, 1883—1955），西班牙政治家、哲学家，对自由主义哲学有深入研究，代表作有《形而上学课程》、《歌德的内心》等。

⑤ 指米格尔·加西亚（Miguel García, 1908—1981），西班牙无政府主义活动家，国工联成员，一生为抗击法西斯主义而奔走，散尽家财救助犹太人，因此被戏称为"傻瓜"。

得罪共产党，因为俄国人在供应军火。当以众议员约翰·麦克格温①为首的另一个代表团于十二月来到西班牙时，他们得到的答案和之前一样，而内务部长甚至更加直白地复述了普里托的暗示："我们从俄国获得援助，因此某些我们不喜欢的事情就不得不听之任之。"作为警察部门自行其是的例证，即使有了一份由监狱总长和司法部长签署的命令，麦克格温和其他人还是没办法进入巴塞罗那其中一间由共产党把持的"秘密监狱"，了解这一点实在是很有趣。②

我觉得这些应该足以让事情明朗了。对马联工党从事间谍活动的指控完全只是停留在共产党的报刊和共产党操控的秘密警察的活动中。马联工党的领导人，以及成百上千他们的追随者，仍然身陷囹圄，而过去六个月来共产党的报刊一直在叫嚣着要处决这些"叛徒"。但内格林和其他人头脑很清醒，拒绝对"托派分子"进行大屠杀。考虑到他们所承受的压力，他们能这么做实在是难能可贵。与此同时，面对我之前所讲述的那些内容，很难相信马联工党是一个法西斯的间谍组织，除非你相信马克斯顿、麦克格温、普里托、伊鲁乔、祖加扎戈伊西亚和其他人也都被

① 约翰·麦克格温(John McGovern, 1887—1968)，苏格兰社会主义政治家，独立工党领导人，长期担任格拉斯哥谢特尔斯顿地区众议员。
② 原注：关于这两个代表团的报告，参阅《人民报》（9月7日）和《牛奶报》（9月18日）。马克斯顿代表团的报告由《独立新闻报》（巴黎圣·丹尼斯大街219号）出版，还有麦克格温的政治宣传手册《西班牙的恐怖》。

法西斯分子收买了。

最后，关于马联工党是"托派分子"这个问题——如今这个词越来越被肆意滥用。它的用法极其让人费解，而且就是刻意要让人费解，有必要对其进行定义。"托派分子"这个词被用来指代三种不同的人：

一、一个像托洛茨基那样赞同"世界革命"，而不是"在一国创建社会主义"这一理念的人。更广泛地讲，一个革命极端主义者。

二、一个奉托洛茨基为领袖的组织会员。

三、一个假扮为革命人士的法西斯分子，在苏联从事破坏活动，分化破坏左翼进步力量。

根据第一种定义，马联工党或许可以被说成是托派分子。而英国的独立工党、德国的社会主义工人党、法国的左翼社会主义者等等也都是。但马联工党和托洛茨基或托洛茨基组织（"布尔什维克—列宁主义者"）并没有联系。战争爆发时，国外的托派分子奔赴西班牙（人数大概是十五到二十人），一开始时为马联工党服务，因为这个党派最接近他们的政治理念，但并没有成为其党员。后来，托洛茨基命令他的追随者攻击马联工党的政策，托派分子被清洗出党内的各个部门，虽然有一些人仍留在民兵队伍里。马联工党的领导人莫林被视为法西斯分子代表后，尼恩成为继任者，他一度是托洛茨基的秘书，但几年前就已经和他分道扬镳，将反对共产党的人士与之前的工农联盟合并入马联工党。尼恩曾经与托洛茨基共事过，共产党的报刊就利用这个做文章，说马联工党就是托派分子。

按照这种逻辑，可以说英国共产党就是法西斯组织，因为约翰·斯特拉齐先生曾经和奥斯瓦尔德·莫斯利爵士共事过。

根据第二种定义——这个词唯一明确的定义，马联工党肯定不是托派分子。把两者区分开来很重要，因为大部分共产党员认为符合第二种定义的托派分子就一定会是第三种意义的托派分子——也就是说，整个托派分子组织就是一部法西斯的间谍机器。"托洛茨基主义"只在俄国对破坏活动进行审判的那段时间才引起了公众的注意。将一个人称为托派分子就等同于骂他是杀人犯和工贼等等。但与此同时，任何以左派的观点批评共产党政策的人都可能会被斥为托派分子。那么，他们是否坚称任何奉行革命极端主义的人都被法西斯分子收买了呢？

事实上，是否作出这样的论调，全看各地的情况方便与否。前面我提到，当马克斯顿率代表团去西班牙时，《真理报》、《红色阵线》和其他共产主义报刊立刻给他扣上"托派—法西斯分子"和盖世太保的间谍等罪名。但英国的共产党小心翼翼地不引述这些控诉。在英国的共产党报刊里面，马克斯顿只是"工人阶级的反动敌人"，而这个罪名很模糊、很好使。当然，个中原因是英国共产党的报刊吃过几次被控告诽谤的苦头。事实上，在一个国家，如果某一个指控必得到证实，而这一指控没有被加以重复，那就足以证明它是一个谎言。

似乎我在对马联工党的指控这个问题上花了不必要的篇幅进行论述。与一场内战所带来的巨大不幸相比，这种党派之间的两败俱伤的争端，还有它带来的无可避免的不公和无中生有的指控，或许看起来只是微不足道的事情。但事实并不是这样。我相信这种诽谤、报刊造势以及它们所反映的思维习惯，会对反法西斯事业造成最致命的伤害。

任何对这件事情有了解的人都知道共产党以捏造的罪名对付其政敌是老一套了。今天的关键词是"托派—法西斯分子"，以前则是"社会主义—法西斯分子"。六七年前俄国的审判"证明"第二共产国际的领袖，包括诸如利昂·布伦姆①和英国工党的重要成员在谋划一个巨大的阴谋，妄图对苏联发动军事进攻。但今天法国的共产党人愿意奉布伦姆为领袖，而英国的共产党人则绞尽脑汁想进入工党。我怀疑这种事情即使从派系斗争的角度去看也未必高明。与此同时，

① 安德烈·利昂·布伦姆（André Léon Blum，1872—1950），法国左翼政治家，曾于1936年6月至1937年6月，1938年3月至1938年4月及1946年12月至1947年1月三度担任法国总理一职。

"托派—法西斯分子"的指控肯定会引来仇恨和纠纷。各个地方的广大党员被诱导对"托派分子"进行搜捕，而像马联工党那样的政党被赶尽杀绝，成为一味反对共产党的政党。世界工人阶级运动已经开始有分裂危险的苗头。再对一辈子忠心耿耿的社会主义者进行诽谤，再对马联工党进行无中生有的指控，分裂或许将无法弥合。唯一的希望是将政治争论搁置一边，让详尽的探讨成为可能。在共产党和那些站在或宣称站在左翼阵营的人士之间存在着真正的区别。共产党认为通过与资产阶级结盟（民主战线）可以击败法西斯，而他们的政敌则认为这么做只会让法西斯主义有新的滋生土壤。这个问题必须解决：作出错误的决定意味着我们将忍受几个世纪的半奴隶的生活。但到目前为止，任何争论都没有发生，只有"托洛茨基—法西斯分子"的叫嚣，根本无从开始探讨。比方说，我不可能和一个共产党员谈论巴塞罗那巷战的是非对错，因为没有哪个共产党员——也就是说，没有哪个"优秀"共产党员——愿意承认我讲述的是事情的真相。如果他遵循党的方针的话，他会说我在撒谎，或至少我完全被误导了，一个在距离事件现场千里之外、看了一眼《工人日报》新闻标题的人要比我对巴塞罗那所发生的情况有更多的了解。在这种情况下根本不可能进行争辩。我们无法取得必要的最小程度的共识。说像马克斯顿那样的人领取法西斯分子的津贴这样的话有什么用呢？这只能让严肃的讨论没办法进行下去。这就像在一盘棋局中段一个棋手突然间开始大嚷大叫，说对方犯了纵火罪或重婚罪，而问题真正的关键之处却没有被提到。诽谤是解决不了任何事情的。

# 第十二章

三天后巴塞罗那的巷战结束了，我们回到了前线。经过这场巷战——更具体地说，经过了报纸上的互相谩骂——很难再像以前一样以天真的理想主义情怀去看待这场战争。我想任何人只要在西班牙待上几个星期就会经历某种程度上的幻灭。我想起了第一天来到巴塞罗那遇到的那个报纸通讯记者，他对我说："这场战争就像任何其他战争一样乱糟糟的。"这句话深深地触动了我。当时（十二月）我不相信这番话。而到了现在（五月份）我还是不相信，但这番话越来越像是真的。事实上，每场战争都会随着时间一个月一个月地过去而渐渐地走向堕落，因为像个人自由与忠实报道这种事情和军事效率是水火不容的。

现在你开始猜测将会发生什么事情。明眼人都看得出卡巴勒罗政府将会被颠覆，被更加右倾、受共产党影响更深的政府所取代（一两个星期后这件事就发生了），这个政府将致力于彻底摧毁工会的力量。然后，在战胜了弗朗哥后——先把重整西班牙将带来的重大问题搁置一边——前景也并不乐观。至于报纸上说什么这是"一场为了民主的战争",那纯粹是说胡话。没有一个理性的人会认为实现民主有望,就连我们在英国和法国也明白这一点。在西班牙这么一个高度分化和耗尽国力的国家,当战争结束时,成立的政权将会是专政体制,而且建立工人阶级专政的机会已经过去了。这意味着大体上的方向将会朝法西斯制度的方向发展。当然,它会取一个比较委婉的名称,而且因为这里是西班牙,这个体制要比德国或意大利的体制更人性化一些,效率低一些。而另一个结局就是由弗朗哥进行独裁,这肯定会是更糟糕的情况,或者战争会导致西班牙陷入分裂(这总是很有可能的),或许形成军事对峙,或许成为不同的经济体。

无论你选择了什么道路,前景都令人沮丧。但这并不意味着不值得为了西班牙政府而战,对抗更加赤裸裸和更加兵强马壮的弗朗哥和希特勒统治下的法西斯主义。无论战后的政府会犯什么样的错误,弗朗哥的政权肯定会比其更糟糕。对于工人们来说——对于城镇的无产者来说——最终谁获胜都没什么区别,但西班牙主要是一个农业国家,政府获得胜利的话,几乎可以肯定的是,受益者会是农民。至少一部分分到的土地仍将属于他们,而且曾经属于弗朗哥的土地也会被瓜分掉,曾经一度在西班牙部分地方存在的农奴制度也不会得以恢复。这场战争结束后掌握了政权的政府至少会反对神权和反对封建制度。它将限制教会的势力，至少在目前是这样，并促使西班牙走向现代化——比方说，修建公路、提升教育和公共卫生。甚至在战争期间它就已经朝着这个方向做了相对一部分工作了。另一方面，弗朗哥并不只是意大利和德国的傀儡，他还和大封建地主勾结，代表了古板的神权—军事反动势力。人民阵线或许是一个骗局，但弗朗哥是时代的逆流，只有百万富翁或罗马天主教信徒才会希望他获得胜利。

而且，问题还关系到法西斯主义的国际威望，过去一两年来，它就像一场噩梦一直在折磨着我。自 1930 年以来，法西斯分子战无不胜，现在是他们遭到挫折的时候了，输给谁并不重要。要是我们能把弗朗哥和他的外国雇佣军赶到海里去，世界局势将会大大改善，就算西班牙本身落入了令人窒息的独裁政权手中，最好的人士都被关进监狱。单是为了这个，这场战争就有争取胜利的价值。

这就是当时我对事情的看法。我或许可以说，现在我对内格林政府的看法比它刚刚组建的时候有所改观。它以非凡的勇气坚持着艰苦的斗争，展现出了超出所有人想象的政治宽容。但我仍然相信——除非西班牙陷入分裂，结果没办法预料——战后的政府将肯定会是法西斯主义。我再次表明这一点，并让时间像审判预言家那样，证明我是对是错。

　　我们刚刚到达前线就听说鲍勃·斯迈尔利在回英国的途中被捕，并被带到了瓦伦西亚关进了监狱里。从去年十月斯迈尔利就在西班牙。他在马联工党总部工作了几个月，当其他独立工党的会员抵达的时候就加入了民兵组织，大家都知道他将在前线待三个月，然后回英国参加一场巡回宣传。过了一段时间我们才知道他被逮捕的原因。他被剥夺了通讯的权利，甚至连律师也不能见他。在西班牙没有人身保护法——至少在现实中是这样。你可能会一连好几个月被关押在监狱里，甚至没有被指控任何罪名，更别说审判。最后，我们从一个被释放的囚犯那里得知斯迈尔利因"携带武器"的罪名而被逮捕。后来我得知那些"武器"其实是两颗那种战争早期使用的土制手雷，他准备把它们带回英国在讲座时作展览，还有炮弹的弹片和其他纪念品。这两颗手雷的引信和雷管都已经拆除了——只是两个钢筒，完全没有杀伤力。显然，这只是逮捕他的一个借口，因为他跟马联工党有来往。巴塞罗那的巷战刚刚结束，当时的当权者非常担心，不让那些可能与官方的说法口径不一的人离开西班牙。结果，那些人动不动就因琐碎的借口在前线被逮捕。很有可能一开始的初衷只是把斯迈尔利关押几天。但麻烦的是，在西班牙，一旦你被关进监狱，无论有没有经过审判，你通常就待在里面了。

我们仍然在韦斯卡，但他们把我们派驻在右翼更远的阵地，对面就是那座几个星期前我们一度攻占过的法西斯军队的堡垒。现在我担任"特尼恩特①"——我想相当于英国军队里的中尉——负责指挥将近三十名士兵，有英国人，也有西班牙人。他们已经把我的名字上报申请正式委任状，到底能不能升任尚未可知。之前民兵组织的军官们不肯接受正式委任，因为这意味着额外的军饷，与民兵组织的平等精神相悖，但现在他们不得不接受。本杰明已经被提拔为上尉，而克普正在等候升任少校。当然，政府不能罢免掉民兵组织的军官，但他们无法晋升到高于少校的军衔，或许是为了让正规军的军官和士官学校的新人能晋升更高的职位。结果，在我们这个师团和其他师团里，你遇到了这种奇怪的情形：师长、旅长、团长统统都是少校，真是奇哉怪也。

前线的战事并不吃紧。围绕着加卡公路的战斗已经平息了，直到六月中旬才重新打响。在我们的阵地上，主要的麻烦是那些狙击手。法西斯军队的战壕远在一百五十码开外，但他们的地势较高，而且从两边包夹，我们的阵地形成一个呈直角的突出部。那个突出部是一个危险的地点，那里总是会有狙击手造成的伤亡。时不时地，法西斯军队

---

① 原文是西班牙语"teniente"。

会朝我们发射一枚枪榴弹或类似的炮弹。它会发出可怕的巨响——让人心神不宁，因为你不能及时听到它飞过来好躲在一边——但并不算太危险。它在地上炸出的坑只不过有浴缸大小。晚上很暖和宜人，白天则很炎热，蚊子开始肆虐，虽然我们从巴塞罗那带回了干净衣服，但很快我们就变得邋遢不堪。在无人区荒弃的果园里，樱桃在树上变白。连续两天下起了瓢泼大雨，工事里积水了，胸墙矮了一英尺。接下来的那几天我们拿着铲子把黏糊糊的淤泥清理掉，这些西班牙铲子没有手柄，而且像锡调羹一样容易弯曲，根本不好用。

他们答应我们会给连队配备一门战壕迫击炮。我很盼望能分配到这玩意儿。晚上的时候我们通常会去巡逻——这比平时要危险一些，因为法西斯军队的战壕加强了人手，而且变得更加警觉。他们将铁皮罐头放置在铁丝网外围，一听到有动静就以机关枪扫射。白天的时候我们从无人区狙击敌人。你匍匐爬上一百码，就能爬到隐藏在高高的草丛里的一条沟渠那里，居高临下控制着法西斯掩体的一处空隙。我们在沟渠里架设了一个枪架。如果你等候的时间够长，你总是看到一个穿着卡其布军服的身影匆忙从空隙溜过去。我开过几枪。我不知道自己到底有没有打中人——应该是不大可能的事情。我的枪法很烂，但这好玩得很。那些法西斯士兵不知道子弹是从哪儿射来的，迟早总会被我打中一个。然而，

"死去的却是那条狗"①——反倒是一个法西斯狙击手射中了我。那是在我来到前线第十天的时候发生的事情。被子弹击中的整个经历很有趣，我想值得详细讲述一番。

那是凌晨五点钟，就在那个角落的胸墙处。这个时候总是很危险，因为黎明就在我们背后，如果你把头伸出胸墙，天际就会现出头颅的轮廓。我正在和哨兵们商量准备更换岗哨。突然间，就在我说到一半的时候，我感觉到——很难形容我的感受，但我的记忆非常鲜活。

简略地说，那种感觉就仿佛置身于爆炸的中央，似乎我就置身于尖利的枪响和令人为之目眩的火光中，我感到一股强大的冲击——不疼，只是一股强烈的冲击，就像你被一个电插头电到了一样，感觉整个人非常虚弱，一种受到重击后干瘪萎缩到不复存在的感觉。我前面的沙包消失在无尽的远方。我想被雷电击中应该就是这种感觉吧。我立刻意识到自己中枪了，但因为那声巨响和那团火光，我以为是附近的一支步枪走火了，打中了我。这一切就在不到一秒钟的时间里发生。接着我的膝盖一软，倒了下去，头重重地撞在地上，让我心安的是，这一下并不疼。我觉得晕晕乎乎的，知道自

---

① 死去的却是那条狗(the dog it was that died)，此句出自英国诗人奥利弗·古德史密斯(Oliver Goldsmith)的诗作《一只疯狗之死的挽歌》(An Elegy on the Death of a Mad Dog)，该诗的大意是小镇里有一个信奉上帝的好人，与人为善，收留了一只流浪狗，却被它咬伤，邻居们都以为好人要死了，但神迹显现了，善人得救，疯狗却死了。这句诗常被用来比喻一个意想不到的结局。

已伤得很重，但又不是平常那种痛的感觉。

那个我刚刚还在和他说话的美国哨兵冲向前。"天哪！你中枪了吗？"人们围在周围。又是一番司空见惯的慌乱——"把他抬起来！他哪儿中枪了？把他的衬衣撕开！"等等等等。那个美国士兵跟别人要一把小刀想割开我的衬衣。我知道我的口袋里就有一把，想把它掏出来，却发现我的右臂麻木了。因为觉得不疼，我心里有一种模糊的满足感。我想我的妻子应该会感到高兴。她总是希望我能受伤，这样大战爆发的时候我就不用送命。直到现在我才开始犯迷糊到底哪儿中枪了，到底有多严重。我没有感觉，但我知道子弹打中了我身体正面。当我试着说话时，我发现说不出声音，只能发出虚弱的尖叫，但我又努力了一次，挣扎着问自己哪儿中枪了。他们说打中了喉咙。我们的担架员哈利·韦伯已经拿出了一卷绷带和一小瓶给我们作战地包扎用的酒精。他们把我抬起来的时候，我的嘴里吐了很多血，我听到一个西班牙士兵在我身后说子弹击穿了我的脖子。我感觉到酒精洒在伤口上那种惬意而清凉的感觉，而平时那是可怕的刺痛感。

他们又把我放了下去，叫人去拿担架来。知道那颗子弹击穿了我的喉咙，我以为自己这下子死定了。我从未听说过有哪个人或哪只动物被一颗子弹击穿喉咙之后还能活下来。血从我的嘴角边汩汩地流下来。"大动脉出血了。"我心里想。我不知道一个人颈动脉被割破后能撑多久，我想应该不会太久。一切都变得很模糊。大概有两分钟我以为自己已经死了。那真是太有趣了——我的意思是，了解自己在那种时候想些什么事情真的是很有趣。我的第一个想法很老套，想的是我的妻子。我的第二个想法是对离开这个世界感到强烈的憎恨——说到底，我在这个世界还是活得挺舒心的。我曾经鲜活地体验过这个世界。这桩傻兮兮的不幸让我气愤不已。这么死实在是太没有意义了！被干掉了，甚至不是在战斗中被干掉的，而是在战壕里这个发霉的角落。都是拜那一会儿的大意所赐！我还想到了那个开枪打中我的男人——我在想他长得什么样，是西班牙人还是外国人，他是不是知道他打中了我，等等等等。我对他并没有怨恨。我想因为他是一名法西斯分子，如果我有机会的话也会干掉他。但如果他沦为战俘，在这个时候被带到我面前，我只会恭喜他枪法太准了。不过，或许当你真的要死的时候，你的想法会有所不同。

他们把我抬到担架上，这时我那只麻木的右臂恢复了知觉，开始疼得要命。当时我以为我一定是在摔倒的时候摔断了胳膊，但那种疼痛感让我觉得心安，因为我知道当一个人快要死掉的时候是不会有这么敏锐的感觉的。我开始觉得正常了一些，为那四个把担架扛在肩膀上汗流浃背挣扎前行的同伴感到很抱歉。到救护车那里要走一英里半的路，而且是很难走的颠簸湿滑的车道。我知道这趟路很辛苦，因为一两天前我刚刚帮忙扛一个伤兵走过。点缀着我们的战壕的白杨树叶抚弄着我的脸，我觉得能够活在这个长着白杨树的世界上真好。但我的胳膊一直疼痛难忍，疼得我直想骂娘，又试着不去骂娘，因为每一次我呼吸急促的时候嘴里就会吐血。

医生重新包扎了伤口，给我打了一针吗啡，把我送到了希塔莫。位于希塔莫的那间医院是临时建造的木舍，按照规定，伤兵们只会在那里逗留几个小时，然后被送到巴巴斯特罗或莱里达。我被打了吗啡，精神迟钝恍惚，但仍然觉得很疼，基本上动弹不得，老是在咽血。西班牙医院的典型做法就是，我都这副模样了，那位没有受过训练的护士还试图将医院的标准餐——一大碗汤、几个鸡蛋、油腻的炖菜等等——强行灌下我的喉咙，我吃不下的时候似乎还觉得很惊讶。我想要根烟抽，但现在闹烟荒，这里连一根烟也没有。很快，两个得到批准可以离开前线几个小时的同志出现在我的床边。

"你好啊！你还活着，不是吗？太好了。我们要你的手表、左轮手枪和手电筒。还有你的小刀，如果你有的话。"

他们拿走了我的全副家当。当士兵受伤的时候这种事情经常发生——他的财产立刻被瓜分殆尽，理由很正当，因为手表、左轮手枪等东西在前线很珍贵，如果它们放在一个伤员的装备里被运下前线，一定会在路上被偷走的。

到了晚上，等伤兵病员都到得差不多了，足够装满几辆救护车，他们才把我们送到了巴巴斯特罗。这一路可真是太辛苦了！在这场战争中，人们以前总是说，如果你伤到四肢，那你会好起来，但如果伤口是在腹部，那你就死定了。现在我知道为什么了。那几英里的石碴路被沉重的卡车碾成了碎片，而且战争开始之后就没有修葺过，没有一个内出血的伤者经过几英里的颠簸之后还能活下来。砰，咣，咔哒！它让我回到了童年时期，在"白色城市展览会"上有一样恐怖的东西，名叫"旋转皮环"。他们忘了把我们绑在担架上。我还能靠左臂勉强扶稳，但有一个可怜的家伙一头栽倒在车厢地板上，天知道得有多疼。又有一回，一个轻伤员坐在救护车的角落里吐得整辆车都是。巴巴斯特罗的那间医院人满为患，病床挤得几乎紧紧地挨在一起。第二天早上，他们把我们其中一些人运上了医院的火车，把我们送到了莱里达。

我在莱里达待了五六天，和那些伤兵病员还有平民患者混在一起。我的病房里有几个伤得很重。在我旁边的病床上有一个黑发青年，不知得了什么病，吃的那些药让他的尿液呈碧绿的翡翠色。他的夜壶是病房里的一大景致。有一个说英语的荷兰共产党员听说医院里来了个英国人，和我交上了朋友，还给我拿来了几份英国报纸。他在十月份的战斗中伤得很重，想方设法在莱里达的医院待了下来，还娶了一个护士。由于伤势的影响，他的一条腿萎缩得跟我的胳膊差不多粗细。两个我在前线的第一个星期遇到过的民兵来探望一位负伤的朋友，他们认出了我。这两个人都是十八岁左右的小鬼，尴尬地站在我的床边，努力想说点什么好。然后，作为表示对我负伤的同情，他们突然间将口袋里的烟都掏了出来，送给了我，还没等我退回去就跑掉了。真是典型的西班牙人！后来我才知道在这座城镇里买不到烟，他们给了我一个星期的配给。

几天后我可以下床走动了，胳膊打着吊带，不知道为什么，比下垂的时候疼得更加厉害。到了这个时候，我自己摔倒时弄伤的那个部位疼得很厉害，而且几乎完全失声，但子弹的伤口本身却一刻也不觉得疼。这似乎是司空见惯的情况。子弹强大的冲击力压制了局部神经，而炮弹或炸弹的碎片是尖利的，击中你的时候冲击力没有那么大，却会让你疼得要命。医院里有一个惬意的花园，里面有一口池塘养了金鱼和几条深灰色的小鱼——我想是鲌鱼。我经常一连几个小时坐在那儿看着它们。莱里达的做事方式让我了解到了阿拉贡前线的医疗体制——至于前线的其他地方是不是一样我就不知道了。这间医院在某些方面还算不错。医生们很能干，药品和器材似乎没有短缺。但有两个缺点我认为害死了数以百计甚至千计原本可以救活的人。

一个缺点是，前线附近所有的医院基本上都是简易的伤口清理救助站。结果就是，除非你伤势非常严重，设法坐车转移，否则你根本得不到治疗。理论上大部分伤员会直接被送到巴塞罗那或塔拉戈纳，但由于交通工具的匮乏，他们总是得等上一个星期或十天左右才能被送到那里，在此期间他们就一直在希塔莫、巴巴斯特罗、蒙松、莱里达及其他地方逗留，除了偶尔更换干净的绷带之外就没别的治疗，有时候甚至连绷带也没得换。被炸弹炸得血肉模糊的一色人等就用绷带和熟石膏随便包扎一下，伤情用铅笔写在外面，按照规定，绷带要等到十天后那个人被送到巴塞罗那或塔拉戈纳才能拿下来。一路上几乎不可能让你的伤势得到检查。那几个医生没办法应付这样的工作，他们只是匆匆地从你的床边走过，嘴里说着："是的，是的，他们会把你送到巴塞罗那去。""明天战地医院的火车就要出发去巴塞罗那"这句谎言总是说了又说。另一个缺点是，能干的护士很匮乏。显然西班牙供应不了受过训练的护士，或许因为在战前这些工作主要是由修女们在做。我不是在抱怨那些西班牙护士。她们总是以最和蔼的态度对待我，但她们确实太无知了。如何量体温这个她们都会，有一些人知道如何包扎绷带，但基本上就是这样了。结果就是，那些伤情太严重没办法自己照顾自己的人总是被可耻地置之不理。那些护士会由得一个便秘的病号待上一个星期，而且她们很少给那些虚弱得无法自己盥洗的人盥洗。我记得一个胳膊被打残了的可怜虫告诉我，他已经三个星期没有洗过脸了。连床铺也一连好几天没有人整理。所有医院里的伙食都很好——事实上，太好了。在西班牙，给病人塞很多的食物这个风俗要比其他地方更甚。在莱里达的三餐真是好极了。早上大约六点的时候吃早餐，有汤、一个煎蛋卷、炖菜、面包、白葡萄酒和咖啡；午餐甚至更加丰盛——而这时候大部分平民百姓正在忍饥挨饿。西班牙人似乎没有清淡饮食的观念，给健康的人和病人都吃一样的东西——总是那么丰盛油腻的饮食，什么东西都加了一大堆橄榄油。

一天早上，我这间病房的人被通知今天将送我们去巴塞罗那。我设法给妻子发了一封电报，告诉她我就要过去了。不一会儿他们就把我们送上了公共汽车，把我们拉到了火车站。直到火车真的启动了，与我们随行的医院的医务兵才漫不经心地透露我们并不是去巴塞罗那，而是去塔拉戈纳。我猜想是司机改变了主意。"这就是西班牙！"我心想。但他们同意停下火车，让我再发一封电报，这也是非常有西班牙特色的事情，而更具西班牙特色的是，那封电报从未抵达。

他们把我们抬上了配备木头座位的三等普厢，许多伤势严重的人是那天早上才第一次下病床。过了不久，由于闷热和颠簸，有一半的人陷入了崩溃状态，好几个人在地板上呕吐。那个医务兵在那些尸体般四仰八叉的伤兵病员间穿梭，拿着一个装满了水的羊皮水袋，给这张嘴或那张嘴喂水。那水很脏，到现在我还记得那股味道。太阳西沉的时候我们来到了塔拉戈纳。这里的铁路沿着海岸线展开，离大海只有扔一块石头的距离。我们的火车驶进火车站时，一列满载国际纵队的货车正在驶出，桥上有一群人朝他们招手。那列火车很长，挤满了人，野战炮就绑在敞开的车皮上，更多的人簇拥在大炮旁边。我特别生动清楚地记得那列火车在昏黄的暮光中驶过的一幕。一个窗户接一个窗户挤满了黑漆漆的笑脸，那些大炮长长的、翘起来的炮管，挥舞着的猩红色围巾——这一幕就慢慢地在我们面前驶过，背景是一片宝石绿的海洋。

有人说道："外国人。这帮人是意大利人。"显然，他们的确是意大利人。没有其他民族的人会像他们这么别致地聚在一起，或如此优雅地向群众们回礼致意——虽然火车上有一半的人拿着红酒瓶底朝天地喝酒，但依然保持着优雅。后来我们听说他们隶属于三月份赢得瓜达拉哈拉大捷的部队。他们刚放完假，正被送往阿拉贡前线。我想大部分人几个星期后就在韦斯卡遇害了。那些能够站起来的伤兵都穿过车厢，在那些意大利人经过的时候朝他们欢呼。一根拐杖伸出窗外挥舞着，缠着绷带的胳膊作出红军式的敬礼。它就像是一幅战争的讽刺画。这列火车载着新兵骄傲地上前线，而伤兵们则慢慢地从前线溜开。但那些敞开的车皮上的大炮让人心潮澎湃，大炮总是能让人觉得心潮澎湃，使得那种很难摈除的害死人的感觉再次油然而发：说到底，这场战争是光荣的。

塔拉戈纳的医院规模很大，收容了来自各个前线的伤兵。你在那里可以目睹多么可怕的创伤！我猜想他们是以最新的医学手段处理某些伤情，但实在是惨不忍睹。那就是让伤口完全敞开，没有包上绷带，而是用靠金属丝撑开的薄薄的棉布纱网包着，不让苍蝇叮咬到。透过棉布纱网你可以看到血淋淋的、胶状的半愈合伤口。有一个人的脸和喉咙受伤了，半边头用棉布纱网包成半球状的头盔，嘴巴被缝合起来，靠一根固定在嘴唇间的小管子呼吸。可怜的家伙。他看上去很孤独，来回地徘徊着，透过棉布纱网看着你，却说不出话。我在塔拉戈纳待了三四天，恢复了力气。有一天，我慢慢地走到了海滩边。看到海边的生活几乎依然和往常一样，这感觉实在是很奇怪。滨海大道两边是一间间时尚咖啡厅，肥头大耳的本地中产人士在那里泡澡晒太阳，坐在沙滩椅上，似乎千里之内根本没有战事在进行。不过，事有凑巧，我看到一个泡澡的人淹死了，而在那片清浅温暖的海域里这本来是不可想象的事情。

在离开前线八九天后，我的伤口终于得到了检查。在检查新到的伤兵的手术部，拿着大剪刀的医生将伤兵们在前线后方的救助站包扎的保护被打断的肋骨和锁骨的护胸石膏板给剪掉。透过那具庞大而笨重的护胸石膏板的颈洞，你可以看到一张忧郁的、脏兮兮的脸露了出来，上面长着一个星期没有剃的茂密的胡须。那个医生三十岁左右，是个快活英俊的年轻人，让我坐在一张椅子上，用一块粗糙的纱布固定住我的舌头，将它拉出到最长的程度，将一面牙医用的镜子探进我的喉咙，吩咐我发出"呃！"的声音。检查完的时候我的舌头在流血，而且泪水直流。他告诉我一根声带废了。

"那我什么时候能恢复声音？"我问道。

"恢复声音？噢，你是没指望恢复声音的了。"他快活地说道。

不过，结果证明他是错的。有两个月的时间我只能轻声细语地说话，但之后我的声音突然恢复了正常，另一根声带发挥了"补偿作用"。我的胳膊很疼，那是因为子弹损害了颈后的一束神经。那是一种放射性的疼痛，就像是神经痛，大概疼了一个月左右，到了晚上疼得特别厉害，搞得我老是睡不好。我右手的手指也半瘫痪了。直到现在，过了五个月，我的食指仍然是麻木的——颈伤弄成这样真是很奇怪。

这个伤口的情况有点异样，好几个医生检查过后都咋舌说："真是走运！真是走运！"其中一个医生以权威的姿态告诉我那颗子弹偏离大动脉"大概只有一毫米"。我不知道他是怎么知道的。这段时间我遇到的每个人——医生、护士、诊所医务人员或病友——都对我说只有运气最好的家伙才能被子弹穿喉而不死。但我忍不住想，没有被打中的人运气不是更好吗？

# 第十三章

我在巴塞罗那待了几个星期，这段时间空气中弥漫着一种古怪而邪恶的气氛——疑惑、恐惧、不安还有遮遮掩掩的仇恨的气氛。五月的巷战留下了不可磨灭的痕迹。卡巴勒罗政府被颠覆后，共产党掌握了绝对的权力，内部秩序的掌控权被移交到共产党内阁手中，大家都知道一有机会他们就会消灭其政治对手。到目前为止还没有事情发生，我自己也没有预料到将会发生什么事情，但我总是有一种模糊的危险的预感，察觉到不幸即将发生。尽管你根本没有卷入阴谋，但那种气氛迫使你觉得自己就像一个同谋者。你似乎总是得坐在咖啡厅的角落里压低嗓子说话，不知道坐在隔壁桌子的那个人是不是政治间谍。

由于出版受到审查，各种各样险恶的谣言漫天飞。有一个传闻说内格林—普里托政府准备妥协求和。当时我倾向于相信这个传闻，因为法西斯军队已经逼近毕尔巴鄂，西班牙政府似乎却对此束手无策。城里到处飘扬着巴斯克的旗帜，女孩子们摇晃着捐献箱到咖啡厅里募捐，广播一直在宣传"英勇的捍卫者"的事迹，但巴斯克人没有得到真正的援助。这种情况很容易让人觉得政府在玩两面三刀的把戏。后来发生的事情证明了我这个想法是错的，但要是政府能再积极一些，毕尔巴鄂或许就能得救。只要在阿拉贡前线发动攻势，就算不成功也能迫使弗朗哥分兵增援。而事实上，政府直到为时已晚的时候才开始展开进攻——那时候毕尔巴鄂已经沦陷了。国工联派发了许多传单，上面写道："保持警惕！"并暗示"某个政党"（意指共产党）正在筹划政变。另外还有一则广为传播、令人担心的消息，说加泰罗尼亚就要被入侵了。早前，当我们回到前线时，我已经见到了在前线后方几十英里的地方正在修建坚固的防御工事。巴塞罗那整座城市正在挖掘修建新的抵御炮弹的掩体。经常有空中袭击和海上袭击的恐慌，更常有的是假警报，但每一次警报响起时，全城就会连续熄灯几个小时，惊慌失措的人们躲到地窖里。政治密探无处不在。监狱里仍然关满了五月巷战的时候收押的犯人，还有其他人——当然都是那些无政府主义者和马联工党的支持者——三三两两地消失在监狱里头。据说没有一个人被审判或定罪——甚至连被扣上"托洛茨基分子"这样的罪名也没有。你就被抓进监狱里，关押在那儿，与外界失去了联系。鲍勃·斯迈尔利仍然被关在瓦伦西亚的监狱里。我们对情况几乎一无所知，只知道派驻那里的独立工党的代表或律师都不能获准和他见面。国际纵队和其他民兵组织的外国人被抓进监狱，人数越来越多。通常，他们是被当成逃兵抓起来的。现在基本上没有人确切地知道到底一个民兵是志愿兵还是正规士兵。几个月前，任何参加民兵组织的人都被告知他是志愿参军，到了放假的时候，只要他愿意，随时可以得到退伍证明。现在政府似乎改变了主意，民兵成了正规士兵，如果想回家就会被当成逃兵处置。但就连这件事也似乎没有人能够确定。某些地方的前线，军部仍然在颁发退伍证明。在前线，这些证明有的得到承认，有的不能得到承认，要是不被承认，你立刻就会被关进监狱。后来，洋"逃兵"的人数膨胀到好几百人，但大部分人因为他们的国家提出抗议而被遭返回国。

街头到处是荷枪实弹的突击近卫军，国民自卫队仍然扼守着咖啡厅和其他战略要地的建筑。许多加联社党控制的建筑仍然摆着沙包和工事。在城里的很多地方国民自卫队和武警设置了岗哨，他们会把路过的人拦下来，要求查看他们的通行证。每个人都警告我不要亮出自己的马联工党民兵证，拿出我的护照和医院证明就好了。即使被人知道我曾经在马联工党民兵组织里服役过也是件危险的事情。马联工党的负伤或休假的民兵被处以小打小闹的惩罚——比方说，他们很难领到津贴。《战斗报》仍然在发行，但内容遭到审查，几乎不复存在，而《团结报》和其他无政府主义者的报纸也遭到了严厉的出版审查。有一条新规定要求一份报纸被审查而毙掉的栏目不许开天窗，必须补充上别的内容，这样一来，读者就不知道什么时候有报道被砍掉了。

战争期间上下波动的食物短缺问题现在变得特别严重。面包稀缺，米里掺杂了别的价格低廉的粮食，兵营里的士兵分到的面包都是些像是油腻子的东西，糟糕透顶。牛奶和白糖极度紧张，烟草几乎没有了，只有昂贵的走私烟。橄榄油也很稀缺，而西班牙人拿橄榄油有六七种不同的用途。排队等候买橄榄油的女人得由骑着马的国民自卫队看着，有时候这帮士兵会让马匹倒退着插进队伍里踩那些女人的脚指头，以此取乐。零钱短缺在当时是一件让人讨厌的小事情。银币已经退出流通，但新的硬币还没有发行，因此，在一角钱和两块半比塞塔钞票之间没有其他辅币，而且十比塞塔面额以下的纸钞非常稀缺。①对于极度贫穷的人来说，这意味着食物短缺变得更加严重。一个手里只有一张十比塞塔面额钞票的女人可能在杂货店外面排队几个小时，然后什么也买不到，因为店主没有零钱，而她又不能把整张钞票都花光。

要表达出当时那种梦魇般的气氛并不容易——由于报纸遭到审查，而且到处是荷枪实弹的士兵，谣言又总是在变，

---

① 原注：1 比塞塔的购买力约等于 4 便士。

因此制造了一种奇怪的紧张情绪。那种情绪很难表述，因为在当时英国未曾有过这样的气氛和事情。在英国，政治上的不宽容并不是理所当然的事情。小打小闹的政治迫害确实存在——如果我是一个矿工，我不会愿意被老板知道我是一个共产党员。但那种"优秀党员"，那种暴徒加高音喇叭的大陆政治手段仍然是罕见的事情，而"清算"或"消灭"每一个意见与你不同的人这一观念还没有被视为自然而然的事情。但这种事情在巴塞罗那却被视为天经地义。"斯大林派"大权在握，因此，每一个"托派分子"当然面临灭顶之灾。每个人害怕的那件事情终究没有发生——新一轮的巷战如果爆发，和之前一样，将会怪罪在马联工党和无政府主义者身上。我时不时会竖起耳朵，想倾听头几声枪响。似乎有某个庞大而邪恶的情报机关正在全城展开工作。每个人都注意到了这一点，并对此作出评论。奇怪的是，几乎每个人说的都是相同的话："这个地方的气氛——真是太可怕了，就像置身于一座疯人院一样。"但或许我不应该说是每个人。有的英国游客短暂地途经西班牙，从一家酒店换到另一家酒店，似乎没有注意到整体的气氛有什么异样。我注意到，阿瑟尔公爵夫人①写道（1937 年 10 月 17 日《周日

---

① 凯瑟琳·玛尤莉·斯图亚特-穆雷（Katharine Marjory Stewart-Murray，1874—1960），封号阿瑟尔公爵夫人（Duchess of Atholl），英国左翼女政治家，因在西班牙内战中积极支持西班牙共和政府而被称为"红色公爵夫人"，后与共产主义运动决裂，反对苏联对波兰、捷克斯洛伐克和匈牙利的控制。

快报》）:

> 我到过瓦伦西亚、马德里和巴塞罗那……这三座城
> 市秩序井然，没有看到军队把守。我待过的所有酒店不
> 仅"很正常"、"体面"，而且非常舒服，虽然黄油和咖
> 啡面临紧缺。

真是奇怪，英国的旅行者不相信在豪华酒店之外所存在
的事情。我希望他们能为阿瑟尔公爵夫人弄到一些黄油。

我在莫林疗养院——由马联工党经营的疗养院之一。这
个地方位于接近万国山①的郊区，这座奇形怪状的山突兀地
在巴塞罗那后面拔地而起，相传这里就是撒旦向耶稣展现地
上万国的山峦（因而得名）。这座房子原本属于某个富有的资
产阶级人士，在革命时被充公。在那里的大部分人要么因病
离开前线，要么因伤致残——截肢什么的。那里有几个英国
人：伤了一条腿的威廉姆斯，因疑患肺结核而从前线被遣
返、才十八岁的斯塔福德·科特曼，还有亚瑟·克林顿，他
的左臂被打断了，仍然吊在一个那种巨大的绷带装置上，那
东西被戏称为"飞机"，西班牙的医院用的就是这个。我的
妻子仍然待在欧陆酒店，大体上我会在白天的时候来到巴塞

---

① 提比达波山(Tibidabo)，其名字起源于拉丁文版的《圣经·马太福音》。

向加泰罗尼亚致敬 | 231

罗那。早上我通常会去总医院接受胳膊的电疗。那是一件很奇怪的事情——施加一系列刺痛的电流，让很多组肌肉猛地上上下下地抽动——但这方法似乎有效，我恢复了手指的活动能力，疼痛也减轻了一些。我们两人都觉得我们最好得尽快返回英国。我的身子很虚弱，可能会永远失声，医生告诉我起码得疗养几个月才能恢复健康参加战斗。我得尽快开始挣钱，留在西班牙吃掉别人需要的粮食似乎没有多大的意义。但我的动机主要是出于自私。我非常渴望摆脱这一切，离开可怕的政治怀疑和仇恨的气氛，离开到处是荷枪实弹的士兵的街道，离开空袭、战壕、机关枪、发出尖叫的电车、没有牛奶的茶、油腻腻的烹调和香烟的匮乏——远离几乎每一样我知道和西班牙联系在一起的事物。

总医院的医生开具了我健康条件不佳的证明，但要得到退伍证明我得去前线附近一间医院和医委会见面，然后到希塔莫的马联工党民兵总部给证明盖章。克普刚从前线回来，满心欢喜。他刚刚参与了军事行动，说韦斯卡即将被攻下。政府从马德里前线调来军队，集中了三万兵力，还有大规模的空中支援。那些我见到从塔卡戈纳上前线的意大利人向加卡公路发起了进攻，但伤亡惨重，损失了两辆坦克。不过，克普说那座城市肯定会攻下的。（呜呼！这件事情并没有发生。那次进攻极其混乱，而且没有任何结果，只是报纸上对其进行了一轮夸张的撒谎。）与此同时，克普得去瓦伦西亚与军部见面。他有一封东线部队司令波扎斯将军[1]给他开具的信件——这封信里介绍克普"完全值得信任"，推荐他到工程部执行一项特别任务（克普曾经当过民事工程的工程师）。他去瓦伦西亚的当天我去了希塔莫——那是 6 月 15 日。

那是在我回到巴塞罗那的五天前。我们一卡车人在大约午夜来到希塔莫，一到马联工党总部他们就让我们排成队列，开始给我们分发步枪和子弹，连我们的名字也没有登记。似乎进攻开始了，他们随时可能需要预备役的士兵。我的口袋里有医院开的证明，但我不好意思开口拒绝与其他人奔赴战场。我睡在地上，拿一个子弹匣当枕头，心情低落到了极点。受伤让我当时勇气全无——我相信这种事情经常发生——想到就要置身于枪林弹雨之中把我吓得魂飞魄散。不过，和往常一样，又是"明天"，到最后我们并没有被征召入伍。第二天早上，我拿出医院的证明，去找人开具退伍文件。那意味着一系列困惑而累人的行程。和往常一样，他们让我在医院之间跑来跑去——希塔莫、巴巴斯特罗、蒙松，然后又回到希塔莫给我的退伍证盖章，然后又经过巴巴斯特罗和莱里达来到前线——韦斯卡的部队集结征用了一切交通工具，使得任何事情都乱了套。我记得在奇奇怪怪的地方睡

---

[1] 塞巴斯蒂安·波扎斯·佩雷亚（Sebastián Pozas Perea, 1876—1946），西班牙军人，西班牙内战后流亡墨西哥。

觉——有一次睡在医院里，有一次睡在阴沟里，有一次睡在一张狭窄的长凳上，半夜里摔了下来，还有一次住进了巴巴斯特罗的一间市政寄宿旅馆。一旦你离开了铁路就没有别的交通方式了，只能找机会跳上路过的卡车。你只能在路边等上几个小时，有时候一等就是三四个小时，成群结队、郁郁寡欢的农民扛着成捆满满当当的鸭子和兔子，朝一辆接一辆卡车招手。当最后你上了一辆不是满载着人就是满载着面包或弹药箱的卡车后，那些糟糕的公路颠簸差点没把你颠成肉团。没有哪一匹马能比那些卡车把我颠得更高。唯一的方法就是紧紧地挤在一起，互相搂住对方。让我觉得丢脸的是，我仍然太虚弱了，爬不上卡车，得让别人帮忙。

我在蒙松医院睡了一晚，在那里我去见了医委会。我旁边那张床睡着一个突击近卫军，他的左眼受伤了。他很友善，还给了我几根香烟。我说："要在巴塞罗那，我们就得朝彼此开枪了。"说到这儿我们俩都笑了。真是奇怪，当你来到前线附近时，整体的气氛似乎就变了。政党之间的刻骨仇恨全都消失了，或者说，几乎都消失了。我在前线的时候，从来不记得有哪个加联社党的追随者因为我是马联工党的人对我表示过敌意。那种事情只有在巴塞罗那或离战争更遥远的地方才会出现。在希塔莫有许多突击近卫军的士兵。他们从巴塞罗那被派来参与进攻韦斯卡的战斗。突击近卫军并不是一支准备派往前线的部队。许多士兵此前从未上过战场。在巴塞罗那的时候他们是街头的小霸王，但到了这里他们都是"菜鸟"（新丁），和已经在前线好几个月的民兵队伍里十五岁的孩子厮混在一起。

在蒙松医院，医生和往常一样把我的舌头拉出来，把镜子塞进喉咙里，和其他医生一样快活地向我保证我甭想恢复声音了，然后签署了我的医疗证明。当我在等候体检时，手术室里正在进行某个没有施行麻醉的可怕手术——为什么不施行麻醉我就不知道了。手术一直在进行，惨叫声不绝于耳，当我进去里面的时候，椅子扔得到处都是，地板上是一摊摊鲜血和尿液。

很奇怪，最后那趟行程的细节一直留在我的脑海里。我的心态变了，变得比过去几个月来更加富于观察力。我拿到了退伍证明，上面盖了二十九师的章，还有医生的证明，里面写了我"无法作战"。我可以回英国了，于是，我几乎是第一次好整以暇地观察西班牙。我有一整天的时间待在巴巴斯特罗，因为那里一天只有一趟火车。以前我总是匆匆一瞥巴巴斯特罗，它对于我来说只是战争的一部分——一处灰暗、泥泞、冰冷的地方，充斥着轰鸣的卡车和褴褛的部队。现在这里看上去很不一样了。我四处闲逛，开始注意到那些蜿蜒而迷人的街道、旧石桥、堆着齐人高、渗出酒味的大酒桶的红酒店，还有那些迷人的、半在地下的商店，里面有人在制作车轮、匕首、木勺和羊皮水囊。我看着一个男人做羊

皮水囊，觉得非常有趣。我以前不知道原来有毛的那一面是
在里面的，而且那些毛都没有去掉，因此，你喝的是经过羊
毛过滤的水。我用这些水囊喝了几个月的水，还不知道这件
事。在城后面有一条浅浅的、翠绿色的河流，中间耸起一座
垂直的石崖，石头中间就修筑了房子。你可以从卧室的窗户
往下面吐痰，吐进一百英尺下方的河水里。在崖壁里生活着
不计其数的鸽子。在莱里达有破破烂烂的老建筑，在屋檐上
有成千上万的燕子筑了巢，因此，隔着一小段距离望去，那
一团团结成硬壳的燕巢看上去就像洛可可时期①绚丽的装饰
线条。过去将近六个月我对这些熟视无睹，真是奇怪。我的
口袋里揣着退伍证明，我感觉重新像一个人，而且像一个游
客。我几乎是第一次觉得自己真的身处西班牙，一个我毕生
都盼望着参观的国家。在莱里达和巴巴斯特罗安静的后巷
里，我仿佛依稀看到了每个人印象中的遥远的西班牙。白色
的山峦、牧羊人、宗教法庭的地下监狱、摩尔人的宫殿、黑
色蜿蜒的骡队、灰色的橄榄树和柠檬树林、穿着黑色披风的
女郎、马拉加和阿里坎特的红酒、大教堂、红衣主教、斗
牛、吉卜赛人、小夜曲——简而言之，西班牙的风情。它是
全欧洲最能激发起我的想象力的国度。当我最终来到这里
后，看到的只有这一片东北地区，而且身处这场莫名其妙的

---

① 洛可可（Rococo），十八世纪源于法国的一种艺术风格，讲究精细的细节刻
画、淡雅的色调和流畅优美的线条组合。

战争中，大部分时间都是冬天，这似乎是一个遗憾。

我回到巴塞罗那时天色已晚，没有出租车了。我去不了城外的莫林疗养院，于是我动身出发去欧陆酒店，中途停下来吃晚饭。我记得与一个非常慈祥的侍者聊起他们用来盛红酒的镶铜橡木酒壶。我说我想买一套带回英国。那个侍者心有同感，"是的，它们很漂亮，是吧？但如今是不可能买到了，没有人在制造这些东西——什么东西都没有人制造。都怪这场战争——真是遗憾！"我们都觉得这场战争确实是一场遗憾。我又一次觉得自己像是一个游客。那个侍者温和地问我喜不喜欢西班牙，我还会不会回来。是的，我会再回西班牙。这番平和的对话留在了我的记忆里，因为接着立刻发生了一些事情。

我来到酒店时，我的妻子正坐在大堂里。她起身朝我走来，让我惊讶的是，她一副满不在乎的样子，然后她一只手搂着我的脖子，露出一个甜蜜的微笑给大堂里别人看，然后在我耳边轻声说道：

"出去！"

"怎么了？"

"赶快出去！"

"怎么了？"

"不要站在这儿！你得马上出去！"

"怎么了？为什么？你什么意思？"

她抓住我的胳膊，已经领着我往楼梯走去。走到半途的时候我们遇到了一个法国人——我不能透露他的名字，因为虽然他和马联工党没有关系，但在困难的时候他一直帮助我们。他关切地看着我。

"听着！你不能到这儿来。赶快出去，在他们通知警察之前躲起来。"

瞧！楼梯底下一个是马联工党党员的酒店员工（我猜想管理层不知道这件事）这时偷偷摸摸地溜出电梯，用蹩脚的英语叫我出去。直到现在我还是不知道到底发生了什么事情。

"这到底是怎么一回事？"我们一走到人行道上我就问道。

"你没有听说吗？"

"没有。听说什么？我什么也没听说。"

"马联工党被取缔了。他们攻占了所有的大楼。几乎每个人都被抓进了监狱。大家都说他们已经开始枪毙人了。"

原来是这样。我们得找个地方说话。兰布拉斯大道的大咖啡厅都有警察在把守，但我们在一条巷子里找到一间僻静的咖啡厅。我的妻子向我解释了在我离开期间所发生的事情。

6月15日，警察突然在安德鲁·尼恩的办公室逮捕了他，并在同一天晚上突然袭击猎鹰旅馆，抓走了里面所有的人，大部分是休假的民兵。那个地方立刻被改造成监狱，很快就关满了各种犯人。第二天，马联工党被宣布为非法组织，所有的办公室、书亭、休养所、红十字援助中心等等都被占领。与此同时，警察在逮捕与马联工党有关系的一干人等。在一两天之内，执行委员会的四十位成员基本上都被逮捕入狱。有一两个逃出生天躲了起来，但警察抓住了他们的妻子作为人质（这一招在这场战争中交战双方都频频使用）。我们无从了解到底有多少人已经被捕。我的妻子听说单是在巴塞罗那就有大约四百人被捕。就算是在当时我也认为数字要比这多上许多。最不可思议的人也被捕了。有时候警察甚至跑到医院里，把受伤的民兵也抓起来。

这件事太让人气愤了。这到底是怎么一回事？我可以理解他们镇压马联工党的动机，但他们要抓人干什么？没有人能够知道为什么。显然，镇压马联工党是有追溯效力的，现在马联工党成了非法组织，因此曾经为它效命的人也成了罪犯。和以往一样，那些被逮捕的人没有经过审判。不过，与此同时，瓦伦西亚共产党的报纸在宣传关于一场规模庞大的"法西斯阴谋"的故事；与敌人进行无线电通讯，以隐形墨水签署文件等等。前面我已经讲述过这个故事。重要的是，只有瓦伦西亚的报纸在报道这件事。我想我说的没错，在任何一份巴塞罗那的报纸上，无论是共产党的报纸、无政府主义者的报纸还是共和派的报纸，都没有关于镇压马联工党的只言片语。我们不是从西班牙报纸，而是从一两天后抵达巴塞罗那的英国报纸那里了解到对马联工党领导人的确切指控。当时我们无从得知通敌和从事间谍活动的指控其实不关政府的事，后来政府的成员否定了这件事情。我们只是模糊地了解到，马联工党的领导人以及我们大家都被控告接受了法西斯分子的资助。而且，谣言已经满天飞，说监狱里正在实施秘密枪决。关于这件事有许多夸张的说法，但肯定有人被枪决了，而且几乎可以肯定这种事情就发生在尼恩的身上。尼恩遭逮捕后被带到瓦伦西亚，然后又带到了马德里，6 月 21 日，他被枪决了的传闻传到了巴塞罗那。后来传闻越来越确切：尼恩在监狱里是被秘密警察枪毙的，尸体被丢到了大街上。这个传闻来自几个渠道，包括曾在政府中任职的费德里科·蒙特塞尼斯。从那天直到今天就再也没有尼恩依然在世的消息。后来，当政府被各国组成的代表团质问时，他们吞吞吐吐，只是搪塞说尼恩失踪了，下落不明。有的报纸刊登了他已经逃到法西斯统治区的传闻。没有证据印证这个说法，而司法部长伊鲁乔后来宣称西班牙的新闻媒体歪曲了他的官方公报。①不管怎样，像尼恩这么一个重要的政治犯要越狱是几乎不可能的事情。除非以后他被证实仍然活着，否则我认为我们可以认定他在狱中被杀害了。

---

① 原注：参阅我在第二章里提到的关于马克斯顿代表团的报道。

逮捕的传闻接踵而来，一直持续了好几个月，不计法西斯分子在内的政治犯的数目膨胀至数千人。值得注意的是，基层的警察简直无法无天。许多逮捕被承认是非法的，许多原本被警察署长释放的人在监狱门口又被重新逮捕，并被带到了"秘密监狱"。一个典型事例就是科特·兰道和他的妻子。他们大约是在6月17日被捕的，兰道很快就"失踪"了。五个月后，他的妻子仍然被关在监狱里，没有审讯，也没有丈夫的音讯。她宣布进行绝食，司法部长得悉后派人告诉她，她的丈夫已经死了。不久她便被释放，但立刻再次被逮捕并关进监狱。值得注意的是，警察似乎完全不理会他们的行动会对战争造成什么影响，至少在刚开始的时候是这样。在没有得到许可令之前他们就毫不犹豫地逮捕重要岗位上的军官。到了六月底，二十九师的师长何塞·罗维拉在前线附近被巴塞罗那派来的一帮警察逮捕。他的部下派出代表团到国防部抗议，却发现国防部或警察署长奥特加都不知道罗维拉被捕这件事。在整件事情中，最让我耿耿于怀的细节就是对前线部队封锁消息，不让他们知道正在发生什么事情，虽然这细节或许并不是非常重要。正如你所了解到的，我和前线的其他人对马联工党遭到镇压这件事一无所知。所有的马联工党民兵总部、红十字中心等机构照常运作，直到6月20日，就在距离巴塞罗那不过100英里远的莱里达前线，没有人听说发生了什么事情。巴塞罗那的报纸对此只字未提（而对间谍事件正在进行报道的瓦伦西亚的报纸没有发行到阿拉贡前线）。显然，逮捕所有在巴塞罗那休假的马联工党民兵的一个原因就是防止他们把消息带回前线。6月15日跟我一起上前线的那批新兵一定是抵达那里的最后一批。我仍然搞不明白事情是如何保密的，因为供应军需的卡车仍然在穿梭不停地来来回回，但无疑没有人泄露秘密。后来我从几个人那里了解到，直到几天后前线的士兵才听到了风声。种种事情的动机非常明显。进攻韦斯卡的战斗刚刚打响，马联工党民兵仍是独立的部队，他们担心如果前线的士兵知道发生了什么事情，他们或许会拒绝战斗。事实上，当消息抵达前线时，这种事情并没有发生。在中间那几天，一定有不少士兵临死前仍不知道后方的报纸斥责他们为法西斯分子。这种事情是不可原谅的。我知道对部队封锁坏消息是常用的方法，或许大体上说这么做是情有可原的。但把士兵送上前线，却不告诉他们在后方他们的政党正被镇压，他们的领袖被诬以叛国罪名，他们的亲友被抓进监狱，这是另一码事情。

我的妻子开始告诉我发生在我们众多朋友身上的事情。有的英国朋友和外国友人已经穿越了边境。当莫林疗养院被搜查时，威廉姆斯和斯塔福德·科特曼还没有被逮捕，正躲在某个地方。约翰·麦克奈尔也躲了起来。他原本在法国，马联工党被宣布为非法组织后又回到了西班牙——非常冒险的行为，但他不肯在同志们身处危难的时候留在安全的地方。至于其他人，我们总是听到"他们逮捕了谁谁谁"的传闻。他们似乎逮捕了几乎所有的人。我惊讶地听到他们还逮捕了乔治·克普。

"什么！克普？我以为他在瓦伦西亚呢。"

原来克普已经回到了巴塞罗那，带着国防部给东线负责工程运作的上校的信函。他当然知道马联工党被镇压了，但或许他没有想到警察会傻到在他执行紧急军事任务的时候逮捕他。他去了欧陆酒店拿行李，当时我妻子出去了，酒店的人一边撒谎把他留了下来，一边通知警察。我得说，当我得悉克普被捕时心里很愤怒。他是我的朋友，这几个月来是我的上级，我和他一起出生入死。我熟知他的情况。他牺牲了一切——家庭、祖国、生计——来到西班牙抗击法西斯主义。他未经许可就离开了比利时，而在比利时陆军预备队服役时就加入了一支外国军队，早前又非法帮助西班牙政府生产军火弹药，如果他回到自己的祖国的话，会被宣判许多年的有期徒刑。从 1936 年 10 月他就在前线服役，从民兵晋升为少校，不知参加了多少回战斗，曾负过一次伤。在五月份的巷战中，我亲眼看到他阻止了一场战斗，或许救了十到二十个人的命。而他们的回报就是把他关进了监狱。生气只是在浪费时间，但这种歹毒而愚蠢的事情确实让你按捺不住脾气。

这段时间以来他们没有"逮捕"我的妻子。她一直住在欧陆酒店，警察没有去抓她，显然是把她当成了圈套的诱饵。不过，几天前的一个晚上，凌晨几点钟的时候，六个便衣警察闯进了我们在酒店的房间进行搜查。他们抢走了我们的每一张纸，还好他们没有拿走护照和支票簿。他们拿走了我的日记、所有的书籍、过去几个月来积累的所有剪报（我经常纳闷那些剪报对他们来说有什么用）、我的所有战争纪念品、我们所有的信件。（顺带提一下，他们拿走了几封我从读者那里收到的来信。有的信还没有回——当然，我这下没有回信地址了。如果有人曾经写信给我，谈论我的上一部作品，而没有收到我的回信，又刚好读到这里，他会接受这个道歉的说法吗？）后来我了解到，警察还没收了我留在莫林疗养院的许多东西。他们甚至搬走了一捆我的旧内衣。或许他们觉得上面用隐形墨水写了字。

显然，我的妻子待在酒店里会比较安全，至少目前来说是这样。如果她试图逃跑，他们一定会立刻逮捕她。至于我自己，我应该躲起来。这一前景让我觉得很愤怒。虽然有无数人被逮捕，但我几乎不相信我的处境很危险。这件事似乎毫无意义。正是因为不肯把这毫无意义的屠杀当真，克普才进了监狱。我一直问自己，为什么会有人想要逮捕我？我犯了什么事？我甚至不是马联工党的党员。当然，在五月份的战斗中我扛过枪，但得有四五万人（我猜的）参与其中。而且，我迫切需要好好睡上一晚，我想冒险回酒店。我的妻子坚决不肯。她耐心地解释了情况：我做过什么或没做过什么并不重要。这不是在抓捕罪犯，这是赤裸裸的恐怖统治。我没有犯下任何明确的罪行，但我的罪名是怀有"托洛茨基主义"思想。我曾经在马联工党的民兵部队里服役过，这就已经足够让我进监狱了。抱着英国那一套，以为自己没有违反法律就不会有危险是行不通的。事实上，法律都是警察说了算。我能做的就只有潜伏起来，掩盖我和马联工党有过往来这一事实。我们检查了我口袋里的文件。我的妻子叫我把民兵的身份卡撕掉，因为上面白纸黑字印着"马联工党"四个字，而且背景是一群民兵和一面马联工党旗帜的相片。如今就是这些东西让你被逮捕的。但是，我必须保留我的退伍文件，即使这些可能会带来危险，因为上面有二十九师的印章，警察或许知道二十九师就是马联工党。但要是没有这些的话，我可能会被当成逃兵抓起来。

现在我们必须考虑如何离开西班牙。迟早都会被关进监狱，再待下去也没有意义了。事实上，我们俩都希望能留下来，看看会发生什么事情。但我预见到西班牙的监狱会是非常糟糕的地方（事实上，它们比我想象中的还要糟糕得多），一旦进了监狱，你永远不会知道自己何时能出来，而我身体很虚弱，胳膊老是疼。我们安排了第二天去英国领事馆，科特曼和麦克奈尔也会去那儿。可能得花几天时间才能把我们的护照搞定。在离开西班牙之前你的护照必须在三个不同的地方盖章——警察署长、法国领事和加泰罗尼亚移民局。当然警察署长那里会很危险。但或许英国领事可以在不让别人知道我们曾经与马联工党打过交道的情况下把事情搞定。显然，肯定有一个外国"托派分子嫌疑犯"的名单，而我们的名字很有可能会列入其中，但运气好的话，我们可能在名单出来之前就抵达边境。中间肯定会经过许多纠缠和等待，幸运的是，这里是西班牙，不是德国。西班牙的秘密警察有点盖世太保的劲头，但没有他们能干。

于是，我们分开了。我的妻子回到了酒店，而我就在黑暗中徘徊，寻找地方睡觉。我记得我当时的心情阴郁又无聊，我多么想在床上睡上一晚！我哪儿都去不了，没有一间房子能让我避难。马联工党基本上没有地下组织。它的领导人一早就预料到会遭到镇压，但他们没想到会有这种情况的大规模搜捕。事实上，他们毫无防备，直到马联工党被镇压的当天还在进行大楼的整改工作（别的且不说，他们要在行政大楼修一间电影院，以前那里原本是一间银行）。结果，每一个革命政党都应该有的碰头地点和匿藏地点统统都没有。天知道有多少人——被警察抄家的人——当晚睡在街头。我疲惫地躲藏了五天，睡在难以想象的地方，我的胳膊疼得要命，现在这些傻瓜正在到处搜捕我，而我只能再一次睡在地上。那就是当时我的想法。我没有进行任何正确的政治反思，当事情正在发生的时候我从来不会这么做。似乎每次卷入战争或政治斗争中时，我总是这样——我什么也不知道，只知道身体很不舒服，而且深深地盼望着这件该死的荒唐事能够结束。后来我能够看清这些事件的意义，但当它们发生的时候，我只是想置身事外——或许这就是我的劣根性。

我走了长长一段路，来到了综合医院附近。我想有个地方躺下来，没有那些好管闲事的警察在寻找我，要我出示文件。我试过躲在一座防空洞里，但那是新挖的，还在滴水。然后我来到一座教堂的废墟，在爆发革命时被捣毁和焚烧了，只剩下一具空壳，四堵没有屋顶的墙围着几堆瓦砾。在半明半暗中，我四处乱找，找到了一处空地，可以在那儿躺下来。躺在碎石头上的滋味不好受，但幸运的是，那天晚上很暖和，我勉强睡了几个小时。

# 第十四章

在巴塞罗那这座城市被警察通缉时最糟糕的事情是，所有的店铺都很晚才开门。当你在外面露宿的时候，你总是在黎明时分醒来，而巴塞罗那没有咖啡厅会在九点钟之前开门。我得等几个小时才能喝上一杯咖啡或刮个胡子。理发店里的墙上仍然可以看到无政府主义者的告示，解释说给小费是严令禁止的，真是滑稽。告示上说："革命解开了我们的桎梏。"我想告诉那些理发师，如果他们不眨眼看看外面的话，他们的桎梏很快就会重新套上了。

我走回城里的中心。飘扬在马联工党大楼上的红旗已经被扯下来了，取而代之的是共和国政府的旗帜，一群群荷枪实弹的国民自卫队在门口巡逻。在卡塔鲁那广场角落上的红十字救助中心，警察砸烂了大部分窗户，以此取乐。马联工党的书亭里的书已经被销毁一空，从兰布拉斯大道再往下走的那块公告板上面张贴着反对马联工党的卡通画——画着一个人戴着面具，而他真正的面目是法西斯分子。在兰布拉斯大道的尽头，就在码头附近，我看到了古怪的一幕：一排从前线回来的民兵，仍然衣着褴褛泥垢满面，疲惫地躺在擦鞋的椅子上。我知道他们是什么人——事实上我认出其中的一个。他们是前一天刚从前线回来的马联工党的民兵，回来时却发现组织已经被取缔了，不得不流落街头，因为他们的家也被抄了。这个时候回巴塞罗那的马联工党民兵要么躲起来，要么被抓进监狱——在前线浴血奋战了三四个月后，这可不是什么优待。

我们身处的情况很怪诞。到了晚上我们成为被追捕的逃亡者，但白天的时候我们过着几乎正常的生活。每一间被人得知住着马联工党支持者的房屋都遭到了监视——或至少可能遭到了监视。去酒店或寄宿旅馆住是不可能的事情，因为政府下达了命令，经营者看到陌生人必须通知警察。也就是说，这意味着我们只能在外面过夜。另一方面，白天的时候，在巴塞罗那这么大的一座城市，你的处境很安全。街道上有国民自卫队、突击卫队、武警和正规警察，天知道还有多少便衣密探在巡逻，但他们无法盘查每一个经过的人，如果你看上去像个普通人，或许就不会引起注意。你要做的就是不要在马联工党的大楼附近流连，不去有服务员会认出你来的咖啡厅和餐馆。那天和接下来的一天我在一间公共澡堂洗了很久的澡。我觉得这是很好的消磨时间和避人耳目的方法。不幸的是，很多人也有同样的想法，几天后——我离开巴塞罗那之后——警察扫荡了一间公共澡堂，逮捕了几个光溜溜的"托派分子"。

走在兰布拉斯大道上的时候，我遇到了一个从莫林疗养院来的伤兵。我们互相交换了一下眼色，那时候很多人这么做，然后在不引人注目的情况下在街上远端的咖啡厅里碰头。莫林疗养院遭到搜查时，他躲过了逮捕，但和其他人一样，他只能躲在闹市里。他只穿着衬衣——逃跑的时候顾不上穿外套——而且身无分文。他对我形容一个国民自卫队如何将莫林的大幅彩色肖像从墙上卸下来并踩成碎片。莫林（马联工党的创始人之一）是落入法西斯魔掌的囚犯，当时大家都相信他已经被法西斯分子处决了。

十点钟的时候我在英国大使馆遇到了我的妻子。过了不久，麦克奈尔和科特曼也来了。他们告诉我的第一件事就是，鲍勃·斯迈尔利已经死了，死在了瓦伦西亚的监狱里——没有人知道确切的死因。他被立刻埋葬，独立工党的代表戴维·穆雷不能获准探望他的遗体。

当然，我立刻推断斯迈尔利是被枪决的。当时大家都认同这一说法，但事后我认为我可能是错的。后来，官方给出的死因是阑尾炎，我们从另一个被释放的囚犯那里得知斯迈尔利在监狱里确实病了。或许，死于阑尾炎这个说法是真的。拒绝让穆雷见他的遗体或许是出于纯粹的刁难。但是，我必须说，鲍勃·斯迈尔利只有二十二岁，是我所见过的人中体格最强壮的一个。我想他是我认识的人中唯一在战壕里待了三个月没病没灾的。像他那么强壮的人，如果得到悉心照料的话，得了阑尾炎应该是不会死的。但当你看到西班牙的监狱是什么样子的——那些关押政治犯的临时监狱——你就会知道一个病人得到悉心照料的机会是多么渺茫。那些监狱只能用地牢加以形容。在英国你得回到十八世纪才能找到可以与之相类比的事物。人们挤迫在小小的牢房里，面积几乎没办法让他们躺下，而且他们经常被关在地窖和其他阴暗的地方。这不是什么临时的安排——有的人被关押了四五个月，几乎从未见过太阳。他们每天吃的是肮脏而且分量不足的伙食，只有两盘汤和两块面包。（不过，几个月后伙食似乎有所改善。）我没有夸大其词，你可以去问任何一个曾经在西班牙坐过牢的政治犯。我从不同的渠道了解到西班牙监狱的情况，这些情况彼此高度印证，很难不被采信。而且，我自己曾到一间西班牙的监狱看了几眼。另一位后来被逮捕的英国友人写信说，他入狱的经历"使得斯迈尔利的故事更加容易理解"。斯迈尔利的死是我无法轻易原谅的事情。他是个勇敢而聪明的青年，放弃了在格拉斯哥大学的学业，为的就是到这里来抗击法西斯主义，而据我亲眼所见，他在前线以大无畏的精神和意志英勇作战，而他们对他所做的就是把他关进监狱，由得他像一头没人照顾的动物那样死去。我知道在一场大型血腥的战争正在进行的时候抱怨一个个体的死亡是无济于事的。一枚轰炸机的炸弹炸中一条拥挤的街道所造成的伤害要比迫害许多个政治犯更大。但是，像这样一桩死亡事件让人觉得愤怒的是，它完全没有意义。死在战场上——很好，一个人死得其所。但被关进监狱，甚至连捏造出一个罪名都没有，纯粹只是出于盲目的仇恨，然后被丢在那儿孤独地死去——那是另外一回事。我不认为这种事情——斯迈尔利的死并不是什么例外——能让胜利离我们更近。

那天下午我和妻子去探望克普。你可以获准去探望那些没有被禁止通信的囚犯，但探访的次数超过一两次就会有危险。警察监视着来来去去的人，如果你探监太频繁的话，你就是让自己贴上"托派分子友人"的标签，或许最后也会被关进监狱。这种事情已经发生在不少人身上。

克普不是被单独囚禁的，我们很容易就得到许可令去探望他。他们领着我们穿过通往牢房的几扇铁门，一个我在前线认识的西班牙民兵正被两个国民自卫队包夹着带出去。我们俩四目相投，再一次惊骇地使了使眼色。我们在里面见到的第一个人是一个美国民兵，几天前他已经动身准备回国。他的文件没有问题，但他们还是在边境将他逮捕了，或许是因为他仍然穿着灯芯绒的马裤，因此被当成了一个民兵。我们擦肩而过，似乎完全是陌生人。这实在是太可怕了。我认识他，和他在同一个掩体里生活了几个月，我受伤的时候他帮着把我扛下了前线，但当时我们只能这么做。到处都有那些穿着蓝色制服的狱卒在窥探。认识太多人可是很要命的事情。

　　这座所谓的监狱其实是一间商店的底层，有两个约二十英尺见方的房间，关押了上百个囚犯。这个地方看上去很有十八世纪纽盖特监狱的风采，里面臭气熏天，犯人们蜷缩在一起，而且没有家具——只有光秃秃的石板地、一张长凳和几条破破烂烂的毛毯——而且光线昏暗，因为窗户上遮了瓦楞铁皮的百叶窗。脏兮兮的墙上写着潦草的革命标语——"马联工党胜利！""革命万岁！"等等。过去几个月来，这个地方一直被用来关押政治犯。里面的声音震耳欲聋。现在是探访时间，整个地方挤满了人，走动很困难。几乎所有的人都是工人阶级中最穷苦的人。你看到女人正在解开她们给男犯人捎来的可怜兮兮的食物包裹。囚犯里有几个是从莫林疗养院抓来的伤兵，两个被截肢，其中一个被抓进监狱的时候连拐杖都没带进来，只能踮着一只脚跳来跳去。里面还有一个不满十二岁的小男孩，显然，他们连孩子也不放过。这个地方臭气熏天——当一群人挤在一起，又没有像样的卫生条件时，情况总是这样。

　　克普一路挤开人群过来和我们见面。他那张圆润的、气色很好的脸看上去和以前差不多，而且在这么肮脏的地方他还是保持着那身制服的整洁，甚至有办法刮胡子。囚犯里还有一位穿着人民军制服的军官。他和克普经过彼此身边时敬礼致意，但不知怎么地，这个姿势看上去很悲哀。克普的气色似乎很不错，"嗯，我想我们都会被枪毙的。"他高兴地说着。"枪毙"这个词让我觉得毛骨悚然。不久前我自己被子弹打中过，那种感觉仍然记忆犹新。想到那种事情会发生在一个你熟悉的人身上，感觉真是糟糕。当时我以为马联工党的主要领导人，包括克普，都会被枪毙。第一轮关于尼恩之死的传闻刚刚流传出来，我们知道马联工党被扣上了叛国和通敌的罪名。每件事都表明有一场巨大的诬陷阴谋，随之而来的将会是对领头的"托派分子"进行屠杀。眼睁睁地看着你的朋友身陷牢狱，却知道自己无能为力，那种感觉实在是糟糕。我们什么事情也做不了，即使向比利时有关机构上诉也没用，因为克普来到这里本身已经违反了他的祖国的法律。大部分时间是我的妻子在说话，我的嗓子说起话来声音很尖，周围这么吵根本听不见。克普告诉我们他和其他囚犯交上了朋友，聊起了狱卒，有几个人还不错，但有的狱卒会虐待殴打比较胆小怕事的囚犯，还说到了伙食，那简直就是"猪食"。幸运的是，我们想到了带一包吃的过来，还有一些香烟。接着，克普对我们说起了他被逮捕时从他身上搜走的文件，里面有他从国防部那里收到的信件，写给东路军队里负责工程运作的上校。警察将其没收，并拒绝归还，据说信就放在警察局长的办公室里。要是它被找到的话，将会起到非常关键的作用。

我立刻意识到这件事非常重要。一封这样的官方信件，上面有国防部和波扎斯将军的推荐，将能证明克普是个好人。但麻烦在于证明这封信的存在。要是在警察局长的办公室里打开这封信的话，可以肯定的是，某个奸细会将信件销毁。只有一个人或许能够将信取回来，那就是这封信的收件人。克普已经想到了这一点，他已经写了一封信，希望我帮他把信偷偷带走并寄出去。但是，叫人带信过去显然更快更保险。我让妻子留下来陪克普，自己冲了出去，找了很久才找到一辆的士。我知道时间就是一切。现在已经五点半了，那个上校可能六点钟就会离开办公室，到了明天，天知道那封信会怎么样——或许被销毁了，或许消失在杂乱无章的档案中，随着一个又一个的嫌疑犯被捕，那些档案可能正渐渐堆积如山。那个上校的办公室位于码头附近的国防部。我匆忙跑上楼梯，在门口值勤的突击近卫军用他那把长长的刺刀封住了我的去路，要求看"通行证"。我朝他挥舞着我的退伍证明，显然，他不认识英文，觉得我这份"文件"有点怪异，但还是给我放行。进了里面，那个地方是一座让人晕头转向的迷宫，中间有一个庭院，每层楼都有好几百间办公室，因为这里是西班牙，没有人知道我要找的办公室在哪里。我不停地用西班牙语重复着："上校——工程部，军队的！"人们和气地微笑着，耸耸肩膀。每个知道的人告诉我的都是不同的方向：上这条楼梯，下那条楼梯，沿着长长的走廊走着，结果那些都是死胡同。时间就一分一秒地过去。我产生了置身于梦魇中那种最奇怪的感觉：沿着楼梯跑上跑下，神秘的人物来来去去，通过敞开的大门瞥见杂乱的办公室，乱扔的纸张到处都是，打字机哒哒哒地打字，时间正在流逝，一条生命正悬而未决。

　　不过，我及时找到了办公室，让我有点惊讶的是，他们愿意让我说话。我没有见到上校——但他的副官或秘书——一个穿着笔挺的制服的小个子，长着一双斜视的大眼睛——走出来在前厅向我问话。我开始讲述因何事而来。我是代表上级佐格·克普少校而来的，他被分配了一项紧急任务，准备赶往前线，却被错抓了。那封写给上校的信——是绝密文件，因此必须立刻被取出来。我在克普手下工作了几个月，他是个高风亮节的军官，显然他被逮捕是出于误会，警察把他当成了别的某某人，等等等等。我一再强调克普赶往前线的紧迫性，知道这一点最有说服力。但我的西班牙说得很蹩脚，一急起来就说成了法语，一定听起来像是天方夜谭。最糟糕的是我几乎立刻失声了，我费尽力气，只能发出嘶哑的声音。我很害怕自己会彻底说不出话来，而那个小个子军官会觉得不耐烦，不想听我说下去。我总是在猜想他觉得我的声音出了什么问题——他会不会以为我喝多了，或只是出于心里有鬼。

不过，他耐心地听我讲述，点了很多回头，对我所说的话作了一番谨慎的回应。是的，听起来确实像是起了误会。这件事显然应当进行调查。明天——我提出了抗议。不行等到明天！这件事十万火急：克普本来应该已经在前线了。那个军官再一次似乎表示认同，接着，他问了那个我害怕的问题：

"这位克普少校——他在哪个部队服役？"

那个可怕的名字不得不说出来："在马联工党民兵部队。"

"马联工党！"

我希望能让你领略到他那万分震惊的语气。你必须记得当时马联工党是被如何看待的。间谍恐慌正处于高潮，或许所有拥护共和政府的人真的有那么一两天相信马联工党是一个庞大的间谍组织，接受德国的津贴。向人民军的一位军官说出这样一番话就像在恐赤症后走进骑兵俱乐部，宣称你就是共产党员。他那双深色的眼睛也斜着扫过我的脸，沉默良久之后，他缓缓说道：

"你说你和他曾经在前线服役过，也就是说你自己也曾经在马联工党服役过？"

"是的。"

他转身冲进了上校的办公室。我可以听到一段激动的对话。"这下完蛋了！"我心想。我们不仅没办法把克普的信件取回来，而且，我不得不坦白我自己曾经在马联工党服役过。不用说，他们一定会通知警察把我抓走的，又一个托派分子落网了。但是，那个副官很快就出来了，戴上了帽子，严肃地朝我挥手叫我跟在后面。我们准备去警察局长的办公室。这段路很长，足足走了二十分钟。那个小个子副官僵硬地迈着军人的步子走在前头。一路上我们一句话也没说。来到警察局长的办公室时，一群极其难看的无赖正在门外徘徊，显然是警察的密探、线人和间谍。那个小个子副官进去了，里面起了一番激烈的争执，吵了很久。你可以听到他们愤怒地抬高了嗓门；你想象着激烈的姿势，肩膀碰在一起，重重地捶着桌子。显然，警察局长不肯把信交出来。但是，最后那个副官出来了，脸气得通红，但手里拿着一个大信封。那就是克普的信件。我们获得了一场小小的胜利——但后来的事情证明这个胜利其实并没有任何意义。这封信顺利寄了出去，但克普的军队上级没办法把他从监狱里救出来。

那个副官答应我信会寄出去。我问他，那克普怎么办？我们就不能把他释放出来吗？他耸了耸肩膀。那是另外一回事。他们不知道克普被捕的原因。他只是告诉我将会进行正当的审讯。再没有什么可以说了，是时候分别了。我们俩微微鞠了一躬。然后一件奇怪而感人的事情发生了。那个小个子军官犹豫了一会儿，然后走了过来和我握手。

我不知道能不能让你明白这个举动是怎样深深地触动了

我。这听起来只是一件小事，但并不是这样。你必须了解当时的气氛——那种充斥着怀疑和仇恨的可怕气氛，到处是谎言和谣传，广告牌上的海报在大声宣布我和每一个像我一样的人是法西斯的间谍。你必须记得，我们就站在警察局长的办公室外面，身前就是一帮脏兮兮的线人和密探，他们当中任何人都可能知道我就是警方的通缉犯。这就像在一战的时候和德国人握手。我猜想他已经觉得我其实不是法西斯的间谍，而是一个他值得握手的好人。

虽然这只是一件小事，但我一直记在心里，因为这体现了典型的西班牙风格——在最糟糕的情况下你从西班牙人身上看到了仁义的闪耀。我在西班牙有着最惨痛的回忆，但我并不记恨西班牙人。我只记得有两回冲着一个西班牙人发火，而当我回首往事，我觉得那两次都是我的错。无疑，他们身上有着一种慷慨，一种并不真正属于二十世纪的高贵品质。正是这一点，使得我相信在西班牙，即使是法西斯主义也会以相对温和与可以忍受的面目出现。没有几个西班牙人会有现代极权体制所需要的那种该死的效率和坚定的立场。前几天晚上，当警察搜查我妻子的房间时，这一事实就以奇怪的方式展现出来。事实上，那次搜查是很有趣的事情，我希望要是能亲眼看到就好了，但或许我还是没有看到比较好，因为我可能按捺不住脾气。

那些警察经过重组，以奥格别乌或盖世太保的方式进行搜查。凌晨的时候传来了砰砰砰的敲门声，六个人闯了进来，打开电灯，立刻占据了屋子里的几个方位，显然事先已经商量好了。然后他们格外仔细地搜查了两个房间（房间连着一间浴室）。他们敲着墙壁，掀起席子检查地板，摸着窗帘，在浴缸和热水器下面搜查，倒出每一口抽屉和行李箱，把每一件衣服都摸了一遍，还放到灯光下查看。他们没收了所有的纸张，连废纸篓里面的东西也不放过，我们所有的书也都被没收了。当他们发现我们有一本法文版的希特勒的《我的奋斗》时，立刻兴奋地开始怀疑揣测。要是就只有这么一本书，那我们就死定了。显然，一个阅读《我的奋斗》的人肯定就是法西斯分子。但是，接着他们搜到了一本斯大林的语录《如何清算托派分子和两面派》，这本书消除了他们的一些疑心。在一口抽屉里有几盒卷烟的纸。他们把每个盒子里的纸都拿出来逐张检查，看看上面有没有写了什么东西。他们搜查了大约两个小时，但一直没有搜查那张床。我的妻子一直躺在床上，显然，床垫底下可能藏着几挺轻机枪，枕头底下可能有成批的托派分子的文件。但是，那些侦探没有去检查那张床，连往床下看一眼都没有。我无法相信格别乌在执行公务时也会这么做。你得记得，警察几乎被共产党控制了，这些人或许就是共产党员。但他们也是西班牙人，对他们来说，把一个女人赶下床或许有点过分。搜查床铺这件事就被悄悄地搁置一边，整个搜查一无所获。

当天晚上麦克奈尔、科特曼和我睡在一片荒弃的建筑空地边上高高的草丛里。对于一年的那个时候来说，当晚气温很低，我们都睡得不多。我记得在能去喝杯咖啡之前四处闲逛那漫长而凄凉的几个小时。自从来到巴塞罗那，我第一次走去瞻仰大教堂——一座现代的大教堂，也是世界上最丑陋的建筑之一。它有四座有雉堞的尖顶，样子就像白葡萄酒瓶一样。和巴塞罗那的大部分教堂不同的是，在革命期间它没有遭到破坏——人们说是因为它的"艺术价值"而得以幸免。我觉得那些无政府主义者有机会的时候没有将其炸毁，这表明他们没有什么艺术品味，不过他们在其尖顶之间悬挂了一面红黑相间的旗帜。那天下午我和妻子最后一次去探望克普。我们什么也帮不了他，完全无能为力，只能和他道别，留下点钱给西班牙朋友，让他们帮他带食物和香烟过去。但是，我们离开巴塞罗那不久之后，他被关进了单独监禁的囚室，甚至不能给他送东西吃。当天晚上，我们走在兰布拉斯大道上，经过摩卡咖啡厅，国民自卫队仍然把守在那里。一时冲动之下，我走了进去，和两个靠在吧台上、肩膀上背着步枪的国民自卫队说话。我问他们认不认识五月份巷战的时候把守这里的同志。他们不认识，而且就像那些迷糊的西班牙人一样，他们不知道怎么去找到这些人。我说我的朋友约瑟夫·克普被关进了监狱，或许将会被控告卷入了五月份的巷战，而那些当时值勤的人知道是他阻止了战斗，救了一些人的性命。他们应该出来作证。和我交谈的那两个人中有一个是个傻气的大块头，一直摇晃着脑袋，因为在车水马龙的噪音中他听不到我在说什么。但另一个人反应不大一样。他说他从战友那里听说过克普的事迹：克普是个"上道的伙计"①（好人）。但就算在当时我也知道这根本没有用。如果克普被审判的话，和所有类似的审判一样，他会被诬以伪证。如果他被处决了（我担心这是很有可能发生的事情），那将是他的墓志铭：他是个上道的伙计，一个可怜的国民自卫队员如此说道——后者尽管堕入了一个肮脏的体系中，却人性未泯，仍然会为正直的品行所打动。

我们过着极其疯狂的日子。晚上我们是罪犯，白天我们是有钱的英国游客——至少我们装出那副样子。即使露天睡了一夜，刮个胡子、洗个澡，再擦上鞋油，你的外貌就会焕然一新。当前最安全的就是尽可能装得像个资产阶级人士。我们经常出入于城里的富人区，那里没有人认识我们，去的是昂贵的餐馆，对待服务员非常有英国风范。我第一次在墙上写字。我在几间时髦的餐馆的走廊上潦草地写上："马联工党必胜！"字体我能写多大就写多大。这段时间以来，虽然严格上说我在东躲西藏，我并不觉得自己身处险境。整件事实在是太荒唐了。我一直怀着不可磨灭的英国式信念：

---

① 原文是西班牙语：buen chico。

除非你犯了法，否则"他们"不能逮捕你。在政治风波中这是最危险的想法。他们颁布了逮捕麦克奈尔的手令，很有可能我们其他人也上了黑名单。逮捕、扫荡、搜查一直无休止地进行。到了这个时候，基本上我们认识的每一个人，除了那些还在前线的人之外，都被抓进了监狱。警察甚至跑到时不时带走难民的法国轮船上逮捕可疑的"托派分子"。

感谢英国领事的一番好心——那个星期他一定过得很不好受——我们顺利地解决了护照的问题。我们越早离开越好。当晚七点半的时候有一列火车出发去博乌港，按照正常情况估计得到八点半才会出发。我们安排我的妻子提前预订一辆的士，然后把她的行李放上车，把钱付了，然后尽可能迟地离开酒店。要是让酒店里的人察觉到的话，他们肯定会通知警察。大约七点钟的时候我来到了火车站，发现火车已经走了——它是六点五十分的时候出发的。和往常一样，火车司机一时心血来潮。幸运的是，我们想办法及时通知了我的妻子。第二天早上有另一列火车。麦克奈尔、科特曼和我在火车站旁边的一间小餐馆吃了晚饭，经过谨慎的提问，我们得知这间餐馆的老板是个国工联的成员，人很友好。他让我们住进了一间三人房，没有通知警察。那是五个晚上以来我第一次能够脱了衣服睡觉。

第二天早上，我的妻子成功地溜出了酒店。火车迟了一个小时出发。我利用这段时间给国防部写了一封长信，告诉他们克普的处境——他一定是被错抓了，现在前线急需他，很多人可以作证他是受冤枉的，等等等等。我不知道会不会有人读这封写在从笔记本上撕下来的纸上、字体歪歪扭扭（我的手指仍然不灵活）而且西班牙文很蹩脚的信。不管怎样，这封信或其他别的事情都不会起什么作用。六个月后，当我撰写本书时，克普（如果他还没有被枪决的话）仍然被关在监狱里，没有审判，也没有被控以罪名。一开始的时候我们收到了他的两三封信，是由被释放的囚犯偷偷带出来的，从法国邮寄。它们讲述的都是同样的故事——被关在肮脏阴暗的牢房里，食物难吃而且分量不足，由于监狱的条件恶劣身患重病，而且被拒绝获得治疗。我从其他渠道证实了这一点，有英国人也有法国人。不久前他被关进了一间"秘密监狱"，根本无法与外界联系。同样的情况发生在数以百计的外国人身上，没有人知道到底发生有多少数以千计的西班牙人身上。

最后，我们平安无事地越过了边境。火车有头等厢和一节餐车，那是我在西班牙第一次看到。直到不久前加泰罗尼亚的火车只有一个等级。两个侦探在火车上到处走，登记外国人的姓名，但当他们在餐车上看到我们时，他们似乎觉得我们是有身份的人。所有事情的改变真是让人觉得奇怪。仅仅六个月之前，当无政府主义者仍然掌权时，看上去像个无产者才像个有身份的人。从佩皮尼昂到塞伯里斯的路上，和我同一个车厢的一个法国行商十分严肃地对我说："你绝对不能穿成这样去西班牙。脱掉领子和领带。在巴塞罗那他们会把你五马分尸的。"他说得很夸张，但这番话反映了当时人们是如何看待加泰罗尼亚的。那些无政府主义者的卫兵在边境拒绝了一位衣着时尚的法国男人和他的妻子入境，我想纯粹是因为他们看上去太像资产阶级人士了。现在情况逆转了，看上去像个资产阶级人士是唯一的救赎之道。在护照办公室里，他们根据嫌疑犯的清单核对了我们的名字，但多亏警察部门的低效，我们的名字没有在黑名单之列，连麦克奈尔的名字也没有。我们被从头到脚搜查了一番，但我们没有携带任何违禁物品，只有我的退伍证明，搜查我的那几个武警不知道二十九师就是马联工党。于是我们通过了封锁线，六个月后我又踏上了法国的土地。西班牙留给我的纪念品就只有一个羊皮水袋和一盏阿拉贡农民点橄榄油的小油灯——形状几乎和两千年前古罗马人用的陶灯一模一样——这盏灯是我在一间废弃的小屋里捡来的，不知怎地装进了行李里。

我们总算是及时离开了。我们看到的第一份报纸上面就写着麦克奈尔因间谍罪而被捕。这件事情西班牙政府宣布得有点太早了。幸运的是，"托派分子"不在引渡之列。

我不知道当你从一个战争的国度踏上和平的土地后应该先做什么比较得体。我冲到了香烟店，买了很多香烟和雪茄，塞满了口袋。然后我们去自助餐馆喝茶，那是好几个月来我们第一次喝到加了鲜奶的茶。过了几天我才想到原来你什么时候想买烟都行。我总是觉得烟店的门会关掉，贴着"烟已售罄"的告示。

麦克奈尔和科特曼准备去巴黎。我和妻子在第一个站班努斯下了火车，觉得要休息一下。当他们知道我们来自巴塞罗那时，我们遭到了冷落。有好几次我被盘问道："你从西班牙来的？你支持哪一边？支持政府？噢！"——然后就极其冷淡。这个小镇似乎是弗朗哥的铁杆拥趸，显然是因为这里经常有西班牙的法西斯难民过来。在咖啡厅经常接待我的那个服务员是支持弗朗哥的西班牙人，在给我端上开胃酒的时候总是眯着眼睛瞥我几眼。而在佩皮尼昂情况就不一样了，那里的人坚定地支持政府军，而所有的不同派系就像巴塞罗那那样互相倾轧。有一间咖啡厅只要说出"马联工党"，立刻就能为你赢得法国朋友和服务员的微笑。

我想我们在班努斯待了三天。那段时间很奇怪，完全不得安宁。在这个宁静的渔业小镇，远离炸弹、机关枪、食物排队、政治宣传和阴谋诡计，我们原本应该觉得很放松、很感恩，但我们没有这种感觉。我们在西班牙目睹的一切并没有因为我们离开了它们而逐渐消失，相反，它们卷土重来，比以前更加形象鲜明。我们总是在想着西班牙，说着西班牙，魂牵梦萦着西班牙。过去几个月来，我们一直告诉自己，"等我们离开了西班牙"，我们就去地中海附近的某个地方，安安静静地待上一阵子，或许会钓钓鱼什么的。但现在我们来到了这里，却只觉得无聊和失望。天气很冷，海面总是吹来海风，码头附近的水很浑浊，而且浪很大，夹杂着尘土、木头和鱼的内脏涌到乱石滩上。有件事听起来很疯狂，但我俩都想回西班牙。虽然我们在西班牙待得并不开心，而且还遭到严重的伤害，但我们俩都觉得我们应该和其他人被关押在牢房里。我想我只能表达出一点点在西班牙的那几个月对于我而言的意义。我记录下了一些外部事件，但我无法记录下这些事情给我留下的感情。这种感情夹杂着视觉、味道和声音，无法诉诸笔端：战壕的味道、延绵到不可思议的远方之外的山峦的晨光、子弹冷冰冰的响声、炸弹的巨响和火光、巴塞罗那早晨清冷的光线，还有兵营里军靴的脚步声——那时是十二月，人们对革命仍怀有信仰。还有排队买食物的人、红黑相间的旗帜、西班牙民兵的面孔，还有我的那些战友的面孔——我在前线认识了他们，现在天知道他们流落何方，有的在战斗中牺牲了，有的残废了，有的入狱了——我希望大部分人仍然安全健康，衷心祝福他们。我希望他们能赢得战争，将所有的外国人都赶出西班牙：德国人、俄国人和意大利人。在这场战争中我几乎没有作出任何贡献，给我留下的回忆大部分都是邪恶的，但是我还是不希望错过这场战争。当你目睹了这么一场灾难后——无论这场西班牙战争如何结束，它将会是一场可怕的灾难，不只是屠杀和肉体上的虐待——其结果却未必是对革命的失望和愤世嫉俗的情绪。奇怪的是，整件事反而让我更加坚信人性本善。我希望我的记述不会让人误会。我知道在这件事情上没有人能说出完整的真相。除非你亲眼所见，否则很难对任何事情感到肯定，每个人都有意无意地写出一些带有立场偏见的话。为了防止在本书的前面我忘了提及，现在我要说的是：你要警惕我的党派偏向、我在事实上的错误，以及我只从自己的立场看待事情不可避免带来的扭曲。当你在阅读关于西班牙战争这一时期的其他书籍时，也要警惕同样的问题。

我们觉得自己应该做点什么，但实际上我们什么也做不到，在这种感觉的驱使下，我们比原定的计划更早地离开了班努斯。越往北走，法国就变得越加青翠和柔和——离开了山脉和葡萄园，回到草坪和榆树林。在我去西班牙的时候，我路经巴黎，在我的眼中那是一个破败萧条的地方，与八年前我所了解的巴黎很不一样。那时候生活成本很低，没有人听说过希特勒是谁。我以前常去的咖啡厅有一半因为没有顾客而关门了，每个人都忍受着昂贵的生活成本和对战争的恐惧。在穷苦的西班牙待过之后，就连巴黎也变得快乐而繁华。巴黎博览会①适逢高潮，但我们想方设法回避了它。

———————————

① 指 1937 年世界博览会。

然后我们回到了英国——英国南部，或许这里是这个世界上景致最美丽的地方。当你经过那里，特别是当你从晕船中恢复，坐在海陆联运列车的长毛软垫上时，很难相信真的有什么事情在别的地方发生。日本爆发地震、中国遭遇饥荒、墨西哥爆发革命？不要担心，明天牛奶会送到门口的台阶上，星期五《新政治家报》会如期出版。工业城镇离得很远，浓烟和污染隐藏在地平线的那一头。这里仍然是我童年时所熟悉的英国：被野花淹没的铁路轨道、高头大马在上面吃草沉思的深深的草甸、两岸是垂柳的缓缓流动的小溪、粗壮的榆树、小花园里种的飞燕草，还有伦敦外围辽阔宁静的郊野、蜿蜒的河流上的驳船、熟悉的街道、预告板球比赛和皇室婚礼的海报、戴着高礼帽的男人、特拉法尔加广场的鸽子、红色的巴士、蓝制服的警察——一切都沉浸在英国深深的睡梦中，有时候我会担心直到炸弹发出巨响的那一瞬间我们才会醒来。

# 附录　记奥威尔喉咙被狙击手开枪射穿

1937 年 5 月 20 日，乔治·奥威尔（埃里克·布莱尔）被一名狙击手开枪击穿喉咙。在《向加泰罗尼亚致敬》一书中他提到了这件事。他的妻子（艾琳·布莱尔）在 1937 年 5 月 24 日中午从巴塞罗那发了一封电报给奥威尔在绍斯沃尔德的父母。电报内容如下："埃里克受轻伤，恢复良好，致以爱的问候，勿虑。艾琳。"下午两点钟后，这封电报发抵绍斯沃尔德。奥威尔的直属上司乔治·克普于 1937 年 5 月 31 日和 6 月 1 日撰写了一份报告阐述他的情况。这份报告遗失后，克普又写了一份报告给奥威尔的妻弟劳伦斯·奥沙尼斯，日期是"1937 年 6 月 10 日于巴塞罗那"。克普在报告中手绘了子弹穿过奥威尔喉咙的示意图，信件内容如下：

5 月 20 日凌晨 5 点钟，埃里克受伤了。子弹从咽喉正下方垂直部位稍偏左侧射入脖子，从后颈底部右侧穿出。那是一颗普通的 7 毫米膛径铜座西班牙式毛瑟步枪的子弹,从大约 175 码外射出。在这个射程内,它的速度仍可达每秒 600 英尺,温度可达灼烧的程度。埃里克在冲击力下仰天倒地。出血不是很严重。在距离前线半英里的救助站进行包扎后,他被送往巴巴斯特罗,然后再送往莱里达的医院,在他受伤 50 个小时后,我看到他与艾琳团聚。

埃里克的大体情况良好,体温(在其左腋窝测量)从未升至 37 摄氏度。埃里克抱怨他的右臂从肩膀到中指指尖沿着肱肘都在疼痛,身体左侧最后一根肋骨和脾脏之间疼得很厉害,但还能忍受。他的声音嘶哑而虚弱,但仍然能够进行对话交流。呼吸非常规律。幽默感没有受到影响。

在莱里达的医院,埃里克只接受了伤口的外部包扎。几天后,包扎伤口的绷带就可以解开了。他留在这间医院里,由法雷医生照顾,直到 27 日,然后转到塔拉戈纳。

5 月 22 日,法雷医生告诉我,非常幸运,没有重要的器官受到伤害。他指出,胳膊的疼痛或许是由于胳膊的主神经受到损伤,而左半身的疼痛或许是因为他身材太高,摔倒在地的缘故。他告诉我不用担心那个伤口。

我们下令将埃里克从塔拉戈纳转移到巴塞罗那,于 5 月 29 日去接他。我们发现他情绪亢奋,而且有点发烧。左半身的疼痛已逐渐消失了。而胳膊的疼痛(应该是源于神经)仍然没有改变。那天早上塔拉戈纳医院的医生告诉埃里克他的声带"断了"，他永远恢复不了正常的声音了。事实上，埃里克能够发出任何清晰但虚弱的声音，就像一辆老旧的福特 T 型轿车在刹车时的磨擦声。距离超过两码就听不见他在说什么了。

29 日晚上 10 点，埃里克来到巴塞罗那的莫林疗养院，乘一辆客车坐了 60 英里，没有得到任何特别待遇。晚上 11 点时，他的体温达到了 37.8 摄氏度（左腋窝）。他吃了一粒阿司匹林，然后立刻上床睡觉，没有吃饭。

30 日，星期天，他的声音已经好了许多，早上体温恢复了正常，食欲也恢复了。他能够四处走动，而且看上去很精神。从上午 11 点到晚上 6 点我都见到过他，发现这段时期他的声音和状况继续在改善。艾琳一直陪着她的丈夫，他的行为举止一直都很平和。埃里克主动要乘电车和地铁出行去巴塞罗那市中心，我在中午 11 点 45 分和他见面。他解释说他出来是想喝杯鸡尾酒和吃顿像样的午饭，温柔体贴的艾琳满足了他的愿望（一个吧员和几个侍者帮忙）。

埃里克的体温恢复了正常，左半身的疼痛没有再出现，右臂的疼痛减轻了许多。据他自己所说，他的声音比起昨天恢复了一些，但艾琳和我并不这么想，但也不认为情况比以前更糟糕。我的解释是，比起昨天，达到他目前的发声质量所消耗的精力要少一些了。

我安排了埃里克第二天由巴塞罗那大学的格劳教授进行全身体检，并由另一位教授——他是这座城市知名的专科医生——进行后续治疗。

我打算在这里加上格劳教授的意见，以及他将如何对我朋友的喉咙进行治疗。

6月1日上午9点30分，格劳教授在卡塔鲁那总医院对埃里克进行了检查。他的诊断是："声带未完全性半瘫痪，原因为右侧声带神经受伤膨胀。"

他确认了法雷医生的诊断，认为没有重要器官受损，子弹从气管和颈部动脉之间穿过。格劳教授说现在只建议进行电疗，再假以时日，可能不知道得多久，但在合理的时间之内，埃里克的声音将会恢复。

他把埃里克介绍给了巴拉克医生，他是神经创伤电疗的专家，与同事私底下谈论了12分钟左右。不知道他们是否探讨了埃里克的伤势或别的话题。当埃里克、艾琳和我被叫进巴拉克医生的房间时，格劳教授解释了情况，似乎他从未提到过这件事一样，希望他的朋友检查喉区任何可能的神经病变。

巴拉克医生进一步的诊断是"右侧脊椎神经第一节擦

伤"，这就是右臂疼痛的原因。巴拉克医生也支持对神经受伤的部位进行电疗，他们达成一致，埃里克每星期进行两次电疗(周三和周五)，每星期一次(逢星期五)让格劳教授检查他的喉咙，并将他的舌头完全扯出来，让他说："啊……"

两位医生都是医术精湛的斯文人，自从这场战争开始之后已经处理过许多类似的病例。加泰罗尼亚总医院的机械设备很现代齐全，大部分护士都是皮肤黝黑的女人。

1937年3月，奥威尔的妻子艾琳·布莱尔到韦斯卡前线看望过他。当然，医生没有明确地说治疗要进行多久，在他们验证电疗对埃里克的神经有效之前，我无法提出什么问题。我认为，不管怎样，治疗应该进行至少两个星期，然后再问医护人员能否继续在英国治疗。

我建议你以"医生同行"的身份给巴拉克医生写信(他英语说得很好)，或许他会告诉你一些我们普通人所无法了解的情况。然后你就可以作出合理的判断，并为艾琳提供确切的指引，我相信她会认真地执行，她对你的医术十分推崇。

不胜感言，愿能与君分享。
顺祝安好

乔治·克普

# 作品题解

**背景信息：**

1936 年 12 月，奥威尔怀着抗击法西斯主义的热情，奔赴西班牙的加泰罗尼亚地区。在与英国独立工党在西班牙的联络人约翰·麦克奈尔会晤后，奥威尔决定加入与独立工党保持友好关系的西班牙马克思主义统一工人党的民兵组织，并奔赴前线作战。奥威尔被派驻战事较为平静的阿拉贡前线，上司是英国人乔治·克普，然后被调派到韦斯卡前线。与此同时，奥威尔的妻子艾琳在处理完《通往威根码头之路》的出版事宜后，来到西班牙与奥威尔会合。

1937 年 4 月底，奥威尔回到巴塞罗那度假，与妻子艾琳团聚并进行短暂疗养，见证了在巴塞罗那发生的五月动乱。共和军内部各派系展开夺权巷战。根据奥威尔的描述，希望进一步推动革命形势的共和军左翼分子（包括马克思主义统一工人党）被希望恢复资产阶级统治秩序并得到共产国际支持的右翼分子污蔑为"托派分子"和"革命叛徒"。奥威尔选择了支持马克思主义统一工人党并参加了巷战。五月动乱结束后，奥威尔拒绝加入由共产国际控制的国际纵队，回到阿拉贡前线。1937 年 5 月 20 日，奥威尔被法西斯军队的狙击手开枪击中喉咙，伤情危殆，被迫离开前线，回到巴塞罗那接受治疗。同年六月，被视为"托派分子"的马克思主义统一工人党被受苏联共产党把持的西班牙共和政府宣布为非法组织，奥威尔面临入狱的危险，只得逃离西班牙，辗转回到英国。1937 年 7 月 13 日，西班牙共和政府正式控告奥威尔为"与法西斯勾结的托派分子"，并于 1938 年 10 月和 11 月举行庭审（奥威尔并未出庭），当时奥威尔正在法属摩洛哥疗养，对此他写道："这只是俄国反托派运动的副产品，从头到尾充斥着谎言和荒唐。"由于信息封锁，含有反思质疑苏共内容的《向加泰罗尼亚致敬》一书在英国国内受到了左翼团体的抵制。此前曾出版奥威尔多部作品的维克多·戈兰兹也拒绝出版此书。1938 年，此书由亲社会主义但反对斯大林统治的弗雷德里克·瓦尔堡出版社出版。1948 年 12 月，《向加泰罗尼亚致敬》意大利文译本出版；1952 年 2 月，《向加泰罗尼亚致敬》在美国出版。二十世纪六十年代，弗朗哥统治下的西班牙逐渐走向开明，先后出版了《向加泰罗尼亚致敬》的英文版、加泰罗尼亚文版，弗朗哥还政国王卡洛斯后，奥威尔的作品在西班牙获得解禁。1996 年，巴塞罗那为纪念奥威尔，将一座广场以他的名字命名。

**作品评论：**

《向加泰罗尼亚致敬》出版后受到来自共产主义阵营、法西斯阵营和天主教阵营等作家和书评家的激烈抨击，而深受共产国际纲领影响的英国社会主义阵营也迫于政治形势，对奥威尔展开批判，认为他缺乏政治考量和过分天真浪漫。在打压之下，《向加泰罗尼亚致敬》仅卖出900多本。虽然各方都对《向加泰罗尼亚致敬》的真实性没有质疑，但批评的矛头指向奥威尔未能纵观全局，沉溺于细节和一己的党派私见。不过《向加泰罗尼亚致敬》也得到了亲身见证西班牙内战的作家如弗兰兹·伯克瑙、亚瑟·科斯勒等人的认可，认为它忠实地描述了西班牙战争革命形势的一个侧面。

**内容梗概：**

在《向加泰罗尼亚致敬》的开头，奥威尔描写了巴塞罗那街头和民兵兵营的革命气氛：那里似乎是工人阶级和民兵当家作主的世界，人与人平等相待，到处是宣扬革命的口号和旗帜，让他觉得格外振奋，认为社会主义终究可以实现。但其实当时的局势波诡云谲，可怕的漩涡正在酝酿。随后，奥威尔所在的百人队被派往阿尔库比尔前线，但战事陷入了僵持，两军只是时而开开冷枪，按照奥威尔的说法，前线最重要的五件事情的排名依次是"柴火、食物、香烟、蜡烛和敌人……我们离开波塞罗山时我清点了一下子弹，发现将近三个星期以来我只朝敌人开过三枪。他们说一千发子弹才能打死一个敌人，照这样算起来得等个二十年我才能杀死第一个法西斯分子"。接着，奥威尔描述了前线的地形和生活细节，突出民兵组织在后勤、装备、训练不足的情况下扼守阵地的不易，并对民兵组织的民主式纪律和传统军队的权威式纪律进行了比较和探讨，对当时西班牙国内蔑视民兵组织的说法进行了批驳。在前线驻守三个星期后，奥威尔与另外一个英国人被并入英国独立工党派遣到西班牙的别动队，来到蒙特·奥斯库罗前线。在这里，宣传攻势比枪炮攻势更加奏效，敌我两方在僵持的时候互喊口号，许多被法西斯军队强行征调的士兵真的因为听到宣传而选择投诚。与此同时，共和政府的战略要地马拉加宣告失守，许多人认为有内奸作祟，怀疑自己人的气氛开始弥漫全军上下。1937 年 2 月，奥威尔参加了围攻韦斯卡的战斗，但久攻未果。在那里，他描述了战场上可怕的、体大如猫的老鼠（这或许就是《1984》中主人公温斯顿的恐鼠症的由来）。接着，奥威尔描述了一次配合攻占韦斯卡的佯攻。奥威尔所在的小分队攻占了一座法西斯军队的阵地，但迫于敌人反扑而被迫放弃阵地撤退。接着，奥威尔插入了自己对西班牙见闻的思考，怀着相信社会主义事有可为的热情于四月底回到了巴塞罗那休假。但他立刻注意到革命气氛已经消退，金钱、阶级差别、资本主义似乎再次将这座原本是红色革命海洋的城市吞没。奥威尔希望退出马克思主义统一工人党，加入国际纵队，奔赴马德里前线，但这时无政府主义政党与西班牙共产党的矛盾开始激化，五月初巴塞罗那发生了夺权内斗，国民自卫队发动攻势，解除了电话公司的无政府主义政党民兵组织的武装。奥威尔则站在马克思主义统一工人党的立场，扼守统一工人党武装力量所控制的市区建筑。他第一次意识到敌人不单只有法西斯军队和弗朗哥将军，更有内部的意识形态分裂和争权夺利，感到十分痛心。由于面临前线的威胁，巴塞罗那巷战暂时得到和解，奥威尔回到前线，但被法西斯军队的狙击手开枪打中喉咙，不得不离开战场，辗转于不同的战地医院，最终被诊断为不适合继续作战，服役结束。回到巴塞罗那时，奥威尔发现马克思主义统一工人党已经被宣布为非法政党，其成员面临被逮捕和迫害的危险。他只能在一座教堂的废墟过夜，不敢回酒店。奥威尔和妻子去拜访英国独立工党别动队的指挥官乔治·克普，但克普已经被逮捕。在营救克普无门的情况下，奥威尔被迫逃离西班牙，经比利牛斯山边境顺利抵达法国，至此，全书结束。

**译者评论：**

由于西班牙内战的内部情况极其复杂，而且二战前夕国际局势瞬息万变，《向加泰罗尼亚致敬》一直是备受争议的作品。首先，西班牙内战是奥威尔第一次亲临体验战争的残酷和萧条，为他以后作品的反战基调奠定了基础。此外，我们可以想象，从未涉足政治的文人奥威尔面临残酷的意识形态斗争和政治的党同伐异时内心的彷徨、无助和绝望。在目睹了许多曾经在前线共同作战的友人没有战死在前线，却死于自己人的迫害之后，奥威尔对苏联的政治体制产生了怀疑，从此走上了反对极权体制的道路。从这个意义上说，是西班牙内战这个熔炉促使奥威尔的创作热情和才华从控诉外在的世界表象的不公转向了对内在的体制和人性进行深刻反思。同时，奥威尔没有以真理见证者的身份自居，只是以尽量客观的笔触描写他在西班牙前线及后方的见闻，更引用了许多当时的新闻报道，力图为读者提供尽可能全面的信息。同时，共产国际、西班牙政府与英国媒体对西班牙内战的歪曲描写和为达目的操纵宣传工具的做法促使奥威尔开始思考历史的真实性，并在《1984》中升华为对极权主义操纵历史手法的反思。1946年，奥威尔写道："自1936年后，我所进行的严肃创作的每一行话，都是在直接或间接地反对极权主义体制，并为民主的社会主义体制鼓与呼。"

奥威尔的豁达与置个人生死于度外的豪情深刻体现于他对危及生死的中枪事件的平静甚至戏谑的态度："大概有两分钟我以为自己已经死了。那真是太有趣了——我的意思是，了解自己在那种时候想些什么事情真的是很有趣。我的第一个想法很老套，想的是我的妻子。我的第二个想法是对离开这个世界感到强烈的憎恨——说到底，我在这个世界还是活得挺舒心的。我曾经鲜活地体验过这个世界。这桩傻兮分的不幸让我气愤不已。这么死实在是太没有意义了！被干掉了，甚至不是在战斗中被干掉的，而是在战壕里这个发霉的角落。都是拜那一会儿的大意所赐！我还想到了那个开枪打中我的男人——我在想他长得什么样，是西班牙人还是外国人，他是不是知道他打中了我，等等等等。我对他并没有怨恨。我想因为他是一名法西斯分子，如果我有机会的话也会干掉他。但如果他沦为战俘，在这个时候被带到我面前，我只会恭喜他枪法太准了。……这段时间我遇到的每个人——医生、护士、诊所医务人员或病友——都对我说只有运气最好的家伙才能被子弹穿喉而不死。但我忍不住想，没有被打中的人运气不是更好吗？"

在写给友人西里尔·康纳利的信件中，奥威尔写道："……我或许会撰写一部关于西班牙的作品，当然，得等我这只该死的胳膊好了再说。我见证了美妙的事情，至今仍坚信社会主义。虽然我对未能到过马德里感到遗憾，如果当初我拿的是共产党的证明而不是独立工党的证明，我本来应该加入国际纵队。但我很高兴能与无政府主义者还有马克思主义统一工人党一起在比较冷清、不那么出名的前线上共事过。"

历史是吊诡的，奥威尔曾经誓死反对的法西斯主义头子弗朗哥将军由于在二战基本恪守中立而成功保住政权，并延续其统治直至 1975 年还政国王卡洛斯。政治色彩浓厚的

《向加泰罗尼亚致敬》没能摆脱其历史局限性，但一如既往的真诚的创作态度和尊重史实的人文情怀仍然使该书历经多年之后仍被视为研究西班牙内战和奥威尔作品文学价值不可被忽略的重要作品。

George Orwell
**Homage to Catalonia**

**图书在版编目(CIP)数据**

向加泰罗尼亚致敬/(英)乔治·奥威尔
(George Orwell)著;陈超译. —上海:上海译文出
版社,2023.6
(译文经典)
书名原文:Homage to Catalonia
ISBN 978-7-5327-9324-2

Ⅰ.①向… Ⅱ.①乔… ②陈… Ⅲ.①长篇小说-英
国-现代 Ⅳ.①I561.45

中国国家版本馆CIP数据核字(2023)第076672号

向加泰罗尼亚致敬
[英]乔治·奥威尔 著 陈 超 译
责任编辑/宋 金 装帧设计/张志全工作室

上海译文出版社有限公司出版、发行
网址:www.yiwen.com.cn
201101 上海市闵行区号景路159弄B座
山东韵杰文化科技有限公司印刷

开本787×1092 1/32 印张9 插页5 字数149,000
2023年6月第1版 2023年6月第1次印刷
印数:0,001—5,000册

ISBN 978-7-5327-9324-2/I·5814
定价:58.00元